Carol

Patricia Highsmith

Carol

Traducción de Isabel Núñez y José Aguirre

EDITORIAL ANAGRAMA

BARCELONA

Título de la edición original:
The Price of Salt (publicado con el seudónimo de Claire Morgan)
The Naiad Press
Tallahassee, Florida, 1952
Edición revisada en 1984 © Claire Morgan

Ilustración: © Pablo Gallo

Primera edición en «Panorama de narrativas»: mayo 1991
Primera edición en «Compactos»: febrero 1997
Segunda edición en «Compactos»: febrero 2000
Tercera edición en «Compactos»: noviembre 2004
Cuarta edición en «Compactos»: marzo 2010
Quinta edición en «Compactos»: febrero 2021
Sexta edición en «Compactos»: abril 2022
Séptima edición en «Compactos»: septiembre 2022
Octava edición en «Compactos»: octubre 2022
Novena edición en «Compactos»: febrero 2023

Diseño de la colección: Julio Vivas y Estudio A

© De la traducción, Isabel Núñez y José Aguirre, 1991

© Patricia Highsmith, 1952, 1984, 1990

© EDITORIAL ANAGRAMA, S. A., 1991
   Pau Claris, 172
   08037 Barcelona

ISBN: 978-84-339-5996-6
Depósito Legal: B. 14446-2022

Printed in Spain

Liberdúplex, S. L. U., ctra. BV 2249, km 7,4 - Polígono Torrentfondo
08791 Sant Llorenç d'Hortons

Para Edna, Jordy y Jeff

PRÓLOGO

La inspiración para este libro me surgió a finales de 1948, cuando vivía en Nueva York. Había acabado de escribir *Extraños en un tren*, pero no se publicaría hasta fines de 1949. Se acercaban las navidades y yo estaba un tanto deprimida y bastante escasa de dinero, así que para ganar algo acepté un trabajo de dependienta en unos grandes almacenes de Manhattan, durante lo que se conoce como las aglomeraciones de Navidad, que duran más o menos un mes. Creo que aguanté dos semanas y media.

En los almacenes me asignaron a la sección de juguetes y concretamente al mostrador de muñecas. Había muchas clases de muñecas, caras y baratas, con pelo de verdad y pelo artificial, y el tamaño y la ropa eran importantísimos. Los niños, cuyas narices apenas alcanzaban el expositor de cristal del mostrador, se apretaban contra su madre, su padre o ambos, deslumbrados por el despliegue de flamantes muñecas nuevas que lloraban, abrían y cerraban los ojos y se tenían de pie y, por supuesto, les encantaban los vestiditos de repuesto. Aquello era una auténtica aglomeración y, desde las ocho y media de la mañana hasta el descanso del almuerzo, ni yo ni las cuatro o cinco jóvenes con las que trabajaba tras el largo mostrador teníamos un momento para sentarnos. Y a veces ni siquiera eso. Por la tarde era exactamente igual.

Una mañana, en aquel caos de ruido y compras apareció una mujer rubia con un abrigo de piel. Se acercó al mostrador de muñecas con una mirada de incertidumbre –¿debía comprar una muñeca u otra cosa?– y creo recordar que se golpeaba la mano con un par de guantes, con aire ausente. Quizá me fijé en ella porque iba sola, o porque un abrigo de visón no era algo habitual, y porque era rubia y parecía irradiar luz. Con el mismo aire pensativo, compró una muñeca, una de las dos o tres que le enseñé, y yo apunté su nombre y dirección en el impreso porque la muñeca debía entregarse en una localidad cercana. Era una transacción rutinaria, la mujer pagó y se marchó. Pero yo me sentí extraña y mareada, casi a punto de desmayarme, y al mismo tiempo exaltada, como si hubiera tenido una visión.

Como de costumbre, después de trabajar me fui a mi apartamento, donde vivía sola. Aquella noche concebí una idea, una trama, una historia sobre la mujer rubia y elegante del abrigo de piel. Escribí unas ocho páginas a mano en mi cuaderno de notas de entonces. Era toda la historia de *The Price of Salt* (El precio de la sal), como se llamó originariamente *Carol*. Surgió de mi pluma como de la nada: el principio, el núcleo y el final. Tardé dos horas, quizá menos.

A la mañana siguiente me sentí aún más extraña y me di cuenta de que tenía fiebre. Debía de ser domingo, porque recuerdo haber cogido el metro para ir a una cita por la mañana y en aquella época se trabajaba también los sábados por la mañana, y durante las aglomeraciones de Navidad, el sábado entero. Recuerdo que estuve a punto de desmayarme mientras me agarraba a la barra del metro. El amigo con el que había quedado tenía ciertas nociones de medicina. Le conté que me encontraba mal y que aquella mañana, mientras me duchaba, me había descubierto una ampollita en la piel, sobre el abdomen. Mi amigo le echó una ojeada a la ampolla y dijo: «Varicela.» Desgraciadamente, yo no había tenido esa enfermedad de pequeña, aunque había pasado todas las demás. La varicela no es agradable para un adulto: la fiebre sube a cuarenta grados durante un par de días y, lo que es peor, la cara, el torso, los antebrazos e incluso las orejas y la nariz se cubren de pústulas que pican y escuecen. Uno no debe rascárselas mientras duerme, porque entonces quedan cicatrices y hoyuelos. Durante un mes, uno va por ahí lleno de ostensibles manchas sangrantes, en plena cara, como si hubiera recibido una descarga de perdigones.

El lunes tuve que notificar a los almacenes que no podría volver al trabajo. Uno de aquellos niños de nariz goteante debía de haberme contagiado el germen, pero también era el germen de un libro: la fiebre estimula la imaginación. No empecé a escribirlo inmediatamente. Prefiero dejar que las ideas bullan durante semanas. Y además, cuando se publicó *Extraños en un tren* y poco después la compró Alfred Hitchcock para hacer una película, mis editores y mi agente me aconsejaron: «Escriba otro libro del mismo género y así reforzará su reputación como...» ¿Como qué? *Extraños en un tren* se había publicado como «Una novela Harper de suspense», en Harper & Bros –como se llamaba entonces la editorial–, y de la noche a la mañana yo me había convertido en una escritora de «suspense». Aunque, en mi opinión, *Extraños en un tren* no era una novela de género, sino simplemente una novela con una historia interesante. Si escribía una novela sobre relaciones lesbianas, ¿me etiquetarían entonces como escritora de libros de lesbianismo? Era una posibilidad, aunque también era posible que nunca más tuviera la inspiración para escribir un libro así en toda mi vida. Así que decidí presentar el libro con otro nombre. En 1951 ya lo había escrito. No podía dejarlo en segundo plano y ponerme a escribir otra cosa por el simple hecho de que las razones comerciales aconsejaran escribir otro libro de «suspense».

Harper & Bros rechazó *The Price of Salt*, y me vi obligada a buscar otro editor estadounidense. Lo hice a mi pesar, pues me molesta mucho cambiar de editor. En 1952, cuando se publicó en tapa dura, *The Price of Salt* obtuvo algunas críticas serias y respetables. Pero el verdadero éxito llegó un año después, con la edición de bolsillo, que vendió cerca de un millón de ejemplares y seguro que fue leída por mucha más gente. Las cartas de los admiradores iban dirigidas a la editorial que había publicado la edición de bolsillo, a la atención de Claire Morgan. Recuerdo que, durante meses y meses, un par de veces por semana me entregaban un sobre con diez o quince cartas. Contesté muchas de ellas, pero no podía contestarlas todas sin elaborar una carta modelo, y nunca me decidí a hacerla.

Mi joven protagonista, Therese, puede parecer ahora demasiado timorata, pero en aquellos tiempos los bares gays eran sitios secretos y recónditos de alguna parte de Manhattan, y la gente que quería ir cogía el metro y bajaba en una estación antes o una después, para no aparecer como sospechosa de homosexualidad. El atractivo de *The Price of Salt* era que tenía un final feliz para sus dos personajes principales, o al menos que al final las dos intentaban compartir un futuro juntas. Antes de este libro, en las novelas estadounidenses, los hombres y las mujeres homosexuales tenían que pagar por su desviación cortándose las venas, ahogándose en una piscina, abandonando su homosexualidad (al menos, así lo afirmaban), o cayendo en una depresión infernal. Muchas de las cartas que me llegaron incluían mensajes como «¡El suyo es el primer libro de esta especie con un final feliz! No todos nosotros nos suicidamos y a muchos nos va muy bien». Otras decían: «Gracias por escribir una historia así. Es un poco como mi propia historia...» Y: «Tengo dieciocho años y vivo en una ciudad pequeña. Me siento solo porque no puedo hablar con nadie...» A veces les contestaba sugiriéndoles que fuesen a una ciudad más grande, donde tendrían la oportunidad de conocer a más gente. Según recuerdo, había tantas cartas de hombres como de mujeres, lo que consideré un buen augurio para mi libro. El augurio se confirmó. Las cartas fueron llegando durante años, e incluso ahora llegan una o dos cartas de lectores al año. Nunca he vuelto a escribir un libro como éste. Mi siguiente libro fue *The Blunderer*. Me gusta evitar las etiquetas, pero, desgraciadamente, a los editores estadounidenses les encantan.

24 de mayo de 1989

I

1

Era la hora del almuerzo y la cafetería de los trabajadores de Frankenberg estaba de bote en bote.

No quedaba ni un sitio libre en las largas mesas, y cada vez llegaba más gente y tenían que esperar detrás de las barandas de madera que había junto a la caja registradora. Los que ya habían conseguido llenar sus bandejas de comida vagaban entre las mesas en busca de un hueco donde meterse o esperando que alguien se levantara, pero no había sitio. El estrépito de platos, sillas y voces, el arrastrar de pies y el zumbido de los molinillos entre aquellas paredes desnudas sonaban como el estruendo de una sola y gigantesca máquina.

Therese comía nerviosa, con el folleto de «Bienvenido a Frankenberg» apoyado sobre una azucarera frente a ella. Se había leído el grueso folleto durante la semana anterior, el primer día de prácticas, pero no tenía nada más que leer, y en aquella cafetería sentía la necesidad de concentrarse en algo. Por eso volvió a leer lo de las vacaciones extra, las tres semanas que se concedían a los que llevaban quince años trabajando en Frankenberg, y comió el plato caliente del día, una grasienta loncha de rosbif con una bola de puré de patatas cubierta de una salsa parduzca, un montoncito de guisantes y una tacita de papel llena de rábano picante. Intentó imaginarse cómo sería haber trabajado quince años en Frankenberg, pero se sintió incapaz. Los que llevaban veinticinco años tenían derecho a cuatro semanas de vacaciones, según decía el folleto. Frankenberg también proporcionaba residencia para las vacaciones de verano e invierno. Pensó que seguro que también tenían una iglesia, y una maternidad. Los almacenes estaban organizados como una cárcel. A veces la asustaba darse cuenta de que formaba parte de aquello.

Volvió rápidamente la página y vio escrito en grandes letras negras y a doble página: «¿Forma *usted* parte de Frankenberg?»

Miró al otro lado de la estancia, hacia las ventanas, e intentó pensar en otra cosa. En el precioso jersey noruego rojo y negro que había visto en Saks y que le podía comprar a Richard para Navidad, si no encontraba una cartera más bonita que la que había visto por veinte dólares. O en la posibilidad de ir en coche a West Point con los Kelly el domingo siguiente a ver un partido de hockey. Al otro lado de la sala, el ventanal cuadriculado parecía un cuadro de, ¿cómo se llamaba?, Mondrian. En una de las esquinas de la ventana, un cuadrante abierto mostraba un trozo de cielo blanco. No había ningún pájaro dentro ni fuera. ¿Qué tipo de escenografía habría que montar para una obra que se desarrollara en unos grandes almacenes? Ya había vuelto otra vez a la realidad.

«Pero lo tuyo es muy distinto, Terry», le había dicho Richard. «Estás convencida de que dentro de una semana estarás fuera y en cambio las demás no.» Richard le dijo que el verano siguiente quizá estuviera en Francia. Quizá. Richard quería que ella le acompañara y en realidad no había nada que le impidiera hacerlo. Y Phil McElroy, el amigo de Richard, le había escrito para decirle que el mes siguiente podía conseguirle trabajo con un grupo de teatro. Therese todavía no conocía a Phil, pero no confiaba en que le consiguiera trabajo. Llevaba desde septiembre pateándose Nueva York, una y otra vez y vuelta a empezar. No había encontrado nada. ¿Quién iba a darle trabajo en pleno invierno a una aprendiza de escenógrafa en los inicios de su aprendizaje? La idea de ir a Europa con Richard el verano siguiente tampoco parecía muy real. Sentarse con él en las terrazas de los cafés, pasear con él por Arles, descubrir los lugares que había pintado Van Gogh. Richard y ella parándose en las ciudades para pintar. Y en aquellos últimos días, desde que había empezado a trabajar en los grandes almacenes, aún le parecía menos real.

Ella sabía muy bien qué era lo que más le molestaba de los almacenes. Era algo que no podía explicarle a Richard. En los almacenes se intensificaban las cosas que, según ella recordaba, siempre le habían molestado. Los actos vacíos, los trabajos sin sentido que parecían alejarla de lo que ella quería hacer o de lo que podría haber hecho... Y ahí entraban los complicados procedimientos con los monederos, el registro de abrigos y los horarios que impedían incluso que los empleados pudieran realizar su trabajo en los almacenes en la medida de sus capacidades. La sensación de que todo el mundo estaba incomunicado con los demás y de estar viviendo en un nivel totalmente equivocado, de manera que el sentido, el mensaje, el amor o lo que contuviera cada vida, nunca encontraba su expresión verdadera. Le recordaba conversaciones alrededor de mesas o en sofás con gente cuyas palabras parecían revolotear sobre cosas muertas e inmóviles, incapaces de pulsar una sola nota con vida. Y cuando uno intentaba tocar una cuerda viva, lo hacía mirando con la misma expresión convencional de cada día y sus comentarios eran tan banales que era imposible creer que fuese siquiera un subterfugio. Y la soledad aumentaba con el hecho de que, día tras día, en los almacenes siempre se veían las mismas caras. Unas pocas caras con las que se podía haber hablado, pero con las que nunca se llegaba a hablar o no se podía. No era igual que aquellas caras del autobús, que parecían hablar fugazmente a su paso, que veía una sola vez y luego se desvanecían para siempre.

Todas las mañanas, mientras hacía cola en el sótano para fichar, sus ojos saltaban inconscientemente de los empleados habituales a los temporales. Se preguntaba cómo había aterrizado allí —por supuesto había contestado un anuncio, pero eso no servía para justificar el destino–, y qué vendría a continuación en vez del deseado trabajo como escenógrafa. Su vida era una serie de zigzags. A los diecinueve años estaba llena de ansiedad.

«Tienes que aprender a confiar en la gente, Therese, recuérdalo», le había dicho la hermana Alicia. Y muchas, muchas veces, Therese había intentado hacerle caso.

–Hermana Alicia –susurró Therese con cuidado, sintiéndose reconfortada por las suaves sílabas.

Therese vio que el chico de la limpieza venía en su dirección, así que se enderezó y volvió a coger el tenedor.

Todavía recordaba la cara de la hermana Alicia, angulosa y rojiza como una piedra rosada iluminada por el sol, y la aureola azul de su pechera almidonada. La figura huesuda de la hermana Alicia apareciendo por una esquina del salón, o entre las mesas esmaltadas de blanco del refectorio. La hermana Alicia en miles de lugares, con aquellos ojillos azules que la encontraban siempre a ella entre todas las demás chicas y la miraban de un modo distinto. Therese lo sabía. Aunque los finos y rosados labios siguieran siempre igual de firmes. Todavía recordaba a la hermana Alicia en el día de su octavo cumpleaños, dándole sin sonreír los guantes de lana verde envueltos en un papel de seda, ofreciéndoselos directamente, sin apenas una palabra. La hermana Alicia diciéndole con los mismos labios firmes que tenía que aprobar aritmética. ¿A quién más le importaba que ella aprobase aritmética? Durante años, Therese había conservado los guantes verdes en el fondo de su armarito metálico del colegio, mucho después de que la hermana Alicia se fuera a California. El papel de seda se había quedado lacio y quebradizo como un trapo viejo y ella no había llegado a ponerse los guantes. Al final, se le quedaron pequeños.

Alguien movió la azucarera y el folleto se cayó.

Therese miró las manos que tenía enfrente, unas manos de mujer, regordetas y envejecidas, sujetando temblorosas el café, partiendo un panecillo con trémula ansiedad y mojando glotonamente la mitad del mismo en la salsa parduzca del plato, idéntica a la de Therese. Eran unas manos agrietadas, con las arrugas de los nudillos negruzcas, pero la derecha lucía un llamativo anillo de plata de fantasía, con una piedra verde claro, y la izquierda, una alianza de oro. En las uñas había restos de esmalte. Therese vio cómo la mano se llevaba hacia arriba un tenedor cargado de guisantes y no tuvo que mirar para saber cómo sería la cara. Sería igual que todas las caras de las cincuentonas que trabajaban en Frankenberg, afligidas con una expresión de perenne cansancio y de terror, los ojos distorsionados tras unas gafas que los agrandaban o empequeñecían, las mejillas cubiertas de un colorete que no lograba iluminar el tono gris de debajo. Therese se sintió incapaz de mirarla.

—Eres nueva, ¿verdad? —La voz era aguda y clara en medio del estrépito general. Era una voz casi dulce.

—Sí —dijo Therese levantando la vista. Entonces recordó aquella cara. Era la cara cuyo cansancio le había hecho imaginar todas las demás caras. Era la mujer a la que Therese había visto una tarde, hacia las seis y media, cuando los almacenes estaban casi vacíos, bajando pesadamente las escaleras de mármol desde el entresuelo, deslizando sus manos por la amplia balaustrada de mármol, intentando aliviar sus encallecidos pies de una parte del peso. Aquel día Therese pensó: «No está enferma ni es una pordiosera. Simplemente trabaja aquí.»

—¿Qué tal te va todo?

Y allí estaba la mujer, sonriéndole, con las mismas y terribles arrugas bajo los ojos y en torno a la boca. En realidad, en ese momento sus ojos parecían más vivos y afectuosos.

—¿Qué tal te va todo? —volvió a repetir la mujer porque a su alrededor había una gran confusión de voces y vasos.

Therese se humedeció los labios.

—Bien, gracias.

—¿Te gusta estar aquí?

Therese asintió con la cabeza.

—¿Ha terminado? —Un hombre joven con delantal blanco agarró el plato de la mujer con ademán imperativo.

La mujer hizo un gesto trémulo y desmayado. Atrajo hacia sí el plato de melocotón en almíbar. Los melocotones, como viscosos pececillos anaranjados, resbalaban bajo el canto de la cuchara cada vez que intentaba hacerse con ellos, hasta que al fin logró coger uno y comérselo.

–Estoy en la tercera planta, en la sección de artículos de punto. Si necesitas algo... –dijo la mujer con nerviosa incertidumbre, como intentando pasarle un mensaje antes de que las interrumpieran o separaran–. Sube alguna vez a hablar conmigo. Me llamo señora Robichek, señora Ruby Robichek, quinientos cuarenta y cuatro.

–Muchas gracias –dijo Therese. Y, de pronto, la fealdad de la mujer se desvaneció, detrás de las gafas sus ojos castaños y enrojecidos parecían amables e interesados en ella. Therese sintió que el corazón le latía, como si de repente cobrara vida. Miró cómo la mujer se levantaba de la mesa y su corta y gruesa figura se alejaba hasta perderse entre la multitud, que esperaba detrás de la barandilla.

Therese no fue a ver a la señora Robichek, pero la buscaba cada mañana cuando los empleados entraban en el edificio hacia las nueve menos cuarto, y la buscaba en los ascensores y en la cafetería. No volvió a verla, pero era agradable tener a alguien a quien buscar en los almacenes. Hacía que todo fuese muy distinto.

Casi todas las mañanas, cuando llegaba a su trabajo en la séptima planta, Therese se detenía un momento a mirar un tren eléctrico. El tren funcionaba sobre una mesa, junto a los ascensores. No era un tren tan fantástico como aquel otro que había al fondo de aquella misma planta, en la sección de juguetes. Pero había una especie de furia en sus pequeños pistones que los trenes más grandes no tenían. Recorría aquella pista oval con un aire furioso y frustrado que hechizaba a Therese.

Rugía y se precipitaba ciegamente en un túnel de cartón piedra, y al salir aullaba.

El trenecito siempre estaba en marcha por las mañanas,

cuando ella salía del ascensor, y también por las tardes, cuando terminaba su trabajo. Le daba la sensación de que el tren maldecía la mano que lo ponía en marcha cada día. En la sacudida de su morro al describir las curvas, en sus bruscos arranques por los tramos rectos de la vía, ella veía el frenético y fútil propósito de un tiránico maestro. El tren arrastraba tres coches Pullman en cuyas ventanillas asomaban diminutas figurillas humanas mostrando sus perfiles inflexibles. Detrás de ellos iban un vagón de carga abierto que llevaba madera auténtica en miniatura, un vagón de carga con carbón de mentira y un vagón de cola que crujía en las curvas y que se colgaba del tren volante como un niño agarrado a la falda de su madre. Era como alguien que hubiera enloquecido en la cárcel, algo muerto que nunca se gastara, como los deliciosos y flexibles zorros del zoo de Central Park, que repetían siempre los mismos pasos dando vueltas en sus jaulas.

Aquella mañana Therese se apartó rápidamente del tren y se fue a la sección de muñecas, donde trabajaba.

A las nueve y cinco, la gran zona cuadrangular que ocupaba la sección de juguetes empezaba a cobrar vida. Las telas verdes eran retiradas de los largos mostradores. Los juguetes mecánicos empezaban a lanzar bolas al aire para volverlas a coger, las barracas de tiro se ponían en marcha y los blancos empezaban a girar. El mostrador de los animales de granja empezaba a graznar, cacarear y rebuznar. Detrás de Therese, se iniciaba un cansino *ra-ta-ta-tá*. Eran los tambores de un gigantesco soldado de hojalata que miraba marcialmente hacia los ascensores tamborileando durante todo el día. El mostrador de manualidades desprendía un olor a arcilla de modelar. Era una reminiscencia de su infancia: el aula de manualidades del colegio. Y también le recordaba a una especie de construcción que había en el terreno del colegio y que, según se rumoreaba, era una tumba auténtica, junto a cuyos barrotes de hierro ella solía pegar la nariz.

La señora Hendrickson, la encargada de la sección de muñecas, cogía las muñecas de las estanterías del almacén y las colocaba sentadas, con las piernas extendidas, sobre los mostradores de cristal.

Therese saludó a la señorita Martucci, que estaba junto al mostrador, tan concentrada contando los billetes y monedas de su billetero que sólo pudo dedicarle a Therese una inclinación un poco más acentuada. Therese contó veintiocho dólares y medio de su propio monedero, lo anotó en un trozo de papel blanco para el sobre de recibos de ventas, y pasó el dinero en bonos de caja a su compartimiento de la caja registradora.

En aquel momento, los primeros clientes salían de los ascensores, dudando un instante, con la expresión confusa y un tanto sobresaltada que siempre tenía la gente al entrar en la sección de juguetes. Luego recuperaban la marcha a oleadas.

–¿Tienen esas muñecas que hacen pipí? –le preguntó una mujer.

–Me gustaría esta muñeca, pero con un vestido amarillo –dijo otra, atrayendo una muñeca hacia sí. Therese se dio la vuelta y cogió la muñeca de la estantería.

La mujer tenía la boca y las mejillas como las de su madre, pensó Therese, las mejillas ligeramente picadas de viruela bajo un colorete rosa oscuro y separadas por unos labios rojos llenos de arrugas verticales.

–¿Todas las muñecas que beben y hacen pipí son de este tamaño?

No hacía falta utilizar argucias de vendedor. La gente quería comprar una muñeca, cualquier muñeca, para regalarla en Navidad. Era cuestión de agacharse y sacar cajas en busca de una muñeca de ojos castaños en vez de azules, de llamar a la señora Hendrickson para pedirle que abriera con su llave una vitrina de cristal, cosa que ella hacía a regañadientes, como si estuviera convencida de que no quedaba ninguna muñeca como la que le pedían. Había que deslizarse tras el mostrador y depositar una muñeca más en la montaña de cajas del mostrador de envolver, una montaña que no paraba de crecer y tambalearse, por más que los chicos del almacén vinieran a llevarse los paquetes. Casi ningún niño se acercaba al mostrador. Se suponía que Santa Claus era quien traía las muñecas, un Santa Claus representado por caras frenéticas y ávidas manos. Sin embargo, pensó Therese, debía de haber en ellas algo de buena voluntad, incluso tras aquellas frías y empolvadas caras de las mujeres envueltas en abrigos de visón o de marta, que solían ser las más arrogantes y que compraban presurosas las muñecas más grandes y más caras, muñecas con pelo de verdad y vestiditos de repuesto. Seguro que había amor en la gente pobre, que esperaba su turno y preguntaba débilmente cuánto costaba tal muñeca, meneaba la cabeza apesadumbrado y se daba la vuelta. Trece dólares y cincuenta centavos por una muñeca que sólo medía veinticinco centímetros de altura.

«Cójala», hubiera querido decirles Therese. «La verdad es que es muy cara, pero yo se la regalo. Frankenberg no la echará de menos.»

Pero las mujeres de los abrigos baratos y los tímidos hombres encogidos bajos sus raídas bufandas se marcharían hacia los ascensores, mirando anhelantes otros mostradores. Si venían a buscar una muñeca, no querían otra cosa. Una muñeca era una clase especial de regalo de Navidad, algo prácticamente vivo, lo más parecido a un bebé.

Casi nunca había niños, pero de vez en cuando alguno se acercaba, generalmente una niñita –pocas veces un niño– agarrada firmemente de la mano de su padre o su madre. Therese les enseñaba las muñecas que pensaba que podían gustarles. Era muy paciente. Y por fin, una muñeca producía la metamorfosis en la cara de la niña, la reacción a todo un montaje comercial, y casi siempre la niña se marchaba con aquella muñeca.

Una tarde, después del trabajo, Therese vio a la señora Robichek en la cafetería que había al otro lado de la calle. Muchas veces Therese se paraba allí a tomar un café antes de regresar a casa. La señora Robichek estaba al fondo del establecimiento, al final de un largo y curvado mostrador, mojando un donut en su tazón de café.

Therese se abrió paso hacia ella entre la multitud de chicas, tazones de café y donuts. Al llegar junto al codo de la señora Robichek, jadeó:

—Hola. —Y se volvió hacia la barra, como si la taza de café fuera su único objetivo.

—Hola —le dijo la señora Robichek, de un modo tan indiferente que Therese se quedó hecha polvo.

Therese no se atrevió a mirar otra vez a la señora Robichek y, sin embargo, casi se rozaban con el codo. Therese ya estaba a punto de terminar su café cuando la señora Robichek le dijo, aburrida:

—Yo voy a coger el metro en Independent. Me pregunto si alguna vez podremos salir de aquí.

Tenía una voz triste. Era evidente que no se había pasado el día en la cafetería. En aquel momento, era como la vieja jorobada a la que Therese había visto arrastrarse por la escalera.

—Saldremos de aquí —dijo Therese confiada.

Therese abrió paso para las dos hasta la puerta. Ella también cogía el metro en Independent. La señora Robichek y ella pasaron junto a la multitud ociosa que había a la entrada del metro y fueron absorbidas gradual e inevitablemente escaleras abajo, como pedacitos de desechos por una alcantarilla. Descubrieron que las dos bajaban en la parada de la avenida Lexington, aunque la señora Robichek vivía en la calle Cincuenta y cinco, justo al este de la Tercera Avenida. Therese acompañó a la señora Robichek a una charcutería a comprarse algo para cenar. Therese también podía haberse comprado alguna cosa para ella, pero, por alguna razón, no podía hacerlo en presencia de la señora Robichek.

—¿Tienes comida en casa?

—No, pero luego compraré algo.

—¿Por qué no vienes a cenar conmigo? Estoy completamente sola. Ven. —La señora Robichek acabó encogiéndose de hombros, como si le costara menos hacer eso que sonreír.

El impulso de Therese de protestar cortésmente duró sólo un momento.

—Gracias, me encantaría.

Luego vio un bizcocho envuelto en papel celofán sobre el mostrador, un pastel de frutas que parecía un enorme ladrillo marrón, adornado con guindas rojas, y lo compró para regalárselo a la señora Robichek.

Era un edificio corriente, como el de la casa de Therese, oscuro y sombrío. No había luz permanente en los rellanos y cuando la señora Robichek encendió la del tercer rellano, Therese vio que la casa no estaba muy limpia. La habitación de la señora Robichek tampoco, y la cama estaba sin hacer. Therese se preguntó si se levantaría tan cansada como cuando se acostaba. Se quedó de pie en medio de la habitación mientras la señora Robichek arrastraba los pies hacia la cocina, con la bolsa de víveres que le había quitado de las manos a Therese. Therese tuvo la sensación de que ahora que estaba en casa, donde nadie podía verla, la señora Robichek se permitía mostrarse tan cansada como realmente se sentía.

Therese no recordaba cómo había empezado. No recordaba la conversación anterior, cosa que por otro lado tampoco importaba. Lo que sucedió fue que la señora Robichek pasó junto a ella de una forma extraña, como si estuviera en trance, murmurando en vez de hablar, y se echó boca arriba en la cama sin hacer. Fue el continuado murmullo, la débil sonrisa de disculpa y la terrible y chocante fealdad del cuerpo corto y pesado, con el abultado abdomen y la cabeza inclinada a modo de excusa, mirándola todavía cortésmente, lo que la obligó a escucharla.

—Yo tenía una tienda de ropa en Queens. Ah, una tienda bastante buena —dijo la señora Robichek, y Therese observó cierto tono de orgullo, y escuchó a su pesar, aborreciéndolo—. ¿Conoces los vestidos con la V en la cintura y unos botoncitos subiendo hasta arriba? ¿Te acuerdas? Son de hace cuatro o cinco años. —La señora Robichek extendió sus rígidas manos y las dejó tiesas sobre su cintura. Eran tan pequeñas que no cubrían siquiera la parte delantera de su tronco. Parecía muy vieja a la débil luz de la lámpara, que le dibujaba sombras bajo los ojos negros–. Los llamaban vestidos Caterina. ¿Te acuerdas? Los diseñé yo. Salieron de mi tienda de Queens. Eran muy famosos, ¡ya lo creo!

La señora Robichek se levantó de la cama y se acercó a un baúl que había contra la pared. Lo abrió, sin dejar de hablar, y empezó a sacar vestidos hechos de una tela oscura y gruesa, dejándolos caer en el suelo. Sostuvo en alto un vestido de terciopelo granate, con el cuello blanco y botoncitos blancos que terminaban en una V, en la cintura del estrecho corpiño.

–Míralos. Son míos, los hice yo. Otras tiendas me los copiaron. –Por encima del cuello blanco del vestido, que ella sostenía con la mejilla, se inclinaba la fea cabeza de la señora Robichek–. ¿Te gusta éste? Te lo regalo. Acércate, acércate, pruébatelo.

A Therese le repelía la idea de probárselo. Deseó que la señora Robichek se volviera a echar y descansara, pero se levantó obediente, como si no tuviera voluntad, y se acercó a ella.

La señora Robichek apretó un vestido de terciopelo negro sobre el cuerpo de Therese con manos trémulas e insistentes. Y, de pronto, Therese adivinó cómo debía de atender a la gente en la tienda, ofreciendo jerséis a troche y moche, porque no podía haber hecho aquel gesto de otra manera. Therese recordó que la señora Robichek le había dicho que llevaba cuatro años trabajando en Frankenberg.

–¿Te gusta más el verde? Pruébatelo. –Y mientras Therese dudaba un instante, lo apartó y cogió otro, el granate–. Les he vendido cinco a chicas de los almacenes, pero a ti te lo regalo. Aunque sean restos, todavía están de moda. ¿O prefieres éste?

Therese prefería el granate. Le gustaba mucho el rojo, especialmente el granate, y le encantaba el terciopelo de ese color. La señora Robichek la empujó hacia un rincón donde podía desnudarse y dejar la ropa en un sillón. Pero ella no quería el vestido, no quería que se lo diera. Le recordaba cuando le daban ropa en el hospicio, ropa usada, porque ella era considerada prácticamente una huérfana, le pagaban la mitad del colegio y nunca recibía paquetes del exterior. Therese se quitó el jersey y se sintió completamente desnuda, se abrazó por encima de los codos y notó la piel fría e insensible.

—Los cosí yo —dijo la señora Robichek extasiada, como para sí—. ¡Me pasaba todo el día cosiendo, de la mañana a la noche! Contraté a cuatro chicas, pero los ojos me empezaron a fallar y ahora no veo por uno, por éste. Ponte el vestido. —Y le contó a Therese lo de la operación en el ojo. No había perdido la vista del todo, sólo parcialmente. Pero le había dolido mucho. Era un glaucoma. Todavía le producía dolores. Eso y la espalda. Y tenía juanetes en los pies.

Therese se dio cuenta de que le contaba todos sus problemas y le hablaba de su mala suerte para que ella, Therese, comprendiera por qué había caído tan bajo como para llegar a trabajar en unos grandes almacenes.

—¿Qué tal te queda? —le preguntó la señora Robichek confiada.

Therese se miró en el espejo del armario. El espejo mostraba una larga y delgada figura con la cabeza alargada que parecía en llamas, fuego amarillo brillante que bajaba hasta el contorno rojo grana de los hombros. El vestido caía en pliegues rectos y drapeados y le llegaba casi hasta los tobillos. Era un vestido de princesa de cuento de hadas, de un rojo más intenso que la sangre. Therese retrocedió y recogió la tela sobrante del vestido tras de sí, para ajustárselo a la cintura. Luego volvió a mirar sus ojos color avellana oscuro en el espejo. Se encontró consigo misma. Aquélla era ella, no la chica vestida con la vulgar falda escocesa y el jersey beige, no la chica que trabajaba en la sección de muñecas de Frankenberg.

—¿Te gusta? —le preguntó la señora Robichek.

Therese estudió su boca, sorprendentemente tranquila. Veía los contornos con nitidez, pese a que no llevaba más lápiz de labios que el que queda después de un beso. Deseó poder besar a la chica que había en el espejo y darle vida y, sin embargo, se quedó perfectamente quieta, como si fuera un cuadro.

–Si te gusta, quédatelo –la apremió impaciente la señora Robichek, mirándola desde lejos, acechando desde el guardarropa como las dependientas cuando las clientas se prueban abrigos y vestidos frente a los espejos de los grandes almacenes.

Pero Therese sabía que aquello no iba a durar mucho: en cuanto se moviera, se desvanecería. Se iría aunque ella se quedara con el vestido porque era algo que formaba parte de un instante, de aquel instante. Ella no quería el vestido. Intentó imaginárselo en el armario de su casa, entre otras prendas, pero no pudo. Empezó a desabrocharse el cuello.

–Te gusta, ¿verdad? –preguntó la señora Robichek, tan confiada como siempre.

–Sí –reconoció Therese con firmeza.

No pudo desabrocharse el botón de la nuca. La señora Robichek tenía que ayudarla porque ella no podía esperar más. Era como si la estuvieran estrangulando. ¿Qué hacía ella allí? ¿Por qué se había puesto aquel vestido? De pronto, la señora Robichek y su apartamento eran una especie de horrible sueño y ella acababa de darse cuenta de que estaba soñando. La señora Robichek era el guardián jorobado de la mazmorra, y a ella la habían conducido allí para tentarla.

–¿Qué te pasa? ¿Te pincha un alfiler?

Therese abrió la boca para hablar, pero su mente estaba demasiado lejos. Su mente estaba en un punto muy distante, en un lejano torbellino que se abría al escenario de la terrible habitación, tenuemente iluminada, donde las dos parecían resistir en una lucha denodada. Y en aquel punto de la vorágine en que se hallaba su mente la desesperanza era lo que más la aterraba. Era la desesperanza del dolorido cuerpo de la señora Robichek, de su fealdad, de su trabajo en los almacenes, de la pila de vestidos del baúl, la desesperanza que impregnaba completamente el final de su vida. Y la desesperanza que había en la propia Therese de no llegar a ser nunca la persona que quería ser ni hacer las cosas que quería hacer. ¿Acaso toda su vida había sido sólo un sueño y *aquello* era la realidad? Era el terror de aquella desesperanza lo que la hizo desear quitarse el vestido y huir antes de que fuera demasiado tarde, antes de que las cadenas cayeran sobre ella y se cerraran.

Quizá ya fuese demasiado tarde. Como en una pesadilla, Therese permaneció en la habitación con su ropa interior blanca, temblando, incapaz de moverse.

—¿Qué te pasa? ¿Tienes frío? Si hace calor...

Hacía calor. La estufa siseaba. La habitación olía a ajo y a la ranciedad típica de la vejez, a medicinas y al peculiar olor metálico de la propia señora Robichek. Therese quería desplomarse en la butaca donde estaban su jersey y su falda. Quizá si se echaba sobre su ropa, pensó, ya no importaría todo aquello. Pero no debía echarse, si lo hacía estaba perdida. Las cadenas se cerrarían en torno a ella y se fundiría con la jorobada.

Therese temblaba violentamente. De pronto había perdido el control. Era un escalofrío, no era sólo el miedo y el cansancio.

—Siéntate —dijo la voz de la señora Robichek indiferente, con una calma y un aburrimiento inauditos, como si estuviera acostumbrada a que las chicas se sintieran al borde del desmayo en su habitación. Y también con indiferencia sus toscas manos presionaron los brazos de Therese.

Therese luchó contra la idea de sentarse, sabiendo que estaba a punto de sucumbir e incluso que la idea la atraía precisamente por eso. Se dejó caer en la butaca, sintió cómo la señora Robichek tiraba de su falda para sacársela, pero se sentía incapaz de moverse. Y, sin embargo, seguía en el mismo nivel de conciencia, aún podía pensar libremente, aunque los oscuros brazos de la butaca ya la hubieran rodeado.

La señora Robichek le decía:

—Has estado demasiadas horas de pie en los almacenes. Las navidades son muy duras. Yo ya he pasado cuatro navidades allí. Al final aprendes a cuidarte un poco.

Arrastrarse escaleras abajo agarrada a la barandilla. Almorzar en la cafetería. Descalzarse los encallecidos pies al igual que la hilera de mujeres que había sentadas en los radiadores del lavabo de señoras, pelearse por un trozo de radiador sobre el que poner un periódico y poder sentarse cinco minutos.

La mente de Therese funcionaba con claridad. Era sorprendente la claridad con que pensaba, aunque sabía que simplemente contemplaba el espacio que tenía enfrente y que aunque hubiera querido no habría podido moverse.

–Sólo estás cansada, chiquilla –dijo la señora Robichek, poniéndole una manta de lana sobre los hombros–. Necesitas descansar después de estar todo el día de pie.

Therese recordó una frase de Eliot que Richard citaba. *No es eso lo que quería decir. No es eso en absoluto.* Quería decirla en voz alta, pero no conseguía mover los labios. Había algo dulce y ardiente en su boca. La señora Robichek estaba de pie frente a ella, echando un líquido de una botella en una cuchara y luego poniéndole la cuchara entre los labios. Therese se lo tragó obediente, sin preocuparse de si podía ser venenoso. En ese momento podría haber movido los labios, podría haberse levantado de la butaca, pero ya no quería moverse. Finalmente, se recostó y dejó que la señora Robichek la cubriera con la manta. Fingió adormecerse, pero siguió contemplando la figura encorvada que se movía por la habitación, quitando las cosas de la mesa y desnudándose para acostarse. Vio a la señora Robichek quitarse un gran corsé de encaje y luego unos tirantes que le cayeron por los hombros y luego por la espalda. Therese cerró los ojos con horror, los mantuvo cerrados con fuerza hasta que el crujido de un muelle y un largo suspiro jadeante le indicaron que la señora Robichek estaba ya en la cama. Pero eso no fue todo. La señora Robichek alcanzó el despertador y le dio cuerda y, sin levantar la cabeza de la almohada, tanteó con el reloj buscando la banqueta que había junto a la cama. En la penumbra, Therese apenas distinguía su brazo subiendo y bajando al menos cuatro veces hasta que el reloj encontró la silla.

«Esperaré un cuarto de hora hasta que se duerma y luego me iré», pensó Therese.

Y como estaba cansada, tuvo que ponerse en tensión para vencer aquel espasmo, aquel ataque repentino que era como una caída, que le sobrevenía cada noche mucho antes de dormir, como un anuncio del sueño. Esa vez no llegó. Al cabo de lo que le parecieron quince minutos, Therese se vistió y salió silenciosamente. Era fácil, después de todo, abrir simplemente la puerta y escapar. Era fácil, pensó, porque en realidad no se estaba escapando, en absoluto.

2

—Terry, ¿te acuerdas de aquel tío que te dije, Phil McElroy? El de la compañía de teatro. Pues está en la ciudad y dice que dentro de quince días tendrás trabajo.

—¿Un trabajo de verdad? ¿Dónde?

—Una obra en el Village. Phil quiere que quedemos esta noche. Te lo contaré cuando nos veamos. Estaré allí en veinte minutos. Ahora mismo salgo de clase.

Therese subió corriendo los tres tramos de escalera hasta su habitación. Estaba a medio lavarse y el jabón se le había secado en la cara. Bajó la vista hacia la palangana anaranjada que había en la pila.

«¡Un trabajo!», susurró para sí. La palabra mágica.

Se puso un vestido y en el cuello una cadena de plata con una medalla de San Cristóbal, un regalo de cumpleaños de Richard, y se peinó el pelo con un poco de agua para que pareciera más limpio. Luego cogió varios bocetos y maquetas de cartulina y los metió en un armario para tenerlos a mano en caso de que Phil McElroy quisiera verlos. «No, no tengo mucha experiencia», tendría que decirle, y sintió una punzada de desánimo. Ni siquiera había conseguido un trabajo de ayudante, excepto aquel trabajo de dos días en Montclair, en el que montó una escenografía para un grupo de aficionados que finalmente utilizaron. Si es que a eso podía llamársele trabajo. Había hecho dos cursos de diseño escenográfico en Nueva York y había leído un montón de libros. Casi podía oír a Phil McElroy –probablemente un joven muy nervioso y ocupadísimo, un tanto molesto por haber tenido que verla para nada–, diciéndole que lo sentía mucho, pero que ella no podría ocupar esa plaza. Pero con Richard delante, pensó Therese, no sería tan terrible como si estuviera sola. Richard había abandonado o le habían echado de unos cinco trabajos desde que ella le conocía. Nada molestaba menos a Richard que perder y encontrar trabajos. Therese recordó que la habían despedido del Pelican Press hacía un mes y dio un respingo. Ni siquiera se lo habían comunicado con antelación y suponía que la única razón para despedirla había sido que su particular encargo de investigación había terminado. Cuando había ido a hablar con el director, el señor Nussbaum, para preguntarle por qué no le habían dado un preaviso, él no entendió o fingió no entender lo que significaba el término. «¿Preaviso?... ¿Qué es eso?», había dicho indiferente con su peculiar acento, y ella había salido huyendo para no echarse a llorar en su despacho. Para Richard era más fácil, viviendo en casa con una familia que le animaba. Para él también era más fácil ahorrar. En un período de dos años en la Marina había ahorrado unos dos mil dólares, y mil más el año siguiente. ¿Y cuánto tardaría ella en ahorrar los mil quinientos dólares que había que pagar para ser miembro júnior del sindicato de escenógrafos? Después de casi dos años en Nueva York, sólo había reunido unos quinientos dólares.

–Ruega por mí –le dijo a la virgen de madera que había en la estantería. Era la única cosa bonita del apartamento, la virgen de madera que había comprado el primer mes de su estancia en Nueva York. Le hubiera gustado tener un sitio mejor para ponerla que aquella estantería tan fea. La estantería consistía en una montaña de cajas de fruta apiladas y pintadas de rojo. Le hubiera gustado tener una estantería de madera, suave al tacto y encerada.

Bajó a la charcutería y compró seis latas de cerveza y un

poco de queso azul. Cuando subió otra vez, recordó la propuesta original de que ella fuese a la tienda y comprase algo para comer. Richard y ella habían planeado cenar allí aquella noche. Ahora quizá cambiaran de planes, pero a ella no le gustaba tomar la iniciativa y alterar los planes que afectaran a Richard. Estaba a punto de volver a bajar a comprar cena cuando Richard llamó a la puerta. Ella apretó el botón del portero automático para abrir.

Richard subió las escaleras corriendo, sonriente.

—¿Ha llamado Phil?

—No —dijo ella.

—Muy bien. Eso significa que viene hacia aquí.

—¿Cuándo?

—Supongo que dentro de unos minutos. No creo que se quede mucho rato.

—¿De verdad parece un trabajo seguro?

—Eso dice Phil.

—¿Sabes qué tipo de obra es?

—No sé nada, salvo que necesitan a alguien para los decorados, ¿y por qué no tú? —Richard la contempló críticamente, sonriendo—. Esta noche estás muy guapa. No te pongas nerviosa. Es sólo una compañía pequeña que actúa en el Village y seguramente tú tienes más talento que todos ellos juntos.

Ella cogió el abrigo que él había dejado en una silla y lo colgó en el armario. Debajo del abrigo había enrollado un dibujo a carboncillo que él había traído de la escuela de Bellas Artes.

—¿Has hecho algo bueno hoy? —le preguntó ella.

—Así así. Hay un dibujo que quiero seguir en casa —dijo él despreocupadamente—. Hoy teníamos a aquella modelo pelirroja que me gusta.

Therese quería ver su boceto, pero sabía que a Richard no le parecería lo bastante bueno. Algunos de sus primeros dibujos eran buenos, como aquel faro pintado en azules y negros que colgaba encima de su cama y que él había hecho cuando estaba en la Marina y empezó a dedicarse a la pintura. Pero todavía no sabía dibujar muy bien con modelos al natural y Therese dudaba de que alguna vez lo consiguiera. Tenía una mancha de carboncillo en la rodilla de sus pantalones de algodón color canela. Llevaba camiseta debajo de la camisa de cuadros roja y negra, y mocasines de ante que le daban a sus enormes pies aspecto de pezuñas de oso. Therese pensó que parecía un leñador o un deportista profesional más que cualquier otra cosa. Podía imaginárselo mucho mejor con un hacha en la mano que con un pincel. Una vez le había visto con un hacha, cortando leña en el jardín trasero de su casa de Brooklyn. Si no le demostraba a su familia que estaba haciendo progresos con la pintura, probablemente aquel mismo verano tendría que ingresar en la compañía envasadora de gas de su padre, y abrir la sucursal de Long Island que éste tenía prevista.

–¿Trabajas este sábado? –le preguntó, todavía con miedo de hablar del trabajo.

–Espero que no. ¿Y tú?

Ella recordó de pronto que sí.

–Sí –suspiró con resignación–. El sábado es el último día.

Richard sonrió.

–Es una conspiración. –Le cogió las manos y la hizo rodearle la cintura, dejando de rondar incansablemente por la habitación–. Quizá el domingo, ¿no? Mi familia preguntaba si podrías ir a comer, pero no tendremos que estar mucho rato con ellos. Puedo pedir prestado un camión y por la tarde nos vamos a alguna parte.

–Muy bien.

A ella le gustaba y a Richard también. Se sentaba en la cabina del camión cisterna vacío y conducían hacia donde fuera, libres como si volaran sobre las alas de una mariposa. Ella apartó las manos de la cintura de Richard porque esa postura la hacía sentirse tímida y tonta, como si estuviera abrazando el tronco de un árbol.

–Había comprado unos bistecs para esta noche, pero me los han robado en los almacenes.

–¿Te los han robado? ¿Cómo?

–De la estantería donde dejamos los bolsos. La gente que contratan por navidades no tiene armarios. –En ese momento sonrió, pero aquella tarde había estado a punto de echarse a llorar. «Víboras, puñado de víboras, robar una maldita bolsa de comida», había pensado. Les había preguntado a todas las chicas si la habían visto y todas lo habían negado. La señora Hendrickson le había dicho indignada que no estaba permitido llevar comida a la tienda. Pero ¿qué iba a hacer si no, si a las seis de la tarde todas las tiendas de comida estaban cerradas?

Richard se echó en el sofá-cama. Tenía los labios delgados y de contornos desiguales, inclinados hacia abajo, lo que le daba una expresión ambigua, a veces cómica y otras amarga, una contradicción que sus francos ojos azules más bien inexpresivos no contribuían a clarificar.

–¿Fuiste a Objetos Perdidos? –le preguntó despacio, en tono burlón–. He perdido un kilo de carne. Responde al nombre de Albóndiga.

Therese sonrió mirando por encima de las estanterías de su reducida cocina.

–Tú lo dirás en broma, pero la señora Hendrickson me sugirió que bajara a Objetos Perdidos.

Richard soltó una sonora carcajada y se levantó.

–Aquí hay una lata de maíz y he comprado una lechuga para hacer una ensalada. También hay pan y mantequilla. ¿Quieres que baje a comprar unas chuletas de cerdo congeladas?

Richard extendió uno de sus largos brazos por encima de su hombro y cogió el pan negro que había en el estante.

–¿A esto le llamas pan? Si tiene hongos... Míralo, está tan azul como el culo de un mandril. ¿Por qué no te comes el pan cuando lo compras?

–Lo uso para ver en la oscuridad. Pero si a ti no te gusta... –Lo cogió y lo tiró a la basura–. De todos modos, no me refería a ese pan.

–Enséñame el pan al que te referías.

El timbre de la puerta sonó justo al lado de la nevera y ella saltó hacia el botón.

–Son ellos –dijo Richard.

Había dos chicos jóvenes. Richard los presentó como Phil McElroy y su hermano Dannie. Phil no era en absoluto como esperaba Therese. No parecía ni profundo, ni serio, ni particularmente inteligente, y apenas la miró cuando los presentaron.

Dannie se quedó allí de pie con el abrigo en la mano hasta que Therese se lo cogió. No encontró otra percha para el abrigo de Phil, y Phil volvió a cogerlo y lo dejó en el respaldo de una silla, de manera que parte de él arrastraba por el suelo. Era un viejo abrigo cruzado, de pelo de camello. Therese sacó la cerveza, el queso y galletitas, escuchando atentamente para ver si Phil y Richard cambiaban de conversación y hablaban del trabajo. Pero todo el rato hablaban de las cosas que les habían pasado desde la última vez que se vieron en Kingston, Nueva York. El verano anterior, Richard había pasado dos semanas trabajando en unos murales de un parador en el que Phil había trabajado de camarero.

–¿Tú también estás en el teatro? –le preguntó ella a Dannie.

–No, yo no –dijo Dannie. Parecía avergonzado, o quizá estaba aburrido e impaciente, y quería marcharse. Era mayor que Phil y un poco más corpulento. Sus ojos castaño oscuro se movían pensativos por el cuarto, de objeto en objeto.

–Por ahora sólo tienen al director y tres actores –dijo Phil a Richard, recostándose en el sofá–. El director es un tipo con el que trabajé una vez en Filadelfia, Raymond Cortes. Si te recomiendo, seguro que te cogerá –añadió mirando a Therese–. Me prometió el papel de segundo hermano. La obra se titula *Llovizna*.

–¿Es una comedia? –preguntó Therese.

–Una comedia en tres actos. ¿Alguna vez has hecho decorados para algo así?

–¿Cuántos cuadros habrá? –preguntó Richard justo cuando ella iba a contestar.

–Dos, como máximo, y lo más probable es que pasen con uno. Le han dado el primer papel a Georgia Halloran. ¿Viste el Sartre que hicieron en otoño? Actuaba ella.

–¿Georgia? –sonrió Richard–. ¿Qué pasó entre ella y Rudy?

Decepcionada, Therese tuvo que escuchar cómo la conversación giraba en torno a Georgia y Rudy y otra gente que no conocía. Supuso que Georgia era una de las chicas con las que había estado liado Richard. En una ocasión le había mencionado hasta cinco, pero ella no recordaba los nombres, excepto uno, Celia.

–¿Ése es uno de tus decorados? –le preguntó Dannie mirando la escenografía de cartón que estaba colgada en la pared, y cuando ella asintió con la cabeza, él se levantó y se acercó a mirarla.

Richard y Phil estaban hablando de un hombre que le debía dinero a Richard. Phil dijo que lo había visto la noche anterior en el bar San Remo. Therese pensó que Phil tenía el rostro alargado y el pelo ondulado como los personajes de El Greco, y en cambio, en su hermano, los mismos rasgos parecían los de un indio norteamericano. La manera de hablar de Phil destruía completamente la ilusión de El Greco. Hablaba como la gente que uno se encuentra en los bares del Village, gente joven que son supuestamente escritores o actores y que en general no hacen nada de nada.

–Es muy bonito –dijo Dannie, contemplando una de las figuras suspendidas.

–Era para *Petrushka*. La escena de las hadas –dijo ella, preguntándose si él conocería el ballet. Podía ser abogado, pensó, o incluso médico. Tenía manchas amarillas en los dedos, pero no eran las típicas manchas de tabaco.

Richard dijo algo acerca de que tenía hambre, y Phil dijo que él se moría de hambre, pero ninguno de los dos había probado el queso que tenían delante.

–Hemos quedado dentro de media hora, Phil –dijo Dannie.

Un momento después estaban todos de pie, poniéndose los abrigos.

—Comamos algo en algún sitio, Terry —dijo Richard—. ¿Qué te parece ese sitio checo que hay en la Segunda?

—De acuerdo —dijo ella intentando ser complaciente. Supuso que ya se había acabado todo y que no había nada definitivo. Tuvo el impulso de preguntarle a Phil algo crucial, pero no lo hizo.

En la calle, echaron a andar hacia abajo en vez de hacia arriba. Richard iba con Phil y sólo miró atrás una o dos veces, como intentando comprobar que ella seguía allí. Dannie la cogía del brazo cuando llegaban a un bordillo, así como en los sitios donde el suelo estaba sucio y resbaladizo, aunque ya no había nieve ni hielo, sino sólo los restos de una nevada de hacía tres semanas.

—¿Eres médico? —le preguntó a Dannie.

—Físico —contestó él—. Estoy haciendo el curso para graduados en la Universidad de Nueva York —le sonrió, y la conversación se detuvo durante un rato.

Más tarde, él añadió:

—Hay que recorrer un largo camino para ser escenógrafo, ¿no?

—Bastante largo —asintió ella. Iba a preguntarle si pensaba hacer algún trabajo relacionado con la bomba atómica, pero no lo hizo porque en realidad le daba igual. ¿Qué hubiera cambiado eso?—. ¿Sabes adónde vamos? —le preguntó.

Él sonrió ampliamente, mostrando una blanca dentadura.

—Sí. Al metro. Pero Phil primero quiere tomar algo en algún sitio.

Iban bajando por la Tercera Avenida. Richard le estaba contando a Phil que ellos pensaban ir a Europa el verano siguiente. Ella sintió un pálpito de vergüenza mientras andaba detrás de Richard, como si fuera un apéndice suyo. Porque, naturalmente, Phil y Dannie pensarían que ella era la amante de Richard. Ella no era su amante. Y Richard tampoco podía esperar que lo fuera en Europa. Ella se daba cuenta de que la suya era una relación muy extraña, ¿pero quién se lo habría creído? Por lo que había visto en Nueva York, todo el mundo se acostaba con todo el mundo y todos salían con dos o tres personas a la vez. Y las dos personas con las que había salido antes de Richard, Angelo y Harry, la habían dejado al descubrir que no quería tener ningún lío con ellos. El año que conoció a Richard había intentado liarse con él tres o cuatro veces, aunque con resultados negativos. Richard decía que prefería esperar hasta que ella estuviera más interesada en él. Quería casarse con ella y decía que era la primera chica a la que se lo había propuesto. Ella sabía que se lo volvería a pedir antes de que salieran para Europa, pero no le quería lo bastante como para casarse con él. Y, sin embargo, pensaba aceptar que él le pagara casi todo el viaje, pensó, con un sentimiento de culpabilidad que le era familiar. Luego se le apareció la imagen de la señora Semco, la madre de Richard, sonriéndoles aprobadoramente ante la idea de su boda. Y Therese, involuntariamente, sacudió la cabeza.

–¿Qué te pasa? –le preguntó Dannie.

–Nada.

–¿Tienes frío?

–No, en absoluto.

Pero él le apretó el brazo con más fuerza. Ella tenía frío y se sentía bastante desgraciada. Sabía que la culpa era de aquella relación con Richard, inconexa y sin cimentar. Cada vez se conocían más, pero no por ello estaban más cerca. Después de diez meses, aún no estaba enamorada de él y quizá nunca lo estuviera. Y eso pese a que le gustaba más que ningún otro hombre que hubiera conocido. A veces pensaba que estaba enamorada de él. Se despertaba por la mañana mirando al techo, con los ojos en blanco, recordando de pronto que le conocía, recordando repentinamente su rostro iluminado cuando tenía hacia él algún gesto de afecto. Antes de que el vacío de su sueño pudiera llenarse con la conciencia de la hora que era, del día, de lo que tenía que hacer, de esa sólida sustancia que estructura la vida de alguien. Pero esa sensación no guardaba el menor parecido con lo que había leído sobre el amor. Se suponía que el amor era una especie de bendita locura, pero Richard tampoco se comportaba como si estuviera felizmente loco.

–¡Ah! ¡Allí todo se llama Saint-Germain-des-Prés! –gritó Phil haciendo un gesto con la mano–. Te daré algunas direcciones antes de que os vayáis. ¿Cuánto tiempo pensáis quedaros?

Un camión con ruidosas cadenas giró frente a ellos y Therese no pudo oír la respuesta de Richard. Phil entró en la tienda Riker's, en la esquina de la calle Cincuenta y tres.

–No vamos a comer aquí. Phil sólo quiere entrar un momento –le dijo Richard abrazándola mientras cruzaban el umbral–. Hoy es un gran día, ¿no, Terry? ¿No te parece? ¡Tu primer trabajo de verdad!

Richard estaba convencido y Therese intentó con toda su alma convencerse de que podía ser un gran momento. Pero ni siquiera pudo recobrar la confianza que había sentido hacía unas horas, después de la llamada de Richard, mientras contemplaba la toalla y la palangana anaranjada. Se apoyó en el taburete que había junto al de Phil. Richard se quedó de pie junto a ella y siguió hablando con Phil. La luz blanca fluorescente sobre la pared de azulejos blancos y el suelo parecía aún más brillante que la luz del sol, allí no había sombras. Ella veía brillar cada uno de los pelos negros de las cejas de Phil y las rugosidades y las vetas de la pipa apagada que Dannie sostenía en la mano. Veía hasta los más mínimos detalles de la mano de Richard, que colgaba desmañada de la manga de la chaqueta, y una vez más aquella mano le pareció incongruente con el huesudo y elástico cuerpo. Tenía las manos gruesas, incluso regordetas, y las movía de manera inarticulada, como un ciego cogiendo un salero o el asa de una maleta. O como si le acariciara el pelo, pensó. Las palmas eran extremadamente suaves, como las de una chica, y algo húmedas. Pero lo peor era que en general se olvidaba de limpiarse las uñas, incluso cuando se tomaba la molestia de arreglarse. Therese se lo había dicho un par de veces, pero se daba cuenta de que ya no podía decírselo más sin hacerle enfadar.

Dannie la estaba mirando. Durante un instante ella sostuvo sus ojos pensativos, pero luego bajó la vista. De repente, supo por qué no podía recobrar la sensación que había experimentado antes: simplemente, no creía que la recomendación de Phil McElroy bastara para conseguirle un trabajo.

—¿Estás preocupada por lo del trabajo? —le dijo Dannie, que se hallaba a su lado.

—No.

—No tienes por qué estarlo. Phil te puede echar una mano. —Se puso la boquilla de la pipa entre los labios y parecía a punto de decir algo, pero se dio la vuelta.

Ella escuchaba a medias la conversación de Phil con Richard. Hablaban de reservas de billetes de barco.

Dannie dijo:

—Por cierto, el Black Cat Theater está a sólo un par de manzanas de mi casa, en la calle Morton. Phil vive conmigo. Puedes venir a comer alguna vez con nosotros. ¿Vendrás?

—Muchas gracias, me encantaría. —Probablemente no iría, pensó, pero había sido amable por su parte el ofrecérselo.

—¿Tú qué piensas, Terry? —le dijo Richard—. ¿Te parece que marzo será muy pronto para ir a Europa? Es mejor ir pronto para no encontrarnos demasiada gente.

—Marzo me parece bien —dijo ella.

—No hay nada que nos retenga. No me importa perderme el trimestre de invierno de la escuela.

—No, no hay nada que nos retenga —repitió. Era fácil decirlo. Era muy fácil creérselo todo. Pero también era muy fácil no creer nada en absoluto. Si todo fuera real, la obra tuviera éxito y ella pudiera ir a Francia al menos con un solo éxito tras de sí... De repente, Therese buscó el brazo de Richard y bajó la mano hacia sus dedos. Richard se quedó muy sorprendido y se detuvo a mitad de una frase.

A la tarde siguiente, Therese llamó al número de Watkins que Phil le había dado. Contestó una chica que parecía muy eficiente. El señor Cortes no estaba, pero Phil McElroy les había hablado de ella. El puesto era suyo y empezaría el 28 de diciembre a cincuenta dólares por semana. Si quería, podía ir antes a enseñarle al señor Cortes alguna cosa suya, pero no era necesario. Sobre todo, porque el señor McElroy la había recomendado de manera muy efusiva.

Therese llamó a Phil para darle las gracias, pero nadie contestó. Le escribió una nota y la dejó en el Black Cat Theater.

3

Roberta Walls, la empleada temporal más joven de la sección de juguetes, en medio de las prisas de media mañana se detuvo el tiempo suficiente para susurrarle a Therese:

—¡Si no vendemos hoy esa maleta de veinticuatro dólares noventa y cinco, el lunes la tendrán que rebajar y la sección perderá dos dólares! —Roberta señaló la maleta de cartón que había en el mostrador, dejó su carga de cajas grises en manos de la señorita Martucci y salió corriendo.

Al final del largo pasillo, Therese vio cómo las vendedoras le abrían paso a Roberta. Ella volaba arriba y abajo por los mostradores, de un rincón a otro de la planta, desde las nueve de la mañana hasta las seis de la tarde. Therese había oído que Roberta quería otro ascenso. Usaba gafas arlequinescas color rojo y, a diferencia de las otras chicas, siempre llevaba las mangas de la bata subidas por encima de los codos. Therese la vio volar al otro lado de un pasillo y detenerse ante la señora Hendrickson con un excitado mensaje que transmitió con gestos. La señora Hendrickson asintió de acuerdo y Roberta le tocó el hombro con familiaridad. Therese sintió una leve punzada de celos. Celos, aunque a ella no le importaba lo más mínimo la señora Hendrickson, y ni siquiera le gustaba.

—¿Tienen una muñeca de trapo que llore?

Therese no recordaba haber visto muñecas así en el almacén, pero la mujer estaba segura de que se vendían en Franken-berg, porque las había visto anunciadas. Therese sacó otra caja del último montón que le quedaba por mirar, pero allí tampo-co había.

—¿Qué buscas? —le preguntó la señorita Santini con voz na-sal. Estaba constipada.

—Una muñeca de trapo que llore —contestó Therese. Últi-mamente, la señorita Santini había sido muy amable con ella. Therese se acordó de cuando le habían robado la carne. Pero esta vez la señorita Santini se limitó a enarcar las cejas, avanzó el labio inferior, rojo brillante, se encogió de hombros y siguió su camino.

—¿De trapo? ¿Con trenzas? —La señorita Martucci, una ita-liana flaca y de pelo alborotado, miró a Therese—. Que no se entere Roberta —dijo la señorita Martucci, echando un vistazo a su alrededor—. Que nadie se entere, pero esas muñecas están en el sótano.

—¡Oh!

La sección de juguetes de arriba estaba en guerra con la sec-ción de juguetes del sótano. La táctica era forzar al cliente a comprar en la séptima planta, en la que todo era más caro. Therese le dijo a la mujer que aquellas muñecas se vendían en el sótano.

—Intenta vender esto hoy —le dijo la señorita Davis cautelo-sa, y tamborileó con sus uñas rojas sobre la gastada maleta, imi-tación de piel de cocodrilo.

Therese asintió con la cabeza.

—¿Tienen muñecas con las piernas rígidas? Una que se sos-tiene de pie...

Therese miró a la mujer de mediana edad cuyas muletas le empujaban los hombros hacia arriba. Tenía una cara distinta de todas las demás caras que había al otro lado del mostrador. Pa-recía amable, con una expresión de seguridad en los ojos, como si supiera exactamente lo que estaba buscando.

—Ésta es un poco grande comparada con la que yo buscaba

—dijo la mujer cuando Therese le enseñó una muñeca—. Lo siento. ¿No tiene una más pequeña?

—Creo que sí.

Therese se alejó un poco más por el pasillo y se dio cuenta de que la mujer la seguía con sus muletas, evitando la presión de la gente que había junto al mostrador, como para ayudar a Therese cuando volviera con la muñeca. De pronto, Therese quería tomarse todas las molestias, quería encontrar exactamente la muñeca que la mujer estaba buscando. Pero la siguiente muñeca tampoco era la apropiada. No tenía el pelo de verdad. Therese buscó en otra parte y encontró la misma muñeca con pelo de verdad. Incluso lloraba al inclinarla. Era exactamente lo que quería aquella mujer. Therese recostó cuidadosamente la muñeca sobre el papel de seda de una caja nueva.

—Es perfecta —repetía la mujer—. Se la voy a mandar a una amiga mía que es enfermera en Australia. Se graduó conmigo en la escuela de enfermería y he hecho un pequeño uniforme como el nuestro para vestir a la muñeca. Muchísimas gracias. ¡Le deseo una feliz Navidad!

—¡Feliz Navidad! —contestó Therese sonriendo. Era la primera vez que oía a un cliente felicitarle la Navidad.

—¿Ha hecho ya su turno de descanso, señorita Belivet? —le preguntó la señora Hendrickson, con un tono tan agudo que casi parecía un reproche.

Therese no había descansado aún. Cogió su agenda y la novela que estaba leyendo del estante que había bajo el mostrador de envolver. La novela era el *Retrato del artista adolescente*, de Joyce, porque Richard estaba ansioso por que lo leyera. ¿Cómo podía alguien leer a Gertrude Stein sin haber leído algo de Joyce?, decía Richard, él no lo entendía. Ella se sentía un tanto inferior cuando Richard le hablaba de libros. Había hojeado todos los de las estanterías del colegio, y ahora se daba cuenta de que la biblioteca reunida por la Orden de Santa Margarita distaba mucho de ser católica, e incluía escritores tan inesperados como Gertrude Stein.

El vestíbulo de la habitación de descanso de los empleados estaba bloqueado por enormes carros de reparto con montones altísimos de cajas. Therese esperó para pasar.

—¡Muñeca! —le gritó uno de los mozos de reparto.

Therese sonrió levemente porque era una tontería. Incluso abajo, en el guardarropa del sótano, le gritaban «¡Muñeca!» cuando pasaba por allí por la mañana o por la noche.

—Muñeca, ¿me esperas a mí? —bramó de nuevo la voz ruda y nerviosa, por encima del estrépito y los golpes de los carros.

Ella se abrió paso y esquivó un carro que se precipitaba hacia ella con un empleado delante.

—¡Aquí no se fuma! —exclamó una voz masculina, una voz gruñona digna de un ejecutivo, y las chicas que había delante de Therese y que habían encendido cigarrillos echaron el humo ostentosamente y corearon en voz alta, justo antes de refugiarse en la sala de mujeres:

—¿Quién se cree que es *él?* ¿El señor Frankenberg?

—¡Yu-hu! ¡Muñeca!

—¡Muñeca, que me pierdes!

Un carro de reparto se deslizó frente a ella, y su pierna chocó contra el borde metálico. Siguió andando sin mirársela, aunque ya sentía el dolor fluyendo como una lenta explosión. Pasó por entre distintos y caóticos sonidos de voces femeninas mezcladas, siluetas de mujeres y olor a desinfectante. La sangre le resbalaba hasta el zapato y se le había hecho un desgarrón en la media. Se alisó la piel levantada y, al sentirse mareada, se apoyó contra la pared y se agarró a una tubería. Se quedó allí unos segundos, escuchando la confusión de voces entre las chicas que había frente al espejo. Luego humedeció papel higiénico y se limpió hasta que la mancha roja desapareció de su media, pero la sangre seguía fluyendo.

—Estoy bien, gracias —le dijo a una chica que se inclinó un momento hacia ella, y la chica se alejó.

Lo único que podía hacer era comprar una compresa en la máquina expendedora. Cogió un poco del algodón que llevaba dentro y se lo sujetó a la pierna con la gasa. Ya era hora de volver al mostrador.

Sus ojos se encontraron en el mismo instante, cuando Therese levantó la vista de la caja que estaba abriendo y la mujer volvió la cabeza, mirando directamente hacia Therese. Era alta y rubia, y su esbelta y grácil figura iba envuelta en un amplio abrigo de piel que mantenía abierto con una mano puesta en la cintura. Tenía los ojos grises, incoloros pero dominantes como la luz o el fuego. Atrapada por aquellos ojos, Therese no podía apartar la mirada. Oyó que el cliente que tenía enfrente le repetía una pregunta, pero ella siguió muda. La mujer también miraba a Therese, con expresión preocupada. Parecía que una parte de su mente estuviera pensando en lo que iba a comprar allí, y aunque hubiera muchas otras empleadas, Therese sabía que se dirigiría a ella. Luego la vio avanzar lentamente hacia el mostrador y el corazón le dio un vuelco recuperando el ritmo. Sintió cómo le ardía la cara mientras la mujer se acercaba más y más.

—¿Puede enseñarme una de esas maletas? —le preguntó la mujer, inclinándose sobre el mostrador y mirando a través de la superficie acristalada.

La deteriorada maleta estaba sólo a unos centímetros. Therese se dio la vuelta y cogió una caja del final de una pila, una caja que nunca se había abierto. Cuando se levantó, la mujer la estaba mirando con serenos ojos grises. Therese no lograba apartar la vista de ellos, pero tampoco podía mirarlos abiertamente.

—Ésa es la que me gusta, pero supongo que no puedo comprarla, ¿o sí? —dijo, señalando la maleta marrón que había en el escaparate, detrás de Therese.

Tenía las cejas rubias, y subrayaban la curva de su frente. Therese pensó que su boca era tan sagaz como sus ojos, que su voz era como su abrigo, rica y suave, y que, de algún modo, parecía llena de secretos.

—Sí —contestó Therese.

Volvió al almacén a buscar la llave. Estaba colgada de un

clavo que había detrás de la puerta, y sólo la señora Hendrickson estaba autorizada a cogerla.

La señorita Davis la vio y se quedó boquiabierta, pero Therese le dijo:

—La necesito. —Y salió.

Abrió el escaparate, sacó la maleta y la puso sobre el mostrador.

—¿Me vende la que está en exposición? —Sonrió como si lo entendiera—. Les dará un ataque, ¿no? —añadió con indiferencia, apoyando los codos en el mostrador para estudiar el contenido de la maleta.

—Da igual —dijo Therese.

—Está bien, ésta me gusta. Pagaré contra reembolso. ¿Y los vestidos? ¿Van con la maleta?

En la tapa de la maleta había unos vestiditos envueltos en celofán y llevaban la etiqueta del precio pegada encima.

—No. Van aparte —dijo Therese—. Si quiere vestidos de muñeca, son mucho mejores los de la sección de vestuario de muñecas que hay al otro lado del pasillo.

—Ah. ¿Podrá llegar esto a Nueva Jersey antes de Navidad?

—Sí. Llegará el lunes. —Si no llegaba, pensó Therese, lo entregaría ella personalmente.

—Señora H. F. Aird —dijo la suave y nítida voz, y Therese empezó a anotarlo en el impreso verde de pago contra reembolso.

Como un secreto que nunca olvidaría, fueron apareciendo bajo la punta del bolígrafo el nombre, la dirección y la ciudad, algo que quedaría grabado en su memoria para siempre.

—No habrá ningún error, ¿verdad? —preguntó la mujer.

Therese percibió su perfume por primera vez y, en lugar de contestar, se limitó a negar con la cabeza. Bajó la vista hacia la hoja en la que añadía concienzudamente las cifras necesarias y deseó con todas sus fuerzas que la mujer continuara hablando y le dijera: «¿Te alegras de haberme conocido? ¿Por qué no volvemos a vernos? ¿Por qué no comemos juntas hoy?» Su voz era tan indiferente que podría haberlo dicho sin el menor problema. Pero no hubo nada después del «¿verdad?». Nada que aliviara la vergüenza de haber sido reconocida como una vendedora novata, contratada para las aglomeraciones de Navidad, inexperta y susceptible de cometer errores. Therese le pasó la nota para que la firmara.

La mujer cogió sus guantes del mostrador, se dio la vuelta y empezó a alejarse lentamente. Therese vio cómo la distancia se hacía cada vez más grande. Por debajo del abrigo de piel asomaban sus tobillos blancos y delgados. Llevaba unos sencillos zapatos de piel de tacón alto.

–¿Es un pago contra reembolso?

Therese miró la fea e inexpresiva cara de la señora Hendrickson.

–Sí, señora Hendrickson.

–¿No sabe que tiene que entregarle al cliente el recorte inferior de la hoja? ¿Cómo cree que podrían reclamar la compra? ¿Dónde está su cliente? ¿Puede ir a buscarla?

–Sí.

Estaba sólo a un par de metros, al otro lado del pasillo, en la sección de vestidos de muñecas. Therese dudó un momento, con el impreso verde en la mano. Luego rodeó el mostrador y se obligó a avanzar llevando la hoja extendida, porque de pronto se sentía avergonzada de su aspecto, con la vieja falda azul, la camisa de algodón –el que repartía las batas verdes se había olvidado de ella–, y los zapatos humillantemente bajos. Y aquella horrible venda que ya debía de estar totalmente llena de sangre.

–Tenía que haberle entregado esto –dijo, dejando el mísero trozo de papel junto a la mano de la mujer, y luego se dio la vuelta.

Otra vez tras su mostrador, Therese miró las cajas apiladas y se puso a revolverlas como si estuviera buscando algo. Esperó a que la mujer acabase en el otro mostrador y se fuera. Era consciente con horror de los momentos que pasaban, como si formaran parte de un tiempo irrevocable, una felicidad irrevocable, porque en aquellos últimos segundos ella podía volverse

50

y ver una vez más la cara que nunca volvería a ver. También tenía una vaga conciencia, sintiendo un horror muy distinto, de las viejas e incesantes voces de los clientes, que reclamaban atención en el mostrador, llamándola, y del bajo y murmurante zumbido del trenecito, del torbellino que se acercaba y la separaba de la mujer.

Pero cuando al fin se volvió miró directamente a los ojos grises. La mujer se acercaba a ella, como si el tiempo hubiera retrocedido, y se inclinaba otra vez sobre el mostrador, señalaba una muñeca y pedía que se la enseñara.

Therese cogió la muñeca y la dejó brusca y ruidosamente sobre el mostrador de cristal. La mujer la miró.

—Parece irrompible —dijo.

Therese sonrió.

—También me la llevo —dijo con su tranquila y pausada voz, que creaba un remanso de silencio entre el tumulto que las rodeaba. Volvió a darle su nombre y su dirección y Therese lo apuntó lentamente mientras lo leía en sus labios, como si no se lo supiera de memoria—. ¿Seguro que llegará antes de Navidad?

—Llegará el lunes como muy tarde, dos días antes de Navidad.

—Muy bien. No quiero ponerla nerviosa.

Therese apretó el nudo del cordel con el que había rodeado la caja de la muñeca. Misteriosamente el nudo se deshizo.

—Oh, no —dijo, con una vergüenza tal que la hizo sentirse indefensa, y volvió a atarlo bajo la mirada de la mujer.

—Es un trabajo horrible, ¿verdad?

—Sí. —Therese dobló el impreso de pago contra reembolso y lo grapó sobre el cordel blanco.

—Perdone mis quejas.

Therese la miró y otra vez le volvió a dar la sensación de que la conocía de algo, de que la mujer estaba a punto de darse a conocer y que las dos se reirían y comprenderían.

—Tampoco se ha quejado tanto... pero no se preocupe, llegará a tiempo. —Therese miró al otro lado del pasillo, hacia el sitio donde la mujer había estado antes, y vio que el trozo de papel verde seguía sobre el mostrador–. Pero en serio, tiene que conservar el resguardo.

Sus ojos volvieron a cambiar con la sonrisa, resplandeciendo con un fuego gris e incoloro que Therese casi conocía y podía identificar.

–Siempre los pierdo, pero siempre consigo recoger las cosas igualmente. –Se inclinó para firmar el segundo resguardo.

Therese la observó mientras se alejaba con un paso tan lento como al acercarse, la vio mirar otro mostrador y golpearse dos o tres veces la palma de la mano con los guantes negros. Luego desapareció en uno de los ascensores.

Therese se volvió hacia el siguiente cliente. Trabajaba con paciencia infinita, pero las cifras que anotaba en las hojas de ventas vacilaban en los extremos, el bolígrafo le temblaba espasmódicamente. Fue al despacho del señor Logan y le pareció que tardaba siglos, pero al mirar el reloj vio que sólo habían pasado quince minutos. Ya era la hora de lavarse las manos para ir a comer. Se quedó allí de pie, rígida, secándose las manos en la toalla, sintiéndose ajena a todo y a todos, aislada. El señor Logan le preguntó si quería seguir después de navidades porque tenían un puesto para ella en el piso de abajo, en el departamento de perfumería, y ella le contestó que no.

A media tarde bajó a la primera planta y compró una tarjeta de Navidad en la sección de tarjetas de felicitación. No era muy especial, pero al menos era sencilla, en sobrio azul y dorado. Se quedó con la pluma pegada a la tarjeta pensando qué escribir: «Usted es magnífica» o incluso «La quiero», y por fin escribió muy deprisa algo dolorosamente torpe e impersonal: «Con un recuerdo muy especial de Frankenberg», y en lugar de firma puso su número, 645-A. Después bajó a la oficina de correos, que estaba en el sótano, y dudó ante el buzón. Cuando tenía la carta aún sujeta pero ya dentro de la ranura, se puso nerviosa. ¿Qué pasaría? De todas maneras iba a dejar los almacenes al cabo de unos días. ¿Qué le importaría a la señora H. F. Aird? Sus cejas rubias se enarcarían quizá levemente, miraría la tarjeta un momento y luego la olvidaría. Therese la dejó caer dentro del buzón.

Camino de casa, se le ocurrió una idea para una escenografía, el interior de una casa más profunda que ancha, con una especie de núcleo en el centro de cuyos lados saldrían habitaciones. Quería empezar a hacer la maqueta aquella misma noche, pero al final sólo hizo un esbozo a lápiz. Quería ver a alguien que no fuera Richard, ni Jack o Alice Kelly, la vecina de abajo, quizá a Stella, Stella Overton, la escenógrafa a la que había conocido cuando llegó a Nueva York. Se dio cuenta de que no la había visto desde la fiesta que diera antes de dejar el otro apartamento. Stella era una de las personas cuyo paradero ignoraba. Therese iba a bajar al vestíbulo a llamar por teléfono cuando oyó unos timbrazos cortos y rápidos que significaban que había una llamada para ella.

–Gracias –le dijo Therese a la señora Osborne.

Era la habitual llamada de Richard alrededor de las nueve. Quería saber si la noche siguiente le gustaría ir al cine. Era una película que ponían en el Sutton y aún no habían visto. Therese le dijo que no tenía nada planeado pero que quería acabar una funda de almohadón. Alice Kelly le había dicho que esa noche podría pasar por su casa y usar la máquina de coser. Y además tenía que lavarse el pelo.

–Lávatelo esta noche y queda mañana conmigo –le propuso Richard.

–Es muy tarde. No puedo dormir con el pelo mojado.

–Yo te lo lavaré mañana por la noche. No usaremos la bañera, sólo un par de cubos.

–Será mejor que no –dijo ella sonriendo. Una vez que Richard le lavó el pelo, ella se cayó dentro de la bañera. Richard había empezado a imitar el grifo de la bañera con gorgoritos y contorsiones y ella se rió tanto que perdió pie y se cayó.

–Bueno, entonces, ¿qué te parece ir el sábado a ver una exposición?

–Pero el sábado es el día que trabajo hasta las nueve. No puedo salir hasta las nueve y media.

—Ah, bueno. Me quedaré por la escuela y nos encontraremos en la esquina hacia las nueve y media. Cuarenta y cuatro y Quinta. ¿De acuerdo?

—De acuerdo.

—¿Alguna novedad hoy?

—No. ¿Y tú?

—No. Mañana iré a ver lo de las reservas de los billetes de barco. Te llamaré mañana por la noche.

Al final, Therese no llamó a Stella.

Al día siguiente era viernes, el último viernes antes de Navidad, y el día más ajetreado para Therese desde que trabajaba en Frankenberg, aunque todo el mundo comentaba que el día siguiente sería aún peor. La gente se apretaba peligrosamente contra los mostradores acristalados. Los clientes que había empezado a atender eran arrastrados y se perdían en la corriente pegajosa que llenaba el pasillo. Era imposible imaginar que cupiera nadie más en la planta, pero los ascensores seguían subiendo a más y más gente.

—¡No entiendo por qué no cierran las puertas de abajo! —le comentó Therese a la señorita Martucci mientras ambas se inclinaban junto a un estante del almacén.

—¿Qué? —contestó la señorita Martucci, incapaz de oír.

—¡Señorita Belivet! —gritó alguien, y sopló en un silbato.

Era la señora Hendrickson. Aquel día utilizaba un silbato para atraer la atención. Therese se abrió camino hacia ella entre las empleadas y las cajas vacías que se amontonaban en el suelo.

—La llaman al teléfono —le dijo la señora Hendrickson, señalando el aparato que había sobre el mostrador de envolver.

Therese hizo un gesto de impotencia que la señora Hendrickson no pudo ver. En aquel momento era imposible oír nada por un teléfono. Y sabía que probablemente sería Richard en plan gracioso. Ya la había llamado una vez.

—¿Diga? —contestó.

—Hola, ¿es usted la empleada seiscientos cuarenta y cinco A,

Therese Belivet? –dijo la voz de la operadora entre chasquidos y zumbidos–. Hable.

–¿Diga? –repitió, y apenas oyó la respuesta. Se llevó el teléfono hacia el pequeño almacén que había a unos pocos metros. El cable no llegaba y tuvo que agacharse–. ¿Diga?

–Hola –dijo la voz–. Bueno, quería darle las gracias por su tarjeta de Navidad.

–Ah, usted es...

–La señora Aird –dijo ella–. ¿La envió usted o no?

–Sí –dijo Therese, súbitamente rígida por la culpa, como si la hubieran descubierto cometiendo un crimen. Cerró los ojos y retorció el cable. Veía aquellos ojos risueños e inteligentes como los había visto el día anterior–. Siento haberla molestado –dijo mecánicamente, en el tono con el que solía hablar a los clientes.

La mujer se echó a reír.

–Es muy divertido –dijo con soltura, y Therese percibió en su voz la misma nota que había escuchado el día antes y que tanto le había gustado, y sonrió.

–¿Sí? ¿Por qué?

–Usted debe ser la chica de la sección de juguetes.

–Sí.

–Fue muy amable por su parte enviarme la tarjeta –dijo la mujer cortésmente.

Entonces Therese lo comprendió. Ella había pensado que quizá la tarjeta fuera de un hombre, algún otro empleado que la había atendido.

–Fue muy agradable atenderla –dijo Therese.

–¿Sí? ¿Por qué? –dijo. Tal vez se estuviera burlando de Therese–. Bueno, como es Navidad, ¿por qué no quedamos al menos para tomar un café? O beber algo.

Se abrió la puerta, una chica irrumpió en la habitación y se quedó de pie frente a ella. Therese retrocedió.

–Sí, me encantaría.

–¿Cuándo? –preguntó la mujer–. Yo iré a Nueva York mañana por la mañana. ¿Por qué no quedamos para comer? ¿Mañana tiene tiempo?

—Claro. Tengo una hora, de doce a una —dijo Therese, mirándole los pies a la chica que tenía delante, con unos mocasines dados de sí. Le veía los gruesos tobillos y las pantorrillas envueltos en calcetines escoceses, moviéndose como patas de elefante.

—¿Quedamos abajo, en la puerta de la calle Treinta y cuatro, a las doce?

—De acuerdo. Yo... —Therese recordó de pronto que el día siguiente debía entrar a la una en punto. Tenía toda la mañana libre. Levantó el brazo para protegerse de la avalancha de cajas que la chica de enfrente había tirado de la estantería, y la propia chica también trastabilló hacia ella—. ¿Oiga? —gritó por encima del ruido de las cajas que caían.

—¡Perdón! —gritó irritada la señora Zabriskie, y cerró la puerta.

—¿Oiga? —repitió Therese.

La comunicación se había cortado.

4

–Hola –dijo la mujer sonriendo.

–Hola.

–¿Qué te pasa?

–Nada –contestó. Por lo menos, la mujer la había reconocido, pensó Therese.

–¿Tienes algún restaurante favorito? –le preguntó la mujer en la acera.

–No. Me gustaría uno tranquilo, pero no lo encontraremos en este barrio.

–¿Te da tiempo a ir a la zona Este? No, no te da tiempo, sólo tienes una hora. Creo que conozco un sitio que está en esta calle a un par de manzanas hacia el oeste. ¿Crees que te dará tiempo?

–Sí, seguro. –Ya eran las doce y cuarto. Therese sabía que llegaría muy tarde, pero no le importó.

No se molestaron en hablar por el camino. De vez en cuando, la multitud las separaba. En una ocasión, la mujer miró a Therese, sonriendo desde el otro lado de una carretilla de mano llena de vestidos. Entraron en un restaurante con vigas de madera y manteles blancos. Estaba prodigiosamente tranquilo y medio vacío. Se sentaron en un gran reservado de madera y la mujer pidió un Old Fashioned sin azúcar, e invitó a Therese a beber uno, o un jerez, y como Therese dudaba, pidió ella y despidió al camarero.

Se quitó el sombrero y se pasó los dedos por el pelo. Miró a Therese.

—¿Cómo se te ocurrió la fantástica idea de mandarme una tarjeta de Navidad?

—Me acordaba de usted —dijo Therese. Miró los pequeños pendientes de perlas que no parecían más claros que el pelo, o sus ojos. Therese pensó que era hermosa, aunque en aquel momento su rostro era sólo un borrón, porque no se atrevía a mirarla directamente. La mujer sacó algo de su bolso, un lápiz de labios y una polvera. Therese miró la funda del lápiz de labios, dorada como una joya y en forma de cofre. Le hubiera gustado mirarle la boca, pero aquellos ojos grises que resplandecían como fuego la hicieron desistir.

—No llevas mucho tiempo trabajando allí, ¿verdad?

—No, sólo dos semanas.

—Y probablemente no te quedarás mucho tiempo. —Le ofreció un cigarrillo a Therese.

Therese aceptó.

—No. Me van a dar otro trabajo. —Se inclinó hacia el mechero que le tendía la delgada mano moteada de pecas y con las uñas rojas y ovales.

—¿Y mandas postales a menudo?

—¿Postales?

—Bueno, tarjetas de Navidad —sonrió.

—Claro que no —dijo Therese.

—Bueno, por Navidad. —Hizo chocar el vaso de Therese con el suyo y bebió—. ¿Dónde vives? ¿En Manhattan?

Therese se lo dijo. En la calle Sesenta y tres. Le explicó que sus padres habían muerto. Ella llevaba dos años viviendo en Nueva York, y antes había ido al colegio en Nueva Jersey. Therese no le dijo que el colegio era medio religioso, episcopaliano. No mencionó a la hermana Alice, a la que adoraba y en la que pensaba a menudo, con sus pálidos ojos azules, su horrible nariz y su firmeza. Porque desde la mañana del día anterior su mente había proyectado muy lejos a la hermana Alice, a kilómetros de la mujer que se sentaba frente a ella.

—¿Y a qué te dedicas en tu tiempo libre? —La lámpara que había en la mesa volvía sus ojos plateados, de un fulgor acuoso. Incluso la perla que pendía del lóbulo de su oreja parecía algo vivo, como una gota de agua capaz de desvanecerse con un leve roce.

—Bueno... —¿Debía decirle que solía trabajar en maquetas de escenografías? A veces dibujaba y pintaba pequeñas esculturas como cabezas de gato y figuritas que colocaba en sus decorados de ballets, pero lo que más le gustaba era dar largos paseos hacia ninguna parte, lo que más le gustaba era soñar. ¿Debía hablarle de todo aquello? Therese sintió que no hacía falta que se lo dijera. Sintió que los ojos de la mujer no podían mirar sin comprenderlo todo. Tomó un poco más de su bebida y le gustó. Pensó que era como si se estuviera bebiendo a aquella mujer, fuerte y maravillosa.

La mujer hizo un gesto al camarero y les sirvieron otras dos bebidas.

—Me gusta.

—¿El qué? —preguntó Therese.

—Me gusta que alguien me envíe una tarjeta de Navidad, alguien que no conozco. Así deberían ser las cosas en Navidad. Y este año me gusta aún más.

—Me alegro —dijo Therese, preguntándose si hablaría en serio.

—Eres una chica muy guapa —dijo—. Y muy sensible, ¿verdad?

Therese pensó que le había dicho que era guapa con tanta soltura como si estuviera refiriéndose a una muñeca.

—Yo creo que es usted magnífica —le dijo Therese con el valor que le daba la segunda copa, sin importarle cómo sonaría, porque sabía que de todas maneras aquella mujer acabaría sabiéndolo.

Ella echó la cabeza hacia atrás y se rió. Su risa era un sonido más hermoso que la música. Le dibujaba leves arrugas en los extremos de los ojos mientras fruncía los labios rojos para aspi-

rar el humo de su cigarrillo. Contempló un momento a Therese, con los codos sobre la mesa y la barbilla apoyada en la mano
que sostenía el cigarrillo. La distancia que separaba la cintura
de su traje negro y ajustado y sus anchos hombros era larga. Y
luego, su rubia cabeza con el fino y rebelde pelo peinado hacia
atrás. Tendría unos treinta o treinta y dos años, pensó Therese,
y su hija, a la que le había comprado la maleta y la muñeca,
tendría quizá seis u ocho años. Therese podía imaginarse a la
niña, con el pelo rubio, el rostro dorado y feliz, el cuerpo delgado y bien proporcionado, y siempre jugando. Pero el rostro de
la niña, a diferencia del de la mujer, de delgadas mejillas, con
una forma compacta que parecía casi nórdica, se le aparecía
vago e indefinido. ¿Y el marido? Therese ni siquiera podía imaginárselo.

—Estoy segura de que pensó que había sido un hombre el
que le había mandado la tarjeta de Navidad —dijo Therese.

—Pues sí —contestó ella con una sonrisa—. Pensé que podía
haber sido un empleado de la sección de esquí.

—Lo siento.

—Pero si estoy encantada. —Se recostó en el asiento del reservado—. Dudo mucho que me hubiera ido a comer con él. De
verdad, estoy encantada.

Otra vez le llegó a Therese el levemente dulce olor de su
perfume, un olor que le sugería una seda verde oscuro, que parecía propio de ella, como el aroma de una flor especial. Therese se inclinó para acercarse más al olor, con la vista baja posada
en su vaso. Le hubiera gustado apartar la mesa y echarse en sus
brazos, enterrar la nariz en el pañuelo verde y oro que rodeaba
su cuello. Una vez, sus manos se rozaron por el dorso en la
mesa y Therese sintió que aquella parte de su piel revivía y casi
ardía. Therese no comprendía lo que le estaba ocurriendo, pero
era así. La miró, ella había vuelto el rostro ligeramente, y otra
vez tuvo la sensación de conocerla de algo. Y también supo que
no podía tomar en serio aquella sensación. Nunca había visto a
aquella mujer. Si la hubiera visto, ¿habría podido olvidarla? En

el silencio, Therese sintió que las dos esperaban a que la otra hablase, aunque el silencio aún no era embarazoso. Llegaron sus platos. Era una humeante crema de espinacas con un huevo encima, y olía a mantequilla.

—¿Cómo es que vives sola? —le preguntó la mujer, y antes de darse cuenta Therese ya le había contado su vida.

Pero sin caer en aburridos detalles. En seis frases, como si le importase tan poco como una historia que hubiera leído en alguna parte. ¿Y qué importaban los hechos después de todo? ¿Qué importaba si su madre era francesa, inglesa o húngara, o si su padre había sido un pintor irlandés o un abogado checo, si había tenido éxito o no, o si su madre la había presentado al colegio de la Orden de Santa Margarita como una criatura difícil y llorona, o como una niña de ocho años igualmente difícil y melancólica? ¿Qué importaba si había sido feliz allí? Porque en ese momento era feliz, su vida empezaba aquel día. No necesitaba padres ni pasado.

—¿Hay algo más aburrido que la historia del pasado? —dijo Therese sonriendo.

—Quizá un futuro sin historia.

Therese no se paró a pensarlo. Era verdad. Todavía sonreía, como si acabara de aprender a sonreír y no supiera cómo parar. La mujer sonrió también, divertida. Therese pensó que quizá se estuviera riendo de ella.

—¿Qué clase de nombre es Belivet? —le preguntó.

—Es checo. Transformado —explicó Therese con torpeza—. Originalmente...

—Es muy original.

—¿Y usted cómo se llama? —preguntó Therese—. Su nombre de pila.

—¿Mi nombre? Carol. Por favor, no me llames nunca Carole.

—Y a mí nunca me llame Thirise —dijo Therese, pronunciando la «th» exageradamente.

—¿Cómo te gusta pronunciarlo?

—Como usted lo dice —contestó. Carol pronunciaba su

nombre a la francesa, Terez. Ella estaba acostumbrada a que la llamaran al menos de doce maneras distintas, incluso ella misma, a veces, lo decía de modo diferente. Le gustaba cómo lo pronunciaba Carol y le gustaba ver sus labios diciéndolo. Un anhelo indefinido, que antes sólo había sentido de manera vagamente consciente, se convertía en ese momento en un deseo reconocido. Un deseo tan absurdo y embarazoso que Therese lo apartó de su mente.

–¿Qué haces los domingos? –preguntó Carol.

–No lo sé. Nada en especial. ¿Y usted?

–Últimamente, nada. Si alguna vez te apetece venir a verme, serás bienvenida. Donde yo vivo, al menos hay un poco de campo. ¿Te gustaría venir este domingo? –Esta vez los ojos grises la miraban fijamente y, por primera vez, Therese se atrevió a mirarlos. Vio que había en ellos cierto matiz de humor. ¿Y qué más? También curiosidad y desafío.

–Sí –contestó.

–Eres una chica extraña.

–¿Por qué?

–Pareces caída del cielo –dijo Carol.

5

Richard la estaba esperando en la esquina, balanceándose alternativamente sobre los pies para soportar el frío. Aquella noche ella no tenía frío, se dio cuenta de repente, aunque la gente iba por la calle arrebujada en sus abrigos. Cogió el brazo de Richard y se lo apretó afectuosamente.

—¿Has entrado ya? —le preguntó. Llegaba diez minutos tarde.

—Claro que no. Te estaba esperando. —Apretó sus fríos labios y su nariz contra la mejilla de ella—. ¿Has tenido un día muy malo?

—No.

La noche era muy oscura a pesar de las luces de Navidad. Miró la cara de Richard a la luz de una cerilla que él había encendido. La lisa superficie de su frente sobresalía por encima de sus ojos pequeños. «Fuerte como la frente de una ballena», pensó Therese, «tan fuerte como para romper algo de un golpe.» Su cara parecía esculpida en madera, lisa y sin adornos. Ella vio sus ojos abrirse como inesperados puntos de cielo azul en la oscuridad.

—Estás de buen humor esta noche —le sonrió él—. ¿Quieres que demos una vuelta a la manzana? Dentro no se puede fumar. ¿Quieres un cigarrillo?

—No, gracias.

Echaron a andar. La galería quedaba justo al lado, estaba en la primera planta de un gran edificio y se veía la hilera de ventanas iluminadas, cada una con una guirnalda de Navidad. Al día siguiente vería a Carol, pensó Therese, al día siguiente a las once de la mañana. La vería sólo doce horas más tarde y a sólo unas diez manzanas de allí. Volvió a coger del brazo a Richard y de repente se sintió tímida. Un poco más hacia el este, por la calle Cuarenta y tres, vio la constelación de Orión extendiéndose en el cielo, entre los edificios. Solía mirarla desde las ventanas del colegio y también por la ventana de su primer apartamento neoyorquino.

—Hoy he reservado los billetes —dijo Richard—. El *President Taylor* sale el siete de marzo. He hablado con el de los billetes y creo que nos puede conseguir camarotes exteriores si le doy la lata.

—¿El 7 de marzo? —Advirtió que en su voz había cierta excitación, aunque ella no deseaba ir a Europa en absoluto.

—Quedan dos meses y medio —dijo Richard, cogiéndole la mano.

—Si yo no pudiera ir, ¿podrías anular la reserva? —preguntó. Pensó que podría haberle dicho perfectamente que no quería ir, pero él se habría puesto a discutir, como hacía siempre que ella dudaba.

—¡Claro que sí, Terry! —Y se echó a reír.

Richard balanceaba la mano de Therese mientras paseaban. Como si fueran amantes, pensó Therese. Lo que ella sentía por Carol era casi amor, pero Carol era una mujer. No es que fuera una locura, era felicidad. Una palabra tonta, ¿pero cómo era posible ser más feliz de lo que ella lo era ahora, desde el jueves anterior?

—Me encantaría que compartiéramos uno —dijo Richard.

—¿Compartir qué?

—¡Un camarote! —exclamó Richard riéndose, y Therese se fijó en que dos personas que había en la acera se volvían a mirarles—. ¿Por qué no vamos a tomar una copa para celebrarlo? Podemos ir al Mansfield, que está a la vuelta de la esquina.

—Es que aún no me apetece sentarme. Un poco más tarde.

Entraron en la galería y pagaron la mitad, porque llevaban pases de la escuela de Bellas Artes de Richard. La galería se componía de una serie de salas de techos altos, lujosamente alfombradas, un ambiente de opulencia para los anuncios, dibujos, litografías e ilustraciones, o cualquier cosa que colgara de las paredes en apretada hilera. Richard estudió larga y detenidamente algunos cuadros, pero a Therese le parecieron un tanto deprimentes.

–¿Has visto éste? –le preguntó Richard, señalando un complicado dibujo de un empleado de la compañía de teléfonos reparando un cable. Therese lo había visto antes en alguna parte. Verlo aquella noche le causó cierta desazón.

–Sí –contestó. Estaba pensando en otra cosa. Si dejaba de escatimar y ahorrar para ir a Europa, lo que había sido una estupidez, porque de todos modos no iba a ir, se podía comprar un abrigo nuevo. Habría rebajas justo después de Navidad. El abrigo que tenía era cruzado, de pelo de camello, pero con él se sentía desaliñada.

–No sientes demasiado respeto por la técnica, pequeña –le dijo Richard, apretándole el brazo.

Ella le hizo una mueca burlona y volvió a cogerse de él. De repente se sintió muy cercana, tan contenta y encariñada con él como la noche que le conoció, en la fiesta de la calle Christopher, a la que la había llevado Frances Cotter. Richard se había emborrachado un poco, como nunca había vuelto a hacer estando con ella, y le habló de libros, de política y de la gente de manera mucho más positiva de lo que era habitual en él. Se había pasado toda la noche hablando con ella, y a ella le había encantado él por su entusiasmo, sus ambiciones, sus gustos y sus manías. Y también porque había sido su primera fiesta de verdad y gracias a él había sido un éxito.

–No miras los cuadros –le dijo Richard.

–Es agotador. Cuando quieras lo dejamos.

Cerca de la puerta se encontraron a algunos conocidos de Richard, dos jóvenes, uno de ellos negro, y una chica. Richard les presentó a Therese. A Therese le pareció que no eran amigos íntimos de Richard, pero él les anunció que en marzo se irían a Europa.

Todos parecían envidiarles.

Fuera, la Quinta Avenida parecía vacía y expectante, como el decorado de una obra de teatro. Therese avanzó deprisa junto a Richard, con las manos en los bolsillos. Aquel día había perdido los guantes en algún sitio. Pensaba en su cita del día siguiente, a las once de la mañana. Se preguntó si a aquella misma hora de la noche estaría todavía con Carol.

—¿Qué haces mañana? —le preguntó Richard.

—¿Mañana?

—Ya sabes. Mi familia preguntaba si vendrías a comer con nosotros este domingo.

Therese se acordó y dudó. Había visitado a los Semco cuatro o cinco domingos. Hacían una gran comida a las dos, y luego el señor Semco, un hombre bajo y calvo, se empeñaba en bailar con ella polcas y música folklórica rusa.

—¿Sabes que mamá te quiere hacer un vestido? —continuó Richard—. Ya ha comprado la tela. Quiere tomarte las medidas.

—Un vestido... Eso es mucho trabajo. —Therese recordó las blusas de la señora Semco, blusas blancas laboriosamente bordadas. La señora Semco estaba orgullosa de sus aptitudes para la costura. Therese no quería aceptar que se esforzara tanto por ella.

—A ella le encanta —dijo Richard—. Bueno, ¿en qué quedamos mañana? ¿Quieres venir hacia el mediodía?

—Creo que prefiero no quedar este domingo. No han hecho muchos planes, ¿verdad?

—No —contestó Richard, decepcionado—. ¿Quieres trabajar o hacer algo mañana?

—Sí, preferiría —contestó. No quería que Richard supiera lo de Carol ni que llegase a conocerla.

—¿Ni siquiera que demos un paseo en coche a alguna parte?

—No, gracias.

A Therese no le gustaba que él siguiera reteniéndole la mano. La de Richard estaba húmeda y helada.

—¿No cambiarás de opinión?

—No —dijo Therese negando con la cabeza. Podría haberle dicho algo que suavizara las cosas, haberle dado alguna excusa, pero tampoco quería mentirle sobre aquel día más de lo que ya le había mentido. Le oyó suspirar y luego avanzaron en silencio durante un rato.

—Mamá te quiere hacer un vestido blanco con ribetes de encaje. Está totalmente frustrada por el hecho de que Esther sea la única chica de la familia.

Esther era prima política de Richard y Therese sólo la había visto un par de veces.

—¿Cómo está Esther?

—Como siempre.

Therese separó sus dedos de los de Richard. De pronto se sintió hambrienta. Se había pasado su hora de la comida escribiendo una especie de carta a Carol que no había echado ni pensaba echar. Cogieron el autobús hacia el norte en la Tercera Avenida y luego fueron andando hasta casa de Therese. A Therese no le apetecía invitar a Richard a subir, pero le invitó igualmente.

—No, gracias, ya me marcho —dijo Richard. Puso un pie en el primer escalón—. Estás muy rara esta noche. Estás a kilómetros de aquí.

—No es verdad —dijo ella. Se sintió inexpresiva y le molestaba.

—Ahora estás lejísimos, se nota enseguida que...

—¿Qué? —le interrumpió ella.

—No hemos llegado muy lejos, ¿verdad? —dijo él repentinamente serio—. Si ni siquiera quieres pasar un domingo conmigo, ¿cómo vamos a pasar meses juntos en Europa?

—Bueno, Richard, si quieres que cortemos todo esto...

—Terry, yo te quiero. —Se frotó el pelo con la palma de la mano, exasperado—. Claro que no quiero romper, pero... —volvió a interrumpirse.

Ella sabía lo que él quería decirle, que ella no le daba casi nada en lo referente al afecto. Pero no lo diría, porque sabía que ella no estaba enamorada de él y, por tanto, ¿cómo iba a esperar afecto? El mero hecho de no estar enamorada de él la hacía sentirse culpable, culpable por no aceptar nada de él, un regalo de cumpleaños, una invitación a comer con su familia, ni siquiera que él le dedicara su tiempo. Therese apretó las puntas de los dedos con fuerza contra la baranda de piedra.

–De acuerdo, ya lo sé. No estoy enamorada de ti –dijo.

–No me refiero a eso, Terry.

–Si quieres que lo dejemos del todo, ya sabes, que dejemos de vernos, pues muy bien –le dijo. Tampoco era la primera vez que se lo decía.

–Terry, ya sabes que preferiría estar contigo antes que con nadie en el mundo. Eso es lo malo.

–Bueno, si es tan malo...

–¿Pero tú me quieres, Terry? ¿Cómo me quieres?

«Si tú supieras», pensó ella.

–No te quiero, pero me gustas –le dijo–. Esta noche, hace unos minutos –añadió bruscamente, tal como sonaba, porque era verdad–, me he sentido más cerca de ti que nunca.

Richard la miró un tanto incrédulo.

–¿De verdad? –Empezó a subir poco a poco los escalones, sonriendo, y se detuvo justo frente a ella–. Entonces, ¿por qué no me dejas quedarme contigo esta noche, Terry? Sólo déjame intentarlo, ¿quieres?

Desde que dio el primer paso hacia ella, Therese imaginó lo que Richard iba a proponerle. Se sintió triste y avergonzada, sintió lástima por los dos, porque era totalmente imposible, y lo más embarazoso era que ella no lo deseaba. Siempre surgía aquel muro tremendo porque ella no quería siquiera intentarlo, y cada vez que él se lo pedía, todo se reducía a una sensación incómoda y desdichada. Recordó la primera noche que le había dejado quedarse y se estremeció. Había sentido de todo menos placer, y en medio de la situación había preguntado: «¿Así es como tiene que ser?» ¿Cómo podía ser así, tan desagradable?, había pensado. Y Richard se había echado a reír tanto, tan fuerte y con tantas ganas que ella se había enfadado. La segunda vez había sido quizá peor, probablemente porque Richard pensaba que ya no habría dificultades. Le dolía tanto que se le saltaban las lágrimas, y Richard le había pedido perdón diciéndole que le hacía sentirse como un bruto. Ella había protestado y le había respondido que no lo era. Sabía muy bien que no lo era y que incluso resultaba angelical comparado con lo que habría hecho Angelo Rossi, por ejemplo, si ella hubiera accedido a acostarse con él aquella noche, cuando él le hizo la misma pregunta en aquellos mismos escalones.

–Terry, cariño...

–No –dijo Therese, recuperando al fin el habla–. Esta noche no puedo y tampoco podré ir contigo a Europa –acabó, con una horrible y desesperada franqueza.

Los labios de Richard se abrieron con expresión atónita. Therese no soportaba mirar el ceño que se dibujaba en su frente.

–¿Por qué no?

–Porque... Porque no puedo –dijo ella, y cada palabra era una agonía–. Porque no quiero acostarme contigo.

–¡Oh, Terry! –se rió Richard–. Siento habértelo preguntado. Olvídalo, ¿quieres, cariño? Y en Europa también.

Therese miró a otra parte, volvió a ver Orión, ladeada con un ángulo ligeramente distinto, y volvió a mirar a Richard. «No puedo», pensó. «A veces tengo que pensarlo porque tú también lo piensas.» Le parecía como si estuviera pronunciando las palabras y las veía tan sólidas como bloques de madera flotando entre los dos, aunque no oía nada. Había pronunciado aquellas palabras una vez ante él, arriba, en su habitación, y otra vez en Prospect Park, sujetando el cordón de una cometa. Pero él no había hecho caso, ¿y qué podía hacer ahora? ¿Repetírselas?

–De todas maneras, ¿quieres subir un rato? –le preguntó, torturándose, tan avergonzada que no podía soportarlo.

–No –dijo Richard con una risa suave que la avergonzó más aún por su tolerancia y su comprensión–. No, me marcho. Buenas noches, cariño. Te quiero, Terry. –Y con una última mirada hacia ella, se fue.

6

Therese salió y miró a su alrededor, pero las calles estaban vacías, como todas las mañanas de domingo. El viento se agitaba en torno a la alta esquina de cemento del edificio de Frankenberg, como furioso por no encontrar ni una sola figura humana que se le opusiera. Sólo ella, pensó Therese, y sonrió para sí. Podría haber pensado en un sitio más agradable donde quedar. El viento era como hielo contra sus dientes. Carol llevaba un cuarto de hora de retraso. Si no llegaba, ella seguiría esperándola durante todo el día y toda la noche. Una silueta emergió de la boca del metro, la figura presurosa y delgada como un palillo de una mujer con un largo abrigo negro, bajo el cual sus pies se movían tan deprisa como si fueran cuatro y girasen en una rueda.

Entonces Therese se volvió y vio a Carol en un coche que se acercaba al bordillo de la acera. Therese se acercó a ella.

–¡Hola! –exclamó Carol, y se inclinó para abrirle la puerta.

–Hola. Pensaba que no vendrías.

–Siento muchísimo llegar tarde. ¿Estás helada?

–No. –Therese entró y cerró la puerta. Dentro del coche la temperatura era cálida. Era un coche verde oscuro tapizado de piel verde oscuro. Carol se dirigió despacio hacia el oeste.

–¿Quieres que vayamos a mi casa en el campo? ¿Adónde te gustaría ir?

–Me da igual –dijo Therese. Veía las pecas de la nariz de Carol. Su pelo corto y rubio, que a Therese le sugería un frasco de perfume colocado a la luz, estaba recogido hacia atrás con el pañuelo verde y oro que le rodeaba la cabeza en forma de banda.

–Vayamos a casa. Es un sitio muy bonito.

Se dirigieron a la parte alta de la ciudad. Era como cabalgar dentro de una montaña rodante que podía barrerlo todo a su paso, pero que obedecía totalmente a Carol.

–¿Te gusta conducir? –le preguntó Carol sin mirarla. Tenía un cigarrillo en la boca. Apoyaba las manos suavemente sobre el volante, como si no significara nada para ella, como si estuviera sentada cómodamente en una silla cualquiera, fumando–. ¿Por qué estás tan callada?

Entraron en el túnel Lincoln. Una salvaje e inexplicable excitación invadió a Therese mientras miraba por la ventanilla. Deseó que el túnel se derrumbara y las matara, que sus cuerpos se arrastraran juntos. De vez en cuando, sentía la mirada de Carol posarse sobre ella.

–¿Has desayunado?

–No –contestó Therese. Supuso que estaría pálida. Había empezado a desayunar, pero se le había caído la botella de leche al fregadero y lo había dejado.

–Toma un poco de café. Está ahí, en el termo.

Habían salido del túnel. Carol detuvo el coche en el arcén.

–Ahí –dijo señalando hacia un termo que había en el asiento. Cogió el termo y echó en la taza un poco de café, marrón brillante y todavía humeante.

Therese miró el café con gratitud.

–¿De dónde es este café?

–¿Siempre quieres saber de dónde vienen las cosas? –sonrió Carol.

El café era fuerte y un poco dulce. Le dio fuerzas. Cuando la taza estaba ya medio vacía, Carol puso el coche en marcha. Therese permanecía en silencio. ¿De qué iba a hablar? ¿Del trébol dorado de cuatro hojas con el nombre y la dirección de Carol que pendía del llavero del salpicadero? ¿De los puestos de árboles de Navidad que se alineaban junto a la carretera? ¿Del pájaro que volaba solo por un campo de aspecto pantanoso? No. Sólo quería decirle las cosas que le había escrito en la carta que no había echado y eso era imposible.

–¿Te gusta el campo? –le preguntó Carol mientras giraban por una carretera más estrecha.

Acababan de pasar por un pueblecito. En ese punto el camino trazaba una curva semicircular y se acercaba a una casa blanca de dos plantas, con dos alas proyectándose hacia los lados, como las zarpas de un león echado.

Había una esterilla metálica, un enorme buzón de latón muy brillante y un perro que ladraba sordamente a un lado de la casa, cerca del blanco garaje oculto por los árboles. A Therese le pareció que la casa olía a una especia, mezclada con otro olor, un olor que tampoco era el perfume de Carol. La puerta se cerró tras ella con un ruido repetido y ligero. Therese se volvió y vio a Carol mirándola desconcertada, con los labios entreabiertos por la sorpresa y pensó que un segundo después Carol le preguntaría «¿Qué estás haciendo aquí?», como si se le hubiera olvidado o en realidad no quisiera llevarla a su casa.

–No hay nadie, excepto la doncella, que está bastante lejos –dijo Carol, como contestando a una pregunta de Therese.

–Es una casa muy bonita –dijo Therese, y observó la sonrisa teñida de impaciencia de Carol.

–Quítate el abrigo. –Carol se quitó el pañuelo que llevaba en la cabeza y se pasó la mano por el pelo–. ¿Te gustaría desayunar algo? Es casi mediodía.

–No, gracias.

Carol echó una mirada a la sala y otra vez su rostro se inundó de la misma expresión insatisfecha.

–Vamos arriba, es más cómodo.

Therese siguió a Carol por la amplia escalera de madera y pasaron ante un cuadro que representaba a una niñita pintada al óleo, con el pelo rubio y una barbilla cuadrada como la de

Carol. También pasaron junto a una ventana, en la que por un momento apareció un jardín, con un sendero en forma de ese, y una fuente con una estatua azul verdosa, y luego desapareció. Arriba había un pequeño vestíbulo que daba a cuatro o cinco habitaciones. Carol se dirigió a una habitación alfombrada y tapizada de verde y cogió un cigarrillo de una caja que había sobre una mesa. Miró a Therese mientras lo encendía. Therese no sabía qué decir o qué hacer, y sentía que Carol esperaba que hiciera o dijera algo, cualquier cosa. Observó la habitación, la alfombra verde oscuro y el banco largo forrado de almohadones que había frente a una pared. En el centro había una sobria mesa de madera clara. «Un cuarto de juego», pensó Therese, aunque parecía más bien un estudio por los libros, los discos y la ausencia de cuadros.

–Es mi habitación favorita –dijo Carol saliendo–, pero mi dormitorio está allí.

Therese miró el interior de la habitación que había enfrente. Estaba tapizada de algodón estampado de flores y había una mesa sencilla de madera clara como en la otra habitación. También había un sencillo espejo sobre un tocador. En todas partes la sensación era de luminosidad, aunque no entraba la luz del día. La cama era de matrimonio. Sobre la cómoda, al fondo de la habitación, había unos cepillos con el sello del ejército. Therese buscó en vano una foto de él. Había una foto de Carol en el vestidor, con una niñita rubia en brazos. Y en un marco de plata había una foto de una mujer de pelo oscuro y rizado que sonreía abiertamente.

–Tienes una hija pequeña, ¿verdad? –preguntó Therese.

Carol abrió un panel de la pared del vestíbulo.

–Sí –contestó–. ¿Quieres una Coca-Cola?

El zumbido de la nevera se hizo más intenso. En toda la casa no se oía otra cosa que los ruidos que ellas hacían. A Therese no le apetecía una bebida fría, pero cogió la botella y la llevó escalera abajo siguiendo a Carol y luego por la cocina, hasta llegar al jardín trasero que había visto desde la ventana. Más allá de la fuente había un montón de plantas, algunas de más de medio metro, agrupadas y envueltas en sacos de arpillera. A Therese le recordaron algo, pero no sabía qué. Carol tensó una cuerda que se había aflojado con el viento. Agachada, con la gruesa falda de lana y la rebeca azul, su figura parecía sólida y fuerte, como su rostro, contrastando con sus finos tobillos. Durante unos minutos pareció olvidarse de Therese, paseando despacio por allí, pisando con fuerza el suelo con sus mocasines, como si en aquel frío jardín sin flores se sintiera por fin a gusto. Era bastante desagradable estar allí sin abrigo, pero como Carol no parecía notarlo, Therese intentó imitarla.

—¿Qué quieres hacer? —le preguntó Carol—. ¿Quieres pasear, oír música?

—Estoy muy contenta —le dijo Therese.

Pensó que Carol estaba preocupada por algo y que se arrepentía de haberla invitado a la casa. Volvieron hacia la puerta que había al final del camino.

—¿Te gusta tu trabajo? —le preguntó Carol en la cocina, aún con su aire ausente, mientras miraba en el interior de la gran nevera. Sacó dos platos cubiertos con papel de estraza—. No me importaría comer algo, ¿y a ti?

Therese había intentado hablarle de su trabajo en el Black Cat Theater. Eso era algo, pensó, era lo único importante que podía contar de sí misma. Pero aquél no era el momento. Le contestó despacio, intentando parecer tan distante como ella, aunque notaba su propio embarazo al hablar.

—Supongo que es algo educacional. Aprendí a ser ladrona, mentirosa y poeta al mismo tiempo. —Therese recostó la cabeza en el respaldo de la silla para que le llegara la luz del sol. Le hubiera gustado decir que también había aprendido a amar. Antes de Carol no había querido a nadie, ni siquiera a la hermana Alicia.

—¿Cómo te convertiste en poeta? —Carol la miró.

—Supongo que sintiendo demasiado las cosas —le contestó Therese muy consciente.

–¿Y cómo te convertiste en ladrona? –Carol se chupó el pulgar y frunció el ceño–. ¿No te apetece un poco de pudin de caramelo?

–No, gracias. Todavía no he robado, pero supongo que es fácil. Hay carteras por todas partes. Sólo hay que cogerlas. A una le roban hasta la carne... –Therese se rió. Una podía reírse de eso con Carol, una podía reírse de cualquier cosa con Carol.

Comieron pollo frío troceado, salsa de cangrejo, aceitunas verdes y crujiente apio blanco. Pero después de la comida Carol la dejó y se fue al salón. Volvió con un vaso de whisky y le añadió agua del grifo. Therese la observaba. Luego, durante un largo momento, se miraron la una a la otra, Carol de pie en el umbral de la puerta y Therese en la mesa, mirando por encima del hombro, sin comer.

–¿Conoces a mucha gente así, desde el otro lado del mostrador? ¿No te importa hablar con cualquiera? –le preguntó Carol con calma.

–Claro que sí –sonrió Therese.

–¿Te vas a comer con el primero que pasa? –Los ojos de Carol centellearon–. Podrías encontrarte con un secuestrador. –Le dio vueltas a la bebida en el vaso sin hielo y luego se lo bebió. Sus finas pulseras de plata tintineaban contra el cristal–. Bueno, dime, ¿has conocido a mucha gente así?

–No –dijo Therese.

–¿No muchos? ¿Sólo tres o cuatro?

–¿Como a ti? –Therese sostuvo firmemente su mirada.

Carol la miró fijamente a su vez, como si exigiera otra palabra, otra frase de Therese. Luego dejó el vaso sobre la estufa y se dio la vuelta.

–¿Sabes tocar el piano?

–Un poco.

–Ven y toca algo. –Y cuando Therese esbozó una negativa, le dijo imperiosamente–: No me importa cómo toques. Simplemente toca algo.

Therese tocó algo de Scarlatti que había aprendido en el orfanato. Carol la escuchaba sentada en una silla que había al otro lado de la habitación, relajada e inmóvil, sin probar siquiera su segundo whisky con agua. Therese tocó la *Sonata en do mayor*, que era lenta y bastante sencilla, llena de octavas quebradas, pero le pareció súbitamente torpe y pretenciosa en las partes más vibrantes, y se detuvo. De pronto era demasiado para ella, sus manos en un teclado que sabía que Carol tocaba, Carol escuchándola con los ojos entornados, la casa de Carol envolviéndola, y la música que la hacía abandonarse, sentirse indefensa. Con un suspiro, bajó las manos.

—¿Estás cansada? —le preguntó Carol con calma.

La pregunta no parecía referirse a aquel momento sino a siempre.

—Sí.

Carol se colocó detrás de ella y le puso las manos en los hombros. Therese se imaginó sus manos, fuertes y flexibles, con los delicados tendones marcándose mientras le presionaba los hombros. Pareció que pasaba mucho tiempo mientras sus manos se movían hacia su cuello y bajo su barbilla, un tiempo tan intensamente tumultuoso que empañaba el placer de sentir los dedos de Carol inclinándole la cabeza hacia atrás y besándola suavemente en el nacimiento del pelo. Therese apenas pudo sentir el beso.

—Ven conmigo —le dijo Carol.

Volvió a subir la escalera con Carol. Al apoyarse en la baranda, se acordó súbitamente de la señora Robichek.

—No te vendría mal una siesta —dijo Carol, apartando la colcha floreada y la manta.

—Gracias, pero tampoco...

—Quítate los zapatos —dijo Carol suavemente, pero en un tono que exigía obediencia.

Therese miró la cama. Apenas había dormido la noche anterior.

—Creo que no podré dormir, aunque si me duermo...

—Yo te despertaré dentro de media hora.

Cuando se metió en la cama, Carol le echó la manta por encima.

—¿Cuántos años tienes? —Carol se sentó en el borde de la cama.

Therese la miró, incapaz de soportar su mirada pero resistiendo. No le hubiera importado morir estrangulada a manos de Carol, postrada y vulnerable, una intrusa en la cama de Carol.

—Diecinueve. —Qué vieja parecía. Más de noventa y uno.

Carol frunció el ceño sonriendo levemente. Therese sintió que Carol pensaba algo con tanta intensidad que el aire que las separaba podía palparse. Luego Carol le deslizó las manos bajo los hombros e inclinó su cabeza hacia la garganta de Therese. Therese sintió que la tensión salía del cuerpo de Carol con un suspiro que le hacía arder el cuello, transportando el perfume del pelo de Carol.

—Eres una niña —le dijo, como en un reproche. Le levantó la cabeza . ¿Quieres algo?

Therese se acordó de lo que había pensado en el restaurante y apretó los dientes, avergonzada.

—¿Qué te gustaría? —le repitió Carol.

—Nada, gracias.

Carol se levantó, se acercó al tocador y encendió un cigarrillo. Therese la contempló con los párpados entornados, preocupada por el desasosiego de Carol, aunque adoraba verla fumar.

—¿Quieres que te traiga algo de beber?

Therese sabía que quería decir agua. Lo sabía por la ternura y el interés que había en su voz, como si fuera una niña enferma con fiebre.

—Creo que me gustaría un poco de leche caliente —dijo Therese.

—Un poco de leche caliente —la imitó. Levantó un ángulo de la boca sonriendo. Luego salió de la habitación.

Therese se sumió en un limbo de ansiedad y ensoñación hasta que Carol reapareció con una taza blanca sobre un platillo, sosteniendo éste y el asa de la taza mientras cerraba la puerta con el pie.

–La he dejado hervir y le ha salido nata –dijo, molesta–. Lo siento.

Pero a Therese le encantó porque se imaginó que eso le debía de pasar siempre. Se quedaba pensando en algo y la leche hervía.

–¿Te gusta así? ¿Sin nada?

Therese asintió con la cabeza.

–Puf –dijo Carol sentándose en el brazo de un sillón, y se quedó contemplándola.

Therese estaba apoyada en un codo. La leche estaba tan caliente que al principio apenas podía mojarse los labios. Luego los pequeños sorbos se fueron extendiendo dentro de su boca liberando una mezcla de sabores orgánicos. La leche le sabía a sangre y a huesos, a carne fresca, a pelo, insípida y harinosa, pero viva como un embrión creciente. Estaba ardiendo y Therese se la bebió de un trago, como los personajes de los cuentos de hadas cuando beben la poción que les transformará, o como los guerreros inocentes cuando beben la copa que les llevará a la muerte. Carol se acercó y cogió la taza, y Therese, soñolienta, se dio cuenta de que Carol le hacía tres preguntas, una tenía que ver con la felicidad, otra con los almacenes y la última con el futuro. Therese se oyó a sí misma contestar, oyó su voz alzarse súbitamente en un balbuceo, como un resorte incontrolado, y se dio cuenta de que estaba bañada en lágrimas. Le estaba hablando a Carol de todo lo que temía y le disgustaba, de su soledad, de Richard y de sus peores desengaños. Y de sus padres. Su madre no había muerto, pero Therese no había vuelto a verla desde que tenía catorce años.

Carol la interrogaba y ella le contestaba, aunque no quería hablar de su madre. Su madre no era tan importante, no formaba parte de sus desengaños. Su padre sí. Su padre era muy diferente. Había muerto cuando ella tenía seis años. Era abogado, de ascendencia checoslovaca, y toda su vida había querido dedicarse a la pintura. Se había portado de manera muy distinta, había sido amable, comprensivo y jamás le había levantado la voz a su mujer, que le reprochaba que nunca hubiera sido un buen abogado ni un buen pintor. Él no era muy fuerte y, aunque había muerto de neumonía, para Therese había sido su madre la que lo había matado. Carol preguntó y preguntó, y Therese le contó que su madre la había llevado al colegio de Montclair a los ocho años. Le habló de las pocas visitas que más tarde le hizo, porque siempre estaba viajando por el país. Su madre era pianista, no de primera fila, eso era imposible, pero siempre tenía trabajo porque era muy tenaz. Cuando Therese tenía diez años, su madre se había vuelto a casar. Durante las vacaciones de Navidad, fue a casa de su madre, en Long Island, y ellos le pidieron que se quedase a vivir allí, pero también le dieron a entender que preferían que se fuera. A Therese no le gustó Nick, el marido de su madre, porque era exactamente igual que ella. Grande, de pelo oscuro, voz chillona, gestos violentos y apasionados. Therese estaba segura de que su matrimonio funcionaría a la perfección. Su madre incluso había vuelto a quedar embarazada, así que ya tendría dos hijos. Después de pasar una semana con ellos, Therese volvió al orfanato. Más tarde debió de haber tres o cuatro visitas más de su madre, que siempre le llevaba algún regalo, una blusa, un libro. En una ocasión le llevó un estuche de maquillaje que a Therese le horrorizó, porque le recordaba las quebradizas y pintadas pestañas de ella. Eran regalos que su madre le ofrecía tímidamente, como hipócritas ofrendas de paz. Una vez, su madre llevó al niñito, su hermanastro, y entonces Therese se dio cuenta de que ella había sido marginada. Su madre nunca había querido a su padre, había preferido dejarla a ella en el orfanato a los ocho años, entonces, ¿por qué se molestaba en visitarla o en reclamar su atención? Ella hubiera sido más feliz sin tener padres, como la mitad de las niñas de la escuela. Por fin, le dijo a su madre que prefería que no volviese a verla, y no volvió. Lo último que recordaba de su madre era una expresión resentida y avergonzada, la mirada esquiva de sus ojos castaños, una sonrisa crispada y el silencio. Luego había cumplido quince años. Las hermanas se habían enterado de que su madre ya no le escribía y se habían puesto en contacto con ella pidiéndole que escribiera. Así lo había hecho, pero Therese no le había contestado. Después llegó el momento de su graduación, a los diecisiete años, y la escuela le había pedido a la madre doscientos dólares. Therese no quería aceptar dinero de su madre y pensaba que ella tampoco iba a dárselo, pero la madre pagó y Therese acabó por aceptarlo.

—Siento habérmelo quedado. Nunca le había contado esto a nadie. Algún día se lo devolveré.

—Qué tontería —dijo Carol suavemente. Estaba sentada en el brazo del sillón, con la barbilla apoyada en la mano y los ojos fijos en Therese, sonriendo—. Aún eres una niña. Cuando olvides esa idea de devolverle el dinero, entonces serás adulta.

Therese no contestó.

—¿No crees que quizá un día querrás volver a verla? A lo mejor dentro de unos años...

Therese negó con la cabeza. Sonrió, pero las lágrimas aún fluían de sus ojos.

—No quiero hablar más del tema.

—¿Richard sabe todo esto?

—No. Él sólo sabe que mi madre vive. ¿Pero qué importa? No es eso lo que importa. —Sentía que si lloraba lo suficiente podría liberarse de su soledad y su desengaño, como si pudieran salir con las propias lágrimas. Y se alegró de ver que Carol iba a dejarla sola. Carol estaba de pie junto al tocador, dándole la espalda. Therese yacía rígidamente en la cama, apoyada en el codo, agobiada por los sollozos contenidos.

—No volveré a llorar —dijo.

—Claro que volverás a llorar —contestó Carol, y una cerilla estalló al encenderse.

Therese cogió otro pañuelo de la mesita de noche y se sonó.

—¿Quién más hay en tu vida, aparte de Richard? —le preguntó Carol.

Había huido de todos ellos. Había tenido a Lily, y al señor y la señora Anderson, en la primera casa donde vivió al llegar a Nueva York. Frances Cotter y Tim en la Pelican Press. Lois Vavrica, una chica que también había estado interna en Montclair. Y ahora, ¿quién le quedaba? Los Kelly, que vivían en el segundo piso de la casa de la señora Osborne. Y Richard.

–El mes pasado, cuando me despidieron de aquel trabajo, me dio vergüenza y me fui... –se detuvo.

–¿Te fuiste, adónde?

–No se lo dije a nadie, excepto a Richard. Simplemente desaparecí. Supongo que era mi manera de empezar una nueva vida, pero sobre todo fue porque me daba vergüenza. No quería que nadie supiera dónde estaba.

–¡Desapareciste! –sonrió Carol–. Me gusta esa idea. Y qué suerte tienes de haber podido hacerlo. Ercs libre. ¿Te das cuenta?

Therese no respondió.

–No –contestó Carol por ella–. No te das cuenta.

Junto a Carol, sobre el tocador, un reloj cuadrado y gris emitía un débil tictac y, como tantas veces había hecho en los almacenes, Therese leyó la hora y le atribuyó un significado. Eran algo más de las cuatro y cuarto, y de pronto temió habcrse quedado allí echada demasiado tiempo, temió que Carol esperase a alguien.

Entonces sonó el teléfono, con un timbrazo largo y repentino, como el grito de una mujer histérica en el vestíbulo, y cada una de ellas vio sobresaltarse a la otra.

Carol se levantó y se palmeó la mano dos veces con algo, como había hecho con los guantes en los almacenes. El teléfono volvió a sonar y Therese estaba segura de que Carol iba a tirar lo que tenía en la mano, que iba a arrojarlo contra la pared. Pero se limitó a volverse, lo dejó suavemente allí encima y salió de la habitación.

Therese oyó la voz de Carol en el vestíbulo. No quería oír lo que decía. Se levantó y se puso la falda y los zapatos. Entonces vio lo que Carol había tenido en la mano, era un calzador de madera oscura. «Cualquier otro lo hubiera tirado», pensó Therese. Entonces se le ocurrió una palabra que resumía su sentimiento respecto a Carol: orgullo. Oyó la voz de Carol repitiendo los mismos tonos y luego, al abrir la puerta para salir de la habitación, distinguió las palabras: «No estoy sola en casa», presentada como una barrera por tercera vez. «Me parece una buena razón. No sé qué otra cosa iba a... ¿Y por qué no mañana? Si tú...»

Luego no oyó nada más hasta el primer paso de Carol por la escalera y Therese adivinó que fuera quien fuese el que estuviera hablando con ella, le había colgado el teléfono. «Quién se atrevía», se preguntó Therese.

—¿Es mejor que me vaya? —preguntó Therese.

Carol la miró de la misma manera que cuando habían entrado en la casa.

—No, a menos que quieras irte. Si quieres, luego daremos un paseo en coche.

Sabía que Carol no quería dar otro paseo. Therese empezó a hacer la cama.

—Deja la cama. —Carol la estaba mirando desde el vestíbulo—. Simplemente cierra la puerta.

—¿Quién viene?

Carol se volvió y se dirigió a la habitación verde.

—Mi marido —dijo—. Hargess.

Entonces sonó dos veces el timbre de la puerta y al mismo tiempo se oyó golpear la aldaba.

—Vaya puntualidad —murmuró Carol—. Vamos abajo, Therese.

Therese se sintió súbitamente asustada, no del hombre, sino del disgusto de Carol ante su llegada.

Él estaba subiendo la escalera. Cuando vio a Therese, disminuyó el paso y una débil sorpresa invadió su rostro, luego miró a Carol.

—Harge, te presento a la señorita Belivet —dijo Carol—. El señor Aird.

—¿Cómo está usted? —dijo Therese.

Harge sólo miró un momento a Therese, pero sus nerviosos ojos azules la inspeccionaron de la cabeza a los pies. Era un hombre de constitución recia y cara rubicunda. Tenía una ceja más alta que la otra, enarcada en el centro en señal de alerta, como si una cicatriz se la hubiera deformado.

—¿Qué tal? —dijo, y luego se dirigió a Carol—. Siento molestarte. Sólo quería coger un par de cosas. —Pasó junto a ella y abrió una habitación que Therese no había visto—. Cosas para Rindy —añadió.

—¿Los cuadros de la pared? —preguntó Carol.

El hombre se mantuvo en silencio.

Carol y Therese bajaron la escalera. En la sala, Carol se sentó, pero Therese se quedó de pie.

—Toca algo más si quieres —dijo Carol.

Therese negó con la cabeza.

—Toca algo —le dijo Carol con firmeza.

Therese estaba asustada por la repentina y leve ira que había en sus ojos.

—No puedo —contestó, terca como una mula.

Y Carol se serenó e incluso sonrió.

Oyeron los rápidos pasos de Harge atravesando el vestíbulo y luego parándose y bajando la escalera despacio. Therese vio aparecer su oscura y arropada figura y luego su rojiza cabeza rubia.

—No encuentro la caja de acuarelas. Pensaba que estaba en mi habitación —dijo en son de queja.

—Yo sé dónde está. —Carol se levantó y se dirigió hacia la escalera.

—Supongo que querrás que le lleve algo de tu parte por Navidad —dijo Harge.

—Gracias, ya se lo daré yo. —Carol subió la escalera.

«Acaban de divorciarse», pensó Therese, «o bien se están divorciando.»

Harge miró a Therese, estuvo a punto de ofrecerle un cigarrillo de su paquete, pero al final no lo hizo. Tenía una expresión intensa, una curiosa mezcla de ansiedad y aburrimiento. La piel que le rodeaba la boca era firme y gruesa y parecía no tener labios. Encendió un cigarrillo.

—¿Es usted de Nueva York? —le preguntó.

Therese percibió el desdén y la descortesía de la pregunta como una bofetada en la cara.

—Sí, de Nueva York —contestó.

Él estaba a punto de hacerle otra pregunta cuando Carol bajó. Therese se había endurecido para resistir sola con él durante aquellos minutos. Ahora se estremeció y se relajó, y se dio cuenta de que él lo advertía.

—Gracias —dijo Harge, cogiendo la caja de manos de Carol. Se dirigió hacia su gabardina, que Therese había visto en el sofá, y la abrió, con los brazos extendidos como si luchara para tomar posesión de la casa—. Adiós —le dijo. Se puso la gabardina mientras se dirigía a la puerta—. ¿Amiga de Abby? —le preguntó a Carol en un murmullo.

—Amiga mía —contestó Carol.

—¿Cuándo vas a llevarle los regalos a Rindy?

—¿Y qué pasa si no le regalo nada, Harge?

—Carol. —Se detuvo en el porche y Therese le oyó vagamente decir algo sobre no hacer las cosas aún más desagradables. Luego escuchó—: Ahora me voy a ver a Cynthia. ¿Puedo pasar por aquí a la vuelta? Será antes de las ocho.

—¿Para qué, Harge? —dijo Carol cansinamente—. Sobre todo, si eres tan desagradable.

—Porque es algo que concierne a Rindy. —Luego su voz bajó y se hizo ininteligible.

Un instante después, Carol entró sola y cerró la puerta. Se apoyó contra la puerta con las manos en la espalda y entonces se oyó el coche alejándose. «Carol debe de haber aceptado verle esta noche», pensó Therese.

—Me voy —dijo Therese. Carol no dijo nada. Se hizo un incómodo silencio entre las dos y Therese se sintió aún peor—. Es mejor que me vaya, ¿verdad?

–Sí. Lo siento. Siento lo de Harge. No suele ser tan maleducado. Ha sido un error decirle que no estaba sola en casa.

–No importa.

Carol arrugó la frente y dijo con dificultad:

–¿Te importa si te acompaño al tren en vez de llevarte en coche hasta tu casa?

–No –contestó. No hubiera soportado que Carol la llevara en coche a su casa y que luego tuviera que volver sola en la oscuridad.

En el coche siguieron en silencio. En cuanto Carol se detuvo en la estación, Therese abrió la puerta.

–Hay un tren dentro de unos cuatro minutos –dijo Carol.

–¿Volveré a verte? –espetó bruscamente Therese.

Carol sólo sonrió, con cierto reproche, mientras la ventanilla se cerraba entre las dos.

–*Au revoir* –le dijo.

¡Claro, claro que volvería a verla!, pensó Therese. ¡Qué absurda pregunta!

El coche se alejó rápidamente y desapareció en la oscuridad.

Therese empezó a desear que llegara el lunes para ir a los almacenes, porque tal vez Carol volviera el lunes. Pero no era probable. El martes era Nochebuena. Claro que podía llamar a Carol el martes, aunque sólo fuese para desearle feliz Navidad.

Pero ni un solo momento dejó de ver a Carol en su mente y le pareció que todo lo que veía lo veía a través de Carol. Las oscuras y lisas calles de Nueva York aquella tarde, la mañana siguiente de trabajo, la botella de leche que había dejado caer y se había roto en el fregadero, nada tenía importancia. Se echó en la cama y, con un papel y un lápiz, dibujó una línea. Y otra y otra, cuidadosamente. Nacía un mundo ante ella, como un bosque radiante con miles de hojas trémulas.

7

El hombre miró el objeto, sosteniéndolo sin el menor cuidado entre el índice y el pulgar. Era calvo, excepto por las largas hebras de pelo negro que le crecían por encima de la frente, y se le pegaban sudorosas al cráneo desnudo. Tenía el labio inferior hacia fuera, con una expresión de desdén y rechazo que había aparecido en cuanto Therese se había acercado al mostrador y le había hablado.

–No –le dijo finalmente.

–¿No puede darme nada por él? –preguntó Therese.

El labio avanzó aún más.

–Quizá cincuenta centavos. –Y lo empujó otra vez hacia ella, sobre el mostrador.

Los dedos de Therese lo agarraron posesivamente.

–¿Y qué me dice de esto? –Del bolsillo de su abrigo sacó la cadena de plata con la medalla de san Cristóbal.

Otra vez, el índice y el pulgar expresaron claramente el desdén, volviendo la medalla como si fuera una porquería.

–Dos cincuenta.

Therese empezó a decir que por lo menos valía veinte dólares, pero se contuvo, eso lo hubiera dicho cualquiera.

–Gracias –dijo. Cogió la cadena y salió.

¿Quién sería toda aquella gente afortunada, se preguntó, que había conseguido vender sus viejas navajas, sus relojes de pulsera estropeados y sus cepillos de carpintero, que en ese momento se veían en el escaparate principal? No pudo resistir volverse a mirar a través del cristal y vio la cara del hombre bajo la hilera de cuchillos de caza. El hombre también la estaba mirando y le sonreía. Sintió que él entendía cada uno de sus movimientos y se apresuró por la acera.

Al cabo de diez minutos había vuelto. Empeñó la medalla de plata por dos dólares y cincuenta centavos.

Se dirigió hacia el oeste deprisa, atravesó la avenida Lexington, luego Park, y después bajó por Madison. Apretaba la cajita en el interior del bolsillo hasta tal punto que las aristas le cortaban la piel de los dedos. Se la había regalado la hermana Beatriz. Era de madera oscura con marquetería de madreperlas haciendo una cenefa cuadrada. Ignoraba cuánto dinero valía, pero hasta ese momento había estado segura de que era algo muy valioso. Ahora sabía que no era así. Entró en una tienda de objetos de piel.

—Me gustaría ver el bolso negro del escaparate, el de la correa y las hebillas doradas —le dijo a la dependienta.

Era el bolso que había visto el sábado por la mañana, cuando acudía a su cita con Carol para comer. Con sólo mirarlo se veía que tenía el mismo estilo que Carol. Había pensado que aunque Carol no acudiera a la cita de aquel día y nunca volviera a verla, ella tenía que comprar el bolso y mandárselo.

—Me lo llevo —dijo Therese.

—Son setenta y un dólares con dieciocho centavos, impuestos incluidos —dijo la dependienta—. ¿Quiere que se lo envuelva para regalo?

—Sí, por favor. —Therese contó seis crujientes billetes de diez dólares sobre el mostrador y luego el resto en monedas—. ¿Puedo dejarlo aquí hasta las seis y media de esta tarde?

Salió de la tienda con la factura en su cartera. No era cuestión de arriesgarse a llevar el bolso a los almacenes. Eran capaces de robárselo, aunque fuese Nochebuena. Therese sonrió. Era su último día de trabajo en la tienda. Y al cabo de cuatro días tendría el trabajo del Black Cat. Phil le iba a llevar una copia del guión el día después de Navidad.

Pasó junto a Brentano's. El escaparate estaba lleno de cintas de raso, libros encuadernados en piel y cuadros de caballeros con armaduras. Therese se volvió y entró en la tienda, no a comprar sino a mirar si había allí algo más bonito que el bolso.

Una ilustración en uno de los mostradores atrajo su atención. Era de un joven caballero montado en un caballo blanco, cabalgando a través de un frondoso bosquecillo, seguido por una hilera de pajes, el último de los cuales llevaba un almohadón con un anillo de oro. Therese cogió el libro encuadernado en piel. El precio que ponía dentro era de veinticinco dólares. Si iba al banco y sacaba veinticinco dólares podría comprarlo. ¿Qué eran veinticinco dólares? No hubiera necesitado empeñar la medalla de plata. Sabía que la había empeñado sólo porque era un regalo de Richard, y ya no lo quería conservar. Cerró el libro y miró los cantos dorados de las hojas. ¿Pero a Carol le gustaría realmente un libro de poemas de amor medievales? No lo sabía. No podía recordar ni la más pequeña pista sobre los gustos literarios de Carol. Dejó el libro en su sitio rápidamente y salió.

Arriba, en la sección de muñecas, la señorita Santini iba andando por detrás del mostrador, con una gran caja, ofreciéndole dulces a todo el mundo.

–Coge un par –le dijo a Therese–. Los han enviado de la sección de confitería.

–Me encantaría –contestó. «Increíble», pensó mientras mordía un trozo de turrón, «el espíritu navideño ha llegado a la sección de confitería.» Aquel día, en los almacenes reinaba una atmósfera extraña. En primer lugar, todo se hallaba insólitamente tranquilo. Estaba lleno de clientes, pero no parecían tener prisa, aunque fuese Nochebuena. Therese miró hacia los ascensores buscando a Carol. Si Carol no venía, y eso era lo más probable, Therese la llamaría a las seis y media para desearle feliz Navidad. Sabía su número de teléfono, lo había visto escrito en el teléfono de la casa.

—¡Señorita Belivet! —llamó la voz de la señora Hendrickson, y Therese se volvió sobresaltada. Pero la señora Hendrickson le hacía señas de que atendiera al mensajero de Telégrafos, que dejó un telegrama frente a ella.

Therese garabateó su firma y rasgó el papel para abrirlo. Decía: «TE ESPERO ABAJO A LAS 5. CAROL.»

Therese lo arrugó en la mano. Lo apretó fuerte con el pulgar hacia la palma y observó al mensajero, que era un hombre mayor, alejándose hacia los ascensores. Andaba fatigosamente, con una manera de encorvarse que le hacía adelantar mucho las rodillas, y llevaba las polainas sueltas, colgando.

—Pareces contenta —le dijo la señora Zabriskie melancólicamente cuando pasó junto a ella.

—Lo estoy —sonrió Therese.

La señora Zabriskie tenía un bebé de dos meses, según le había contado a Therese, y su marido estaba en paro. Therese se preguntó si la señora Zabriskie y su marido estarían enamorados y si serían felices. Quizá lo fueran, pero no había nada en el inexpresivo rostro de la señora Zabriskie ni en su fatigoso andar que sugiriera felicidad. Quizá la señora Zabriskie hubiera sido alguna vez tan feliz como ella lo era en ese momento. Quizá su felicidad hubiera quedado atrás. Se acordó de haber leído —hasta Richard lo había dicho una vez— que el amor suele morir dos años después de la boda. Eso era cruel, una trampa. Intentó imaginarse el rostro de Carol, el olor de su perfume, convirtiéndose en algo sin sentido. Pero, en primer lugar, ¿podía ella decir que estaba enamorada de Carol? Había llegado a una pregunta que no sabía responder.

A las cinco menos cuarto, Therese fue a ver a la señora Hendrickson y le pidió permiso para salir media hora antes. Tal vez la señora Hendrickson pensara que el telegrama tenía algo que ver, pero el caso es que dejó ir a Therese sin dirigirle siquiera una mirada de reproche, y eso incrementó su sensación de que aquél era un día extraño.

Carol la estaba esperando en el mismo vestíbulo donde se encontraran la vez anterior.

–¡Hola! –dijo Therese–. Ya he acabado.

–¿Acabado de qué?

–De trabajar. Aquí –contestó. Pero Carol parecía deprimida y enseguida apagó su entusiasmo. De todos modos le dijo–: Me he puesto muy contenta al recibir el telegrama.

–No sabía si estarías libre. ¿Estás libre esta noche?

–Desde luego.

Y echaron a andar despacio, en medio de los empujones de la muchedumbre. Carol con sus delicados zapatos de ante que la hacían unos cinco centímetros más alta que Therese. Había empezado a nevar hacía una hora, pero ya estaba parando. La nieve era sólo una fina película bajo los pies, como una delgada lana blanca que cubriera la calzada y las aceras.

–Esta noche podríamos haber quedado con Abby, pero ella tiene cosas que hacer –dijo Carol–. De todas maneras, si quieres podemos dar un paseo en coche. Me alegro de verte. Eres un encanto por estar libre esta noche, ¿lo sabes?

–No –dijo Therese, aún feliz a pesar de sí misma, aunque el ánimo de Carol era inquietante. Adivinó que había pasado algo.

–¿Crees que habrá algún sitio cerca de aquí donde tomar un café?

–Sí, un poco más hacia el este.

Therese estaba pensando en una de las sandwicherías que había entre la Quinta Avenida y Madison, pero Carol eligió un pequeño bar con marquesina. Al principio, el camarero parecía reacio, aduciendo que era la hora de los cócteles, pero cuando Carol se dispuso a salir, él se alejó en busca del café. Therese estaba ansiosa por recoger el bolso. No quería hacerlo mientras Carol permaneciera con ella, aunque ya estuviera envuelto.

–¿Ha pasado algo? –preguntó.

–Algo demasiado largo de contar. –Carol le sonrió, pero su sonrisa era cansada y luego siguió en silencio, un silencio vacío como si viajaran por el espacio, muy lejos la una de la otra.

Probablemente, Carol había tenido que romper un compromiso que tenía, pensó Therese. Seguro que Carol tenía cosas que hacer en Nochebuena.

—Espero no estar estorbándote para algo que tuvieras que hacer —dijo Carol.

Therese sintió que se estaba poniendo cada vez más nerviosa.

—Tengo que recoger un paquete en la avenida Madison. No está lejos. Puedo ir ahora, si me esperas.

—De acuerdo.

Therese se levantó.

—En taxi tardaré tres minutos. Pero no me creo que me esperes. ¿Lo harás?

Carol sonrió y le cogió la mano. Casi al mismo tiempo, se la apretó y la soltó.

—Sí, te espero.

El tono monótono de la voz de Carol estaba aún en sus oídos cuando se sentó en el borde del asiento del taxi. Al volver, el tráfico iba tan lento que se bajó una manzana antes y recorrió el último tramo a pie.

Carol aún estaba allí y sólo se había tomado media taza de café.

—No me apetece el café —dijo Therese, porque Carol parecía dispuesta a marcharse.

—Tengo el coche en el centro. Cojamos un taxi.

Fueron a la zona de negocios, no lejos del Battery Park. El coche de Carol estaba en un aparcamiento subterráneo. Carol condujo hacia el oeste, hacia la autopista.

—Esto está mucho mejor. —Carol se quitó el abrigo mientras conducía—. Déjamelo ahí atrás, por favor.

Siguieron en silencio. Carol aceleró la marcha, cambiando de carril para adelantar, como si tuvieran un destino concreto. Therese intentaba encontrar algo que decir, cualquier cosa, cuando llegaron al puente George Washington. De pronto se le ocurrió que si Carol y su marido se estaban divorciando, Carol habría ido al centro a ver a un abogado. Aquel barrio estaba lleno de despachos de abogados. Y algo le había salido mal. ¿Por qué se divorciaban? ¿Tendría Harge un asunto con aquella mujer llamada Cynthia? Therese tenía frío. Carol había bajado la ventanilla de su lado y cada vez que el coche aceleraba la marcha, el viento entraba y la envolvía con sus brazos helados.

—Ahí vive Abby —dijo Carol, señalando al otro lado del río.

Therese no vio ninguna luz especial.

—¿Quién es Abby?

—¿Abby? Mi mejor amiga. —Carol la miró—. ¿No tienes frío con esta ventanilla abierta?

—No.

—Seguro que tienes frío. —Se detuvieron en un semáforo rojo y Carol subió la ventanilla. La miró como si la viera por primera vez, y bajó los ojos, que recorrieron a Therese desde la cara hasta las manos apoyadas en el regazo. Therese se sintió como un cachorro que Carol hubiera comprado en una perrera de la carretera y como si de pronto Carol acabara de recordar que la llevaba a su lado en el coche.

—¿Qué ha pasado, Carol? ¿Te estás divorciando?

—Sí —suspiró Carol—, me estoy divorciando. —Lo dijo con calma y luego puso el coche en marcha.

—¿Y él se queda con la niña?

—Sólo esta noche.

Therese iba a hacerle otra pregunta, cuando Carol dijo:

—Hablemos de otra cosa.

Pasó un coche con la radio encendida. Sonaban villancicos y dentro del coche todos cantaban.

Carol y ella siguieron en silencio. Pasaron Yonkers, y a Therese le pareció que en algún lugar de la carretera había perdido toda oportunidad de hablar con Carol. Carol insistió de pronto en que tenía que comer algo porque ya eran casi las ocho, así que se pararon en un pequeño restaurante que había a un lado de la carretera, un sitio donde vendían bocadillos de almejas rebozadas. Se sentaron junto a la barra y pidieron café y bocadillos, pero Carol no comió. Le hizo preguntas sobre Richard, no de la misma manera preocupada del domingo por la tarde, sino como para impedir que Therese la interrogara sobre sí misma. Eran preguntas personales, pero Therese contestó de manera mecánica e impersonal. La voz suave de Carol siguió insistiendo, mucho más baja que la voz del camarero, que hablaba con alguien tres metros más allá.

–¿Te acuestas con él? –le preguntó Carol.

–Me he acostado con él dos o tres veces. –Therese le contó cómo había sido la primera vez y las tres siguientes. No le avergonzaba hablar de ello. Nunca le había parecido un tema tan aburrido y sin importancia. Sintió que Carol podía imaginarse cada minuto de aquellas tardes. Sintió el objetivo de Carol, su mirada apreciativa, y pensó que Carol iba a decir que ella no parecía particularmente fría ni tampoco con una gran carencia afectiva. Pero Carol permanecía en silencio y Therese miró incómoda la lista de canciones de la máquina de discos que tenía enfrente. Recordó que alguien le había dicho una vez que tenía una boca sensual, pero no pudo recordar quién.

–A veces se tarda tiempo –dijo Carol–. ¿No crees que hay que darle a la gente otra oportunidad?

–¿Pero por qué? No es agradable, y tampoco estoy enamorada de él.

–¿Pero crees que podrías estarlo si eso funcionara?

–¿Es ésa la manera de enamorarse?

Carol levantó la mirada hacia la cabeza de ciervo que había en la pared, detrás de la barra.

–No –dijo sonriendo–. ¿Qué es lo que te gusta de Richard?

–Bueno, es... –se interrumpió. No estaba segura de que la palabra fuera sinceridad. Pensaba que no era sincero respecto a su ambición de dedicarse a la pintura–. Tiene una actitud mejor que la mayoría de los hombres. Me trata como a una persona y no sólo como a una chica con la que se puede propasar o no. Me gusta su familia, bueno, la idea de que tenga una familia.

–Pero hay mucha gente que tiene familia.

Therese volvió a intentarlo.

–Es flexible, cambia de opinión. No es como el resto de los

hombres, a los que una podría etiquetar de médicos o de vendedores de seguros.

—Me parece que lo conoces mejor que yo a Harge después de meses de casados. Por lo menos, tú no vas a cometer el mismo error que yo. Casarme porque eso era lo que hacía la gente que yo conocía al cumplir los veinte años.

—¿O sea que no estabas enamorada?

—Sí, mucho. Y Harge también. Es el tipo de hombre que podría conquistarte en menos de una semana y metérsete en el bolsillo. ¿Te has enamorado alguna vez, Therese?

Esperó hasta que la palabra llegada de ninguna parte, falsa, culpable, movió sus labios:

—No.

—¿Pero te gustaría? —Carol sonreía.

—¿Harge sigue enamorado de ti?

Carol bajó la vista hacia su regazo, impaciente. Therese pensó que quizá la había herido su brusquedad, pero cuando habló, su voz seguía siendo la misma.

—No lo sé. En cierta manera, emocionalmente, es como siempre. Sólo que ahora puedo darme cuenta de cómo es en realidad. Me decía que yo era la primera mujer de la que se había enamorado. Supongo que es verdad, pero no creo que estuviera enamorado de mí en el sentido habitual de la palabra más que unos meses. Aunque también es verdad que nunca se ha interesado por nadie más. A lo mejor parecería más humano si no fuese así, yo podría entenderlo y perdonarlo.

—¿Le gusta Rindy?

—La adora. —Carol la miró sonriendo—. Si de alguien está enamorado, es de Rindy.

—¿Qué clase de nombre es ése?

—Nerinda. Se lo puso Harge. Él quería un hijo, pero creo que ahora está más contento con una niña. Yo quería una niña. Hubiera querido tener dos o tres hijos.

—¿Y Harge no quería?

—Yo no quise. —Volvió a mirar a Therese—. ¿Te parece la

conversación más apropiada para la Nochebuena? —Carol buscó un cigarrillo y aceptó el Philip Morris que le ofrecía Therese.

—Me gusta saberlo todo de ti —dijo Therese.

—No quise tener más hijos porque nuestro matrimonio se estaba yendo a pique ya con Rindy. ¿Y tú quieres enamorarte? Pues te enamorarás pronto y, si es así, disfrútalo, porque luego es muy duro.

—¿Querer a alguien?

—Enamorarse. O incluso desear hacer el amor. Creo que el sexo fluye de manera mucho más ociosa en todos nosotros de lo que queremos creer, especialmente de lo que los hombres quieren creer. Las primeras aventuras no suelen ser más que una manera de satisfacer la curiosidad, y después de eso una intenta repetir las mismas cosas, tratando de encontrar ¿qué?

—¿Qué? —preguntó Therese.

—No sé si hay una palabra que lo defina. Un amigo, un compañero o quizá alguien con quien compartir algo. ¿De qué sirven las palabras? Quiero decir que la gente a veces intenta encontrar a través del sexo cosas que son más fáciles de encontrar de otras maneras.

Ella sabía que Carol tenía razón en lo que había dicho sobre la curiosidad.

—¿Qué otras maneras? —le preguntó.

Carol la miró.

—Creo que cada persona tiene que encontrar su propia manera. Me pregunto si aquí me servirían una copa.

Pero en el restaurante sólo servían cerveza y vino, así que se marcharon. Carol no se paró a comprar ninguna bebida mientras conducía hacia Nueva York. Le preguntó si quería irse a casa o ir un rato a la suya, y Therese dijo que prefería ir a casa de Carol. Recordó que los Kelly la habían invitado a ir a la celebración con vino y tarta de frutas que hacían esa noche, y ella había prometido ir, pero pensó que tampoco la echarían de menos.

—Vaya mierda de ratos que te hago pasar —dijo Carol súbitamente—. Primero el domingo y ahora esto. No soy la mejor compañía para esta noche. ¿Qué te gustaría hacer? ¿Te gustaría ir a un restaurante en Newark con luces navideñas y villancicos? No es un night club y allí se puede cenar muy bien.

—A mí me da igual ir a cualquier sitio, por mí no lo hagas.

—Te has pasado todo el día en esos horribles almacenes y no hemos celebrado tu liberación.

—Yo sólo quiero estar aquí contigo —dijo Therese, y sonrió al darse cuenta del tono de aclaración que tenían sus palabras.

Carol sacudió la cabeza sin mirarla.

—Niña, niña, ¿adónde vas tan sola?

Un poco más adelante, en la autopista de Nueva Jersey, Carol dijo:

—Ya lo sé. —Giró hacia una explanada con grava y se detuvo—. Ven conmigo.

Estaban enfrente de un puesto iluminado y lleno de árboles de Navidad. Carol le dijo que escogiera un árbol que no fuese demasiado grande ni demasiado pequeño. Luego puso el árbol en la parte trasera del coche y Therese se sentó delante junto a Carol, con los brazos llenos de acebo y ramas de abeto. Therese hundió la cara entre las ramas y aspiró la intensidad verde oscuro de su olor, su aroma limpio que era como un bosque salvaje y como todos los adornos navideños: las bolas para el árbol, regalos, nieve artificial, villancicos, vacaciones. Había terminado al fin con los almacenes y estaba con Carol. Disfrutaba con el ronroneo del motor del coche y con las agujas de las ramas de abeto que podía tocar con los dedos. «Soy feliz, soy feliz», pensó Therese.

—Pongamos el árbol ahora mismo —dijo Carol en cuanto entraron en casa.

En la sala, Carol encendió la radio y preparó una copa para cada una. En la radio cantaban villancicos y las campanas tañían sonoras, como si estuvieran en el interior de una gran iglesia. Carol colocó una capa de algodón blanco para simular nieve alrededor del árbol y Therese lo roció de azúcar para que brillara. Recortó un estilizado ángel de una cinta dorada y lo pegó en la copa del árbol, luego plegó papel de seda y recortó una hilera de ángeles para desplegarlos sobre las ramas.

–Lo haces muy bien –le dijo Carol, contemplando el árbol desde la chimenea–. Es precioso. Lo tenemos todo menos regalos.

El regalo de Carol estaba en el sofá, junto al abrigo de Therese. Pero la tarjeta que había hecho para el regalo estaba en su casa y no quería dárselo sin ella. Therese miró el árbol.

–¿Qué más necesitamos?

–Nada. ¿Sabes qué hora es?

La radio había finalizado la emisión. Therese vio el reloj de la repisa. Era más de la una.

–Es Navidad –dijo.

–Será mejor que pases la noche aquí.

–De acuerdo.

–¿Qué tienes que hacer mañana?

–Nada.

Carol cogió su vaso de encima de la radio.

–¿No has quedado con Richard?

Había quedado con Richard a las doce del mediodía. Iba a pasar el día en su casa. Pero podía inventarse una excusa.

–No. Le dije que quizá nos veríamos, pero no era nada especial.

–Te puedo llevar en coche temprano.

–¿Tienes cosas que hacer mañana?

Carol apuró el vaso.

–Sí –dijo.

Therese empezó a recoger lo que había desordenado, los trozos de papel de seda y de cinta. Odiaba tener que recoger después de hacer cualquier cosa.

–Tu amigo Richard parece el típico hombre que necesita una mujer cerca por la que esforzarse, tanto si se casa con ella como si no –dijo Carol–. ¿No es verdad?

«Para qué hablar de Richard ahora», pensó Therese irritada. Pensó que a Carol tal vez le gustara Richard –y ella tenía la culpa–, unos celos remotos la aguijonearon, agudos como pinchos.

–En realidad, admiro más eso que los hombres que viven solos o que creen que viven solos y al final acaban cometiendo los errores más estúpidos con las mujeres.

Therese contempló el paquete de cigarrillos de Carol, que estaba sobre la mesita de té. No tenía absolutamente nada que decir sobre el tema. Percibía el rastro del perfume de Carol como un hilillo a través del fuerte olor a siemprevivas, y quería seguirlo, rodear a Carol con sus brazos.

–Eso no tiene nada que ver con que la gente se case, ¿verdad?

–¿El qué? –Therese miró a Carol y vio que sonreía ligeramente.

–Harge es el tipo de hombre que no deja que una mujer entre en su vida. Y, por otra parte, tu amigo Richard podría no casarse nunca. Pero al menos él siente el placer de pensar que quiere casarse. –Carol miró a Therese de la cabeza a los pies–. Con la chica equivocada –añadió–. ¿Bailas, Therese? ¿Te gusta bailar?

Carol parecía súbitamente fría y amarga y Therese se hubiera echado a llorar.

–No –dijo. «Nunca le tendría que haber hablado de Richard», pensó; pero lo hecho, hecho estaba.

–Estás cansada. Vamos a la cama.

Carol la llevó a la habitación donde había entrado Harge el domingo y abrió una de las dos camas gemelas. Debía de haber sido la habitación de Harge, pensó Therese. No había nada que hiciera pensar en la habitación de una niña. Pensó en las cosas de Rindy que Harge había sacado de aquella habitación, y se imaginó a Harge trasladándose del dormitorio que había compartido con Carol y luego dejándole a Rindy que llevara sus cosas a aquella habitación, guardándolas allí y alejándose los dos de Carol.

Carol puso un pijama en el borde de la cama.

–Buenas noches –dijo, ya en el umbral de la puerta–. Feliz Navidad. ¿Qué quieres que te regale?

–Nada. –Therese sonrió suavemente.

Aquella noche soñó con unos pájaros, pájaros rojo brillante como flamencos, deslizándose rápidamente por un bosque sombrío, describiendo ondulantes cenefas, arcos rojos que se curvaban como sus gritos. Luego abrió los ojos y oyó realmente un suave silbido que oscilaba, subía y bajaba con una nota extra al final, y por debajo, un piar de pájaros más débil. La ventana tenía un color gris intenso. El silbido empezó de nuevo, justo debajo de la ventana, y Therese se levantó de la cama. Había un gran coche descapotable en el camino y una mujer de pie en el asiento, silbando. Era como mirar en un sueño, una escena sin color y de contornos imprecisos.

Luego oyó el susurro de Carol, tan claro como si las tres estuvieran en la misma habitación.

–¿Te vas a la cama o te levantas?

La mujer que estaba de pie en el asiento del coche contestó quedamente.

–Las dos cosas.

Therese oyó el temblor de la risa contenida en aquellas palabras e, instantáneamente, la mujer le gustó.

–¿Vamos a dar un paseo? –preguntó la mujer. Estaba mirando a la ventana de Carol con una gran sonrisa que Therese distinguió en aquel momento.

–¡Boba! –susurró Carol.

–¿Estás sola?

–No.

–¡Oooh!

–Bueno, ¿quieres entrar?

La mujer salió del coche.

Therese fue a la puerta de su habitación y la abrió. Carol salía al vestíbulo en aquel momento, atándose el cinturón de la bata.

–Perdona, te he despertado –le dijo–. Vuelve a la cama.

–No me importa. ¿Puedo bajar?

–¡Claro! –Carol sonrió de pronto–. Coge una bata del armario.

Therese encontró una bata, probablemente un batín de Harge, pensó, y bajó las escaleras.

–¿Quién ha montado el árbol de Navidad? –preguntaba la mujer.

Las dos estaban en la sala.

–Ella. –Carol se volvió a Therese–. Te presento a Abby. Abby Gerhard, Therese Belivet.

–Hola –dijo Abby.

–¿Cómo estás? –Therese se había imaginado que sería Abby. En ese momento Abby la miraba con la misma expresión divertida, radiante y de ojos saltones que Therese le había visto cuando estaba de pie en el coche.

–El árbol te ha quedado precioso –le dijo Abby.

–¿Por qué no dejamos de hablar en voz baja? –sugirió Carol.

–¿Tienes café, Carol? –preguntó Abby frotándose las manos y siguiendo a Carol a la cocina.

Therese se quedó de pie junto a la mesa de la cocina mirándolas, sintiéndose cómoda porque Abby no le prestaba especial atención, sino que se quitó el abrigo y empezó a ayudar a Carol con el café. Su cintura y sus caderas parecían perfectamente cilíndricas, sin delante ni detrás, bajo el vestido de punto color púrpura. Tenía las manos un poco desmañadas, se fijó Therese, y sus pies no tenían la gracia de los de Carol. Parecía mayor que Carol y, cuando se reía, las arqueadas cejas se enarcaban y le aparecían dos profundas arrugas en la frente. Carol y ella se estaban riendo mientras hacían café y zumos de naranja, hablando con frases a medias, de nada en particular o de nada que mereciera la pena escuchar.

Hasta que súbitamente Abby, colando el último vaso de zumo de naranja y secándose los dedos en el vestido con descuido, dijo:

–Bueno. ¿Cómo está el viejo Harge?

–Igual que siempre –dijo Carol. Estaba buscando algo en la nevera y, al mirarla, Therese se perdió lo que Abby dijo a continuación. O quizá era otra de aquellas frases a medias que sólo

Carol podía entender. Pero Carol se enderezó y se echó a reír muy fuerte, cambiando totalmente la expresión de su rostro. Therese pensó con súbita envidia que ella no podía lograr que Carol se riese así, y en cambio Abby sí podía.

—Pienso decírselo —dijo Carol—. No me voy a aguantar.

Era algo sobre una insignia de boy scout para Harge.

—Y cuéntale de dónde ha salido la idea —dijo Abby mirando a Therese y sonriendo ampliamente, como si ella también pudiera compartir la broma—. ¿De dónde eres? —le preguntó a Therese mientras se sentaban a la mesa, al fondo de la cocina.

—Es de Nueva York —contestó Carol por ella. Therese pensó que Abby iba a contestar qué raro o alguna estupidez así, pero Abby no dijo nada. Sólo miró a Therese con una sonrisa expectante, como si esperara algo que le diera pie para la siguiente broma.

Después de tanto preparativo para el desayuno, sólo había zumo de naranja, café y unas tostadas sin mantequilla que nadie probó. Abby encendió un cigarrillo antes de empezar.

—¿Tienes edad suficiente para fumar? —le preguntó a Therese ofreciéndole una cajetilla roja que decía Craven A.

Carol dejó la cucharilla en la mesa.

—¿Abby, qué es esto? —le preguntó con un aire de embarazo que Therese nunca le había visto.

—Sí, quiero uno, gracias —dijo Therese cogiéndolo.

Abby apoyó los codos en la mesa.

—¿Qué es qué? —le preguntó a Carol.

—Sospecho que estás un poco trompa —dijo Carol.

—Y por eso llevo horas conduciendo. Salí de New Rochelle a las dos. Llegué a casa, encontré tu mensaje y aquí estoy.

Therese pensó que, probablemente, Abby tenía todo el tiempo del mundo y que durante el día hacía lo que le daba la gana.

—¿Y bien? —dijo Abby.

—Pues bien, he perdido el primer asalto —contestó Carol.

Abby aspiró el humo de su cigarrillo sin mostrar sorpresa.

–¿Y cuánto tiempo?

–Tres meses.

–¿A partir de...?

–A partir de ya. En realidad desde anoche. –Carol miró a Therese y luego volvió a mirar su taza de café. Therese adivinó que Carol no diría nada más delante de ella.

–Pero ése no es el arreglo definitivo, ¿no? –preguntó Abby.

–Me temo que sí –contestó Carol, como de pasada y con cierto tono de duda–. Es sólo un acuerdo verbal, pero se mantendrá. ¿Qué vas a hacer esta noche? Tarde.

–Tampoco pronto tengo nada que hacer. Hoy como a las dos.

–Llámame en algún momento.

–Claro.

Carol mantuvo la vista baja, puesta en el zumo de naranja que tenía en la mano, y Therese vio un rictus de tristeza en su boca. No era una tristeza impregnada de sabiduría, sino de derrota.

–Yo me iría de viaje –dijo Abby–. Vete a algún sitio. –Abby miró a Therese, con otra de sus miradas brillantes, inoportunas, amistosas, como si quisiera incluirla en algo imposible. De todas maneras, Therese se había puesto en guardia con la idea de que Carol pudiera hacer un viaje y alejarse de ella.

–No estoy de humor –dijo Carol. Pero Therese advirtió duda en su tono.

Abby se revolvió un poco en su asiento y miró a su alrededor.

–Este sitio es tan tétrico como una mina de carbón al amanecer. ¿A que sí?

Therese sonrió. «¿Una mina de carbón con el sol iluminando el alféizar de la ventana y con el arbusto de siemprevivas al fondo?», pensó.

Carol miró a Abby afectuosamente mientras encendía uno de los cigarrillos de su amiga. Qué bien debían de conocerse mutuamente, pensó Therese, tanto que nada de lo que dijera o hiciera cualquiera de ellas podía sorprender o ser malentendido por la otra.

—¿Qué tal la fiesta? —le preguntó Carol.

—Bah —dijo Abby indiferente—. ¿Conoces a Bob Haversham?

—No.

—Estaba en la fiesta de anoche. Yo le conocía de algún sitio de Nueva York. Fue muy divertido porque me contó que iba a empezar a trabajar con Rattner & Aird, en el departamento de inversiones.

—¿De verdad?

—No le conté que conocía a uno de los jefes.

—¿Qué hora es? —preguntó Carol al cabo de un momento.

Abby miró su reloj, un reloj pequeñito insertado en una pirámide de paredes de oro.

—Más o menos las siete y media. ¿Por qué?

—¿Quieres dormir más, Therese?

—No. Estoy bien.

—Te llevaré a tu casa cuando quieras —le dijo Carol.

Al final, fue Abby la que la acompañó en el coche hacia las diez, porque dijo que no tenía nada que hacer y que estaría encantada de llevarla.

Mientras iban por la autopista a toda velocidad, Therese pensó que a Abby también debía de gustarle el aire frío. ¿A quién se le ocurría ir sin capota en pleno diciembre?

—¿Dónde conociste a Carol? —le gritó Abby.

Therese tuvo la sensación de que podía contarle toda la verdad a Abby.

—¡En unos almacenes! —gritó a su vez.

—¡Ah! —dijo Abby conduciendo caprichosamente, haciendo patinar el coche en las curvas y acelerando donde no había que acelerar—. ¿Te gusta?

—¡Claro! —¡Vaya pregunta! Era como preguntarle si creía en Dios.

Cuando entraron en su calle, Therese le indicó cuál era su casa.

—¿Te importaría hacerme un favor? —le preguntó Therese—. ¿Podrías esperar un minuto? Quiero darte algo para Carol.

–Naturalmente –dijo Abby.

Therese subió la escalera, cogió la carta y la deslizó bajo la cinta del regalo de Carol. Se lo bajó a Abby.

–Vas a verla esta noche, ¿verdad?

Abby asintió despacio con la cabeza y Therese notó el fantasma de un desafío en los curiosos ojos negros de Abby. Ella iba a ver a Carol y Therese no. ¿Pero qué podía hacer para evitarlo?

–Ah, y gracias por traerme.

–¿Estás segura de que no quieres que te lleve a ningún otro sitio? –sonrió Abby.

–No, gracias –dijo Therese, también sonriendo. Sabía que a Abby le hubiera encantado llevarla bien lejos, incluso hasta Brooklyn Heights.

Therese subió los escalones del portal de su casa y abrió el buzón. Había dos o tres cartas, tarjetas de Navidad, y una era de Frankenberg. Cuando volvió a mirar hacia la calle, el enorme coche color crema había desaparecido. Como si todo hubiera sido imaginación suya, como uno de aquellos pájaros de sus sueños.

8

–Y ahora piensa un deseo –dijo Richard.

Therese lo pensó. Pensó en Carol.

Richard tenía las manos apoyadas en los brazos de Therese. Estaban de pie, bajo algo que parecía una luna en cuarto creciente y llena de adornos, o un trozo de estrella de mar, y que colgaba del techo de la entrada. Era horrorosa, pero la familia Semco le atribuía unos poderes casi mágicos y la colgaban allí en ocasiones especiales. El abuelo de Richard la había traído de Rusia.

–¿Qué has pedido? –Le sonreía de manera posesiva. Aquélla era su casa y él acababa de besarla, aunque la puerta que daba al salón estaba abierta y el salón lleno de gente.

–No se puede decir –dijo Therese.

–En Rusia, sí.

–Pero no estamos en Rusia.

De repente, la radio subió de volumen. Unas voces entonaban un villancico. Therese se bebió el resto del ponche rosado que le quedaba en el vaso.

–Me gustaría subir a tu habitación –le dijo.

Richard la cogió de la mano y empezaron a subir la escalera.

–¡Richard!

Su tía, que fumaba en boquilla, le llamó desde la puerta del salón.

Richard dijo algo que Therese no entendió y le hizo una seña a su tía con la mano. Aun en el primer piso, la casa temblaba con el loco baile de abajo, un baile que no seguía en absoluto el ritmo de la música. Therese oyó caer otro vaso y se imaginó el rosado y espumoso ponche esparciéndose por el suelo. Richard le dijo que aquello era muy moderado comparado con las auténticas navidades rusas que celebraban durante la primera semana de enero. Le sonrió mientras cerraba la puerta de su habitación.

—Me gusta mucho el jersey —dijo.

—Me alegro. —Therese se recogió la falda y se sentó en el borde de la cama de él. El grueso jersey noruego que le había regalado a Richard estaba detrás de ella, junto al envoltorio de papel de seda. Richard le había regalado una falda de una tienda hindú, una falda larga y bordada, con bandas verdes y doradas. Era preciosa, pero Therese no sabía cuándo iba a poder ponérsela.

—¿Te apetece un trago de verdad? Lo que beben abajo es repugnante. —Richard sacó una botella de whisky de la parte de abajo del armario.

—No, gracias —dijo Therese negando con la cabeza.

—Te sentaría bien.

Volvió a negar con la cabeza. Miró el cuarto de techos altos, casi cuadrado, el papel de la pared estampado con descoloridas rosas, y las dos tranquilas ventanas, cubiertas con unas cortinas de muselina blanca que amarilleaban un poco. Desde la puerta, había dos pálidos rastros sobre la alfombra verde, uno hacia el escritorio y otro hacia la mesa de la esquina. El bote con los pinceles y la carpeta que había en el suelo, junto a la mesa, eran los dos únicos signos de que Richard pintaba. Como en su mente, la pintura sólo ocupaba un rincón, pensó Therese, y se preguntó cuánto tiempo seguiría adelante con ello hasta que se cansara y lo abandonara por otra cosa. Y se preguntó, como muchas otras veces, si a Richard le gustaba ella sólo porque mostraba más simpatía hacia sus ambiciones que nadie que hubiese conocido hasta entonces, y porque sentía que sus críticas le servían de ayuda. Therese se levantó inquieta y fue hacia la ventana. Le encantaba la habitación —porque siempre estaba igual y en el mismo sitio—, aunque aquel día sentía el impulso de salir corriendo. Ella era una persona distinta de la que había estado allí mismo hacía tres semanas. Aquella mañana se había despertado en casa de Carol. Carol era como un secreto que la invadía e invadía también su casa, como una luz invisible para todo el mundo excepto para ella.

—Hoy estás distinta —dijo Richard tan bruscamente que Therese se estremeció sintiendo el peligro.

—Quizá sea el vestido —dijo ella.

Llevaba un vestido de tafetán azul que tenía Dios sabe cuántos años. No se lo había puesto desde sus primeros meses en Nueva York. Volvió a sentarse en la cama y miró a Richard, que estaba en medio de la habitación con el vaso de whisky en la mano, con los ojos azul claro recorriéndola de arriba abajo, hasta sus zapatos azules de tacón alto y luego otra vez hasta su rostro.

—Terry. —Richard le cogió las manos de encima de la cama. Sus suaves y finos labios bajaron hasta ellas firmemente, con la lengua asomando entre ellos y el aroma de whisky—. Terry, eres un ángel —dijo la profunda voz de Richard, y ella se imaginó a Carol diciéndole aquellas mismas palabras.

Le observó recoger el vasito del suelo y guardarlo en el armario junto a la botella. De pronto se sintió infinitamente superior a él y a toda la gente que había abajo. Era más feliz que cualquiera de ellos. La felicidad era un poco como volar, pensó, como ser una cometa. Dependía de cuánta cuerda se le soltara...

—¿Es bonita? —preguntó Richard.

—¡Es una maravilla! —Therese se sentó.

—La acabé anoche. Pensé que si hacía buen día podíamos ir al parque y hacerla volar. —Richard se reía como un niño, orgulloso de su trabajo manual—. Mírala por detrás.

Era una cometa rusa, rectangular y abombada como un escudo, con su delgado marco cortado y atado en las esquinas. En la parte frontal, Richard había pintado una catedral con cúpulas en espiral sobre un cielo rojizo.

–Vamos a hacerla volar ahora –dijo Therese.

Llevaron la cometa abajo. Todo el mundo les vio y salieron al recibidor, tíos, tías y primos, hasta que el lugar se llenó de estrépito y Richard tuvo que sostener la cometa en el aire para protegerla. A Therese le irritaba el ruido, pero a Richard le encantaba.

–¡Quédate a tomar el champán, Richard! –exclamó una de sus tías, que tenía un abdomen colgante como un segundo trasero bajo su vestido de satén.

–No puedo –dijo Richard, y añadió algo en ruso. Therese tuvo la misma sensación que otras muchas veces tenía al ver a Richard con su familia, la sensación de que debía de haber un error, que Richard debía de ser un niño huérfano, abandonado en la puerta y educado como si hubiera sido realmente de la familia. Pero su hermano Stephen estaba de pie en el umbral, con los mismos ojos azules de Richard, aunque Stephen era más alto y delgado todavía.

–¿Qué azotea? –preguntó la madre de Richard con voz chillona–. ¿En esta casa?

Alguien había preguntado si iban a hacer volar la cometa en la azotea, y como la casa no tenía azotea, la madre de Richard se echó a reír a carcajadas. El perro empezó a ladrar.

–¡Te voy a hacer el vestido! –le dijo la madre de Richard a Therese, moviendo el dedo en señal de advertencia–. Ahora ya tengo tus medidas.

La habían medido con una cinta en el salón, en medio de todas aquellas canciones y aquella recepción, y dos de los hombres habían intentado ayudar. La señora Semco le rodeó la cintura con el brazo y, de pronto, Therese la abrazó y la besó firmemente en la mejilla. Sus labios se apretaron contra la empolvada mejilla y en aquel instante le transmitió, a través del beso y del convulsivo apretón de su brazo, el afecto que realmente sentía hacia ella y que Therese volvería a ocultar como si no existiera, al cabo de un instante, cuando se soltaran.

Luego Richard y ella se quedaron solos y libres y echaron a andar por la acera de enfrente. No hubiera sido muy distinto si hubieran estado casados, pensó Therese, y hubieran visitado a la familia el día de Navidad. Richard haría volar sus cometas incluso cuando fuese viejo, como su abuelo, que según le había contado Richard había hecho volar cometas en Prospect Park hasta el año en que murió.

Cogieron el metro hacia el parque y anduvieron por la colina sin árboles, un lugar que habían visitado montones de veces. Therese miró a su alrededor. Había algunos chicos jugando a rugby en el prado bordeado de árboles, pero, por lo demás, el parque estaba quieto y silencioso. No hacía mucho viento, no hacía bastante viento, dijo Richard, y el cielo era de un blanco opaco, como si fuese a nevar.

Richard se quejó, volvía a fallar. Estaba intentando levantar la cometa corriendo.

Therese, sentada en la hierba con las manos abrazándose las rodillas, le observó levantar la cabeza y mirar en todas direcciones como si hubiera perdido algo en el aire.

—¡Ahí está! —Ella se levantó señalando.

—Sí, pero no se mantiene.

Richard corrió con la cometa, aflojó su larga cuerda y luego dio un brusco tirón, como si algo la hubiera levantado. La cometa describió un gran arco y luego empezó a subir en otra dirección.

—¡Ha encontrado su propio viento! —exclamó Therese.

—Sí, pero va despacio.

—¡Vaya ventolera más triste! ¿Puedo sujetar la cometa?

—Espera, que la haré subir más.

Richard la agitó con largas oscilaciones de sus brazos, pero la cometa siguió en el mismo sitio, en aquel aire frío e indolente. Las doradas cúpulas de la catedral ondeaban de un lado a otro, como si toda la cometa sacudiera su cabeza diciendo que no, y la larga y flexible cola la seguía alocada, repitiendo la misma negación.

—Es lo máximo que podemos conseguir —dijo Richard—. No puedo darle más cordel.

Therese no apartaba los ojos de la cometa, que de pronto se puso firme y se detuvo, como un cuadro de la catedral colgado en el cielo blanco opaco. Probablemente, a Carol no le gustarían las cometas, pensó Therese. No la divertirían. Miraría una cometa y diría que era una estupidez.

—¿Quieres cogerla?

Richard le puso el grueso cordel en las manos y ella se levantó. Pensó que Richard había estado trabajando en la cometa la noche anterior, mientras ella estaba con Carol, por eso no la había llamado y no se había enterado de que no estaba en casa. Si la hubiera llamado, lo habría mencionado. Pronto tendría que mentirle por primera vez.

Súbitamente, la cometa desclavó su anclaje en el cielo y tiró fuertemente para alejarse. Therese dejó que el carrete girara rápidamente en sus manos, tanto como se atrevía a hacer bajo la mirada de Richard, porque la cometa todavía estaba baja. Y otra vez se detuvo, firmemente inmóvil.

—¡Tira! —exclamó Richard—. Sigue subiéndola.

Ella le obedeció. Era como jugar con una larga cinta elástica. Pero la cuerda ya era tan larga y estaba tan floja que lo único que podía hacer era agitar la cometa. Tiró y tiró. Richard se acercó y la cogió, y Therese dejó caer los brazos. Su respiración se hizo más rápida y en sus brazos temblaban pequeños músculos. Se sentó en la hierba. No le había ganado a la cometa. No había conseguido que hiciera lo que ella quería.

—Quizá el cordel pesa demasiado —dijo. Era un cordel nuevo, suave, blanco y grueso como un gusano.

—El cordel es muy ligero. Mira ahora. ¡Ahora sí que funciona!

Estaba subiendo con movimientos cortos hacia adelante, como si de pronto hubiera adquirido voluntad propia y tuviera ganas de escapar.

110

—¡Dale más cordel! —exclamó ella.

Se levantó. Un pájaro volaba bajo la cometa. Ella miró al rectángulo que se empequeñecía más y más, tirando hacia atrás como la abombada vela de un barco que retrocediera. Sintió que la cometa significaba algo, aquella cometa, en aquel preciso momento.

—¡Richard!

—¿Qué?

Le veía con el rabillo del ojo, agachado, con los brazos extendidos frente a él, como si estuviera en una tabla de surf.

—¿Cuántas veces te has enamorado? —le preguntó.

—Nunca, hasta que te conocí a ti —dijo Richard con una carcajada corta y ronca.

—No es verdad. Tú me hablaste de dos veces.

—Si cuento ésas, tendría que contar otras doce —dijo Richard rápidamente, con aire preocupado.

La cometa empezaba a bajar describiendo arcos.

—¿Alguna vez te has enamorado de otro chico? —preguntó Therese, sin cambiar el tono de su voz.

—¿Un chico? —repitió Richard, sorprendido.

—Sí.

Quizá pasaron cinco segundo antes de que contestara, en tono categórico:

—No.

Al menos le había costado contestar, pensó Therese. Tuvo el impulso de preguntarle «¿Qué harías si te pasara?», pero tampoco iba a servirle de mucho. Mantuvo los ojos puestos en la cometa. Los dos miraban la misma cometa, pero qué diferentes eran sus pensamientos.

—¿Alguna vez has oído hablar de eso? —le preguntó.

—¿Hablar de eso? ¿Te refieres a gente de ésa? Sí, claro. —Richard estaba erguido en ese momento y enrollaba el cordel haciendo describir ochos al palo.

Therese habló con cuidado, porque él la escuchaba:

—No me refiero a gente de ésa. Quiero decir gente que de

pronto se enamoran unos de otros, de la noche a la mañana. Por ejemplo, dos hombres, o dos chicas.

—¿Si conozco alguno? —La cara de Richard tenía la misma expresión que si estuvieran hablando de política—. No.

Therese esperó hasta que él volvió a concentrarse en la cometa, intentando hacer que se elevara. Entonces comentó:

—Pero supongo que puede pasarle a cualquiera, ¿no?

—Pero esas cosas no pasan así. Siempre hay alguna razón para eso en el pasado —continuó él, ondeando la cometa.

—Sí —dijo ella, complaciente. Empezó a adentrarse mentalmente en el pasado. Lo más parecido que podía recordar a estar «enamorada» era lo que había sentido por un chico al que había visto unas pocas veces en la ciudad de Montclair, cuando iba en el autobús del colegio. Tenía el pelo negro y rizado y una expresión seria, era guapo y tendría unos doce años, más de los que ella tenía entonces. Recordó un corto período en el que cada día pensaba en él. Pero aquello no era nada, nada comparado con lo que sentía por Carol. ¿Era amor o no era amor lo que sentía por Carol? Y qué absurdo era que ella misma no lo supiese. Había oído hablar de chicas que se enamoraban las unas de las otras y sabía qué tipo de gente eran y el aspecto que tenían. Ni Carol ni ella eran así. Pero sus sentimientos hacia Carol coincidían con todas las descripciones—. ¿Tú crees que a mí me podría pasar? —preguntó Therese simplemente, sin pensar si se atrevía a preguntarlo.

—¿Qué? —Richard sonrió—. ¿Enamorarte de una chica? ¡Claro que no! ¡Por Dios! No te habrá pasado, ¿verdad?

—No —dijo Therese en un tono extraño, poco seguro, pero Richard no pareció advertir el tono.

—Ya va otra vez. ¡Mira, Terry!

La cometa se bamboleaba directa hacia arriba, cada vez más deprisa, y el palo giraba en las manos de Richard. De todos modos, pensó Therese, era más feliz que nunca. ¿Por qué preocuparse por definirlo todo?

—¡Eh! —Richard echó a correr detrás del palo, que saltaba

112

alocadamente por el suelo, como si también intentara dejar atrás la tierra–. ¿Quieres sujetarla? –le preguntó, agarrándolo–. ¡Prácticamente te hace volar!

Therese cogió el palo. No quedaba mucho cordel y ahora la cometa se veía muy bien. Cuando dejó que sus brazos se levantaran sintió como si todo su cuerpo fuera izado levemente, con fuerza y de una manera deliciosa, como si la cometa pudiera llevarla realmente arriba si hacía acopio de todas sus fuerzas.

–¡Déjala ir! –exclamó Richard, ondeando las manos. Tenía la boca abierta y dos manchas rojas en la mejilla–. ¡Suéltala!

–¡No hay más cordel!

–¡Voy a cortarlo!

Therese no podía creer lo que había oído, pero miró a Richard y le vio buscando su navaja en el abrigo.

–¡No lo hagas! –le dijo.

Richard se acercó corriendo y riéndose.

–¡No lo hagas! –le dijo ella enfadada–. ¿Estás loco? –Tenía las manos cansadas, pero se agarró al palo lo más fuerte que pudo.

–¡Déjame cortarlo! ¡Es más divertido! –Y Richard chocó contra ella bruscamente, porque iba mirando al cielo.

Therese tiró del palo hacia un lado, poniéndolo fuera de su alcance, muda por la sorpresa y la irritación. Tuvo un instante de miedo en el que pensó que Richard había perdido realmente la cabeza, y luego se tambaleó hacia atrás, ya sin el cordel, con el palo vacío en la mano.

–¡Estás loco! –le gritó–. ¡Estás enfermo!

–¡Es sólo una cometa! –se rió Richard, estirando el cuello hacia el vacío.

Therese buscó en vano, buscó incluso el cordel que colgara.

–¿Pero por qué lo has hecho? –Su voz se hizo más aguda por las lágrimas contenidas–. ¡Era una cometa tan bonita!

–¡Era sólo una cometa! –repitió Richard–. ¡Puedo hacer otra!

9

Therese empezó a vestirse y luego cambió de opinión. Todavía estaba en bata, leyendo el guión de *Llovizna* que Phil le había llevado hacía un rato y que en ese momento se encontraba extendido en el sofá. Carol le había dicho que estaba en la esquina de la Cuarenta y cinco y Madison. Llegaría allí en diez minutos. Miró la habitación, se miró la cara en el espejo y decidió dejarlo todo así.

Cogió unos ceniceros, los llevó al fregadero y los lavó, y colocó el guión ordenadamente en su mesa de trabajo. Se preguntó si Carol llevaría consigo su bolso nuevo. Carol la había llamado la noche anterior desde algún sitio de Nueva Jersey donde estaba con Abby, le había dicho que el bolso le parecía precioso, pero que era un regalo excesivo. Therese sonrió, recordando la sugerencia de Carol de devolverlo. Por lo menos, a Carol le había gustado.

Sonaron tres rápidos timbrazos en la puerta.

Therese miró escalera abajo y vio a Carol, que llevaba algo en la mano. Bajó.

–Está vacía. Es para ti –dijo Carol sonriendo.

Era una maleta, envuelta en papel. Carol la soltó y dejó que Therese la llevara. Ésta la puso sobre el sofá de su habitación y rompió cuidadosamente el papel marrón. La maleta era de cuero marrón claro, totalmente lisa.

–¡Es fantástica! –dijo Therese.

–¿Te gusta? Ni siquiera sabía si necesitabas una maleta.

–Claro que me gusta –contestó. Era la maleta perfecta para ella, exactamente como le gustaba. Sus iniciales estaban grabadas en oro, en pequeño, T.M.B. Recordó que Carol le había preguntado su nombre completo el día de Nochebuena.

–Ábrela con la combinación y mira a ver si te gusta por dentro.

–También me gusta el olor –dijo Therese mientras la abría.

–¿Tienes algo que hacer? Si estás ocupada me voy.

–No. Siéntate. No estaba haciendo nada especial, sólo leía el guión de una obra.

–¿Qué obra?

–Una obra para la que tengo que hacer los decorados –dijo, y de pronto se dio cuenta de que nunca le había mencionado a Carol que diseñaba decorados.

–¿Decorados para una obra?

–Sí. Soy escenógrafa. –Cogió el abrigo de Carol.

Carol sonrió atónita.

–¿Por qué demonios no me lo habías dicho? –le preguntó con calma–. ¿Cuántos otros conejitos te vas a sacar del sombrero?

–Es mi primer trabajo de verdad. Y no es una obra de Broadway. La representan en el Village. Es una comedia. Todavía no estoy sindicada. Para eso tengo que esperar a trabajar en una obra de Broadway.

Carol le preguntó sobre el sindicato, la condición de miembro júnior y de miembro sénior, que costaban mil quinientos y dos mil dólares respectivamente. Le preguntó si había ahorrado ya todo aquel dinero.

–No, sólo unos cientos. Pero si consigo trabajo, me dejarán pagar a plazos.

Carol estaba sentada en la silla donde solía sentarse Richard, mirándola, y Therese advirtió en la expresión de Carol que había subido mucho en su estimación, y que Carol no entendía por qué no le había contado antes que era escenógrafa y que ya tenía trabajo.

–Bueno –dijo Carol–, si a partir de esta obra sale otro trabajo de Broadway, ¿aceptarías que yo te prestara el resto del dinero? Considéralo un préstamo de negocios.

–Gracias, pero...

–Me gustaría hacerlo por ti. A tu edad no es justo que tengas que pagar dos mil dólares.

–Gracias. Pero no estaré preparada para ese trabajo hasta que pasen un par de años más.

Carol levantó la cabeza y echó el humo en una delgada columna.

–Ellos no se ocupan de los aprendizajes, ¿verdad?

–No –sonrió Therese–. Claro que no. ¿Te gustaría beber algo? He comprado una botella de whisky de centeno.

–Qué amable, me encantaría, Therese. –Carol se levantó y miró las estanterías de su pequeña cocina mientras Therese preparaba dos whiskies–. ¿Eres una buena cocinera?

–Sí. Soy mejor cuando tengo alguien a comer. Hago unas tortillas muy buenas. ¿Te gustan las tortillas?

–No –dijo Carol rotundamente, y Therese se echó a reír–. ¿Por qué no me enseñas trabajos tuyos?

Therese bajó una carpeta del armario. Carol se sentó en el sofá y empezó a mirarlo todo con gran atención, pero, por sus comentarios y sus preguntas, Therese pensó que todo le parecía demasiado extravagante como para poder utilizarlo, y quizá tampoco muy bueno. Lo que más le gustó a Carol fue el decorado de *Petrushka* que pendía de la pared.

–Es lo mismo –dijo Therese–. Lo mismo que los dibujos, sólo que recortado como una maqueta.

–Bueno, quizá son tus dibujos. Son muy reales. Es lo que me gusta de ellos. –Carol cogió su vaso del suelo y se recostó otra vez en el sofá–. No sé si he cometido un error contigo, ¿verdad?

–¿Un error con qué?

–Contigo.

Therese no entendía qué le estaba diciendo. Carol sonreía a través del humo de su cigarrillo y eso la desconcertó.

–¿Tú crees que te has equivocado?

–No –dijo Carol–. ¿Cuánto pagas por un apartamento como éste?

–Cincuenta al mes.

–Entonces no te queda gran cosa de tu sueldo, ¿no? –dijo Carol chasqueando la lengua.

–No –dijo Therese, inclinándose sobre la carpeta y atándola–. Pero pronto ganaré más. Y tampoco me quedaré siempre a vivir aquí.

–Claro que no. Viajarás, igual que lo haces en tu imaginación. Verás una casa en Italia y te enamorarás de ella. O quizá te guste Francia. O California. O Arizona.

La chica sonrió. Probablemente tampoco tendría el dinero para comprarlas cuando eso ocurriera.

–¿La gente siempre se enamora de cosas que no puede comprar?

–Siempre –dijo Carol sonriendo también. Se pasó la mano por el pelo–. Creo que al final sí que me iré de viaje.

–¿Cuánto tiempo?

–Un mes o así.

–¿Cuándo te irás? –preguntó Therese, guardando la carpeta en el armario.

–Enseguida. Supongo que en cuanto lo arregle todo, y tampoco hay mucho que arreglar.

Therese se dio la vuelta. Carol estaba apagando el resto del cigarrillo en el cenicero. Para ella no significaba nada que no pudieran verse en un mes, pensó Therese.

–¿Por qué no te vas con Abby a algún sitio?

Carol la miró y luego miró al techo.

–En primer lugar, porque no creo que ella pueda.

Therese se la quedó mirando. Al mencionar a Abby había tocado alguna tecla. Pero al cabo de un momento la cara de Carol era otra vez inexpresiva.

—Eres muy simpática dejándome verte tan a menudo —dijo Carol—. No me apetece ver a la gente de siempre. Y la verdad es que tampoco puedo. Parece que todo hay que hacerlo en pareja.

Therese pensó que Carol era muy frágil, tan distinta del primer día que fueron a comer... Carol se levantó como si le hubiera leído el pensamiento, y cuando pasó junto a ella, tan cerca que sus brazos casi se rozaron, Therese percibió un alarde de orgullo en su cabeza erguida y en su sonrisa.

—¿Por qué no hacemos algo esta noche? —le preguntó Therese—. Si quieres, quédate aquí. Yo terminaré de leer la obra. Podemos pasar la velada juntas.

Carol no contestó. Estaba mirando las macetas que había en la estantería.

—¿Qué plantas son éstas?

—No lo sé.

—¿No lo sabes?

Eran todas distintas, un cactus de hojas gruesas que apenas había crecido desde que lo comprara hacía un año, una especie de palmera en miniatura, y una planta fláccida y verde rojizo que estaba atada a un palo.

—Son plantas.

Carol se volvió hacia ella sonriendo.

—Son plantas —repitió.

—¿Qué te parece lo de esta noche?

—Muy bien. Pero no me quedaré. Sólo son las tres. Te llamaré a eso de las seis. —Carol guardó el encendedor en su bolso. No era el bolso que le había regalado Therese—. Esta tarde me apetece ir a ver muebles.

—¿Muebles? ¿Tiendas de muebles?

—En tiendas o en el Parke-Bernet. Ver muebles me sienta muy bien.

Carol cogió el abrigo del armario y, una vez más, Therese observó la larga línea que iba desde sus hombros hasta el ancho cinturón de cuero, y que luego continuaba por sus piernas. Era muy hermosa, como un acorde musical o un ballet. Era muy hermosa y Therese se preguntó por qué ahora sus días estaban tan vacíos. Ella había nacido para vivir rodeada de gente que la quisiera, para pasear por una casa hermosa, por hermosas ciudades, por playas de horizonte ilimitado y cielo azul que sirvieran de telón de fondo a su presencia.

–Adiós –dijo Carol, y con el mismo movimiento con que se ponía el abrigo, le puso la mano en la cintura a Therese. Fue sólo un instante pero a Therese le resultó demasiado desconcertante sentir el brazo de Carol a su alrededor como para soltarse o iniciar algún gesto, antes de que en sus oídos sonara el timbre, como el gemido de una plancha de latón. Carol sonrió–. ¿Quién es?

Therese notó que la uña del pulgar de Carol se le clavaba en la cintura justo antes de soltarla.

–Supongo que será Richard.

Sólo podía ser Richard. Conocía su modo de llamar, con timbrazos largos.

–Muy bien. Me encantará conocerle.

Therese apretó el botón y luego oyó los firmes y saltarines pasos de Richard subiendo la escalera. Abrió la puerta.

–Hola –dijo Richard–. He decidido...

–Richard, te presento a la señora Aird –dijo Therese–. Richard Semco.

–¿Cómo estás? –dijo Carol.

Richard asintió con una leve inclinación.

–¿Qué tal está? –dijo, con sus ojos azules muy abiertos.

Se miraron el uno al otro. Richard con una caja cuadrada en la mano como si fuera a ofrecérsela, y Carol de pie con otro cigarrillo en la mano, sin irse ni quedarse del todo.

–Estaba muy cerca y se me ha ocurrido subir –dijo, y detrás de su explicación Therese percibió la expresión inconsciente de un derecho, igual que detrás de su mirada inquisitiva había percibido un espontáneo recelo hacia Carol–. Tenía que llevarle un regalo a un amigo de mamá. Esto es un *lebkuchen*. –Señaló la caja y sonrió, desarmado–. ¿Alguien quiere un poco?

Carol y Therese dijeron que no. Carol observó a Richard mientras él abría la caja con su navaja. «Le gusta su sonrisa», pensó Therese. «Le gusta él, el joven larguirucho con el pelo rubio y despeinado, los anchos y delgados hombros y los enormes y graciosos pies enfundados en mocasines.»

—Siéntate, por favor —le dijo Therese a Carol.

—No, ya me voy —contestó ella.

—Terry, te daré la mitad y luego yo también me iré —dijo él.

Therese miró a Carol. Carol sonrió al ver su nerviosismo, y se sentó en una esquina del sofá.

—De todas maneras espero no interrumpiros —dijo Richard, poniendo el trozo de tarta con su papel en un estante de la cocina.

—No nos has interrumpido. Tú eres pintor, ¿verdad Richard?

—Sí. —Se llevó a la boca unos trocitos de frutas confitadas y miró a Carol, sin perder su aplomo porque por nada lo perdía, pensó Therese, con la mirada franca porque nada tenía que ocultar—. ¿Tú también pintas?

—No —dijo Carol con otra sonrisa—. Yo no hago nada.

—Eso es lo más difícil de todo.

—¿De verdad? ¿Y eres buen pintor?

—Lo seré. Puedo serlo —dijo Richard impertérrito—. ¿Tienes una cerveza, Terry? Tengo una sed horrible.

Therese fue a la nevera y sacó dos botellas. Richard le preguntó a Carol si quería, pero Carol dijo que no. Luego Richard avanzó más allá del sofá mirando la maleta y su envoltorio y Therese pensó que iba a decir algo sobre ello, pero no lo hizo.

—Pensaba que podíamos ir al cine esta noche, Terry. Me gustaría ver esa que ponen en el Victoria. ¿Te apetece?

—Esta noche no puedo. He quedado con la señora Aird.

—¡Ah! —Richard miró a Carol.

Carol dejó el cigarrillo y se levantó.

—Tengo que irme —le sonrió a Therese—. Te llamaré hacia las seis. Si cambias de opinión no importa. Adiós, Richard.

—Adiós —dijo Richard.

Carol le guiñó un ojo mientras bajaba la escalera.

—Sé buena chica —le dijo.

—¿De dónde ha salido esta maleta? —le preguntó Richard cuando volvió a entrar en la habitación.

—Es un regalo.

—¿Qué pasa, Terry?

—Nada.

—¿He interrumpido algo importante? ¿Quién era?

Therese cogió el vaso vacío de Carol. Estaba levemente manchado de carmín.

—Es una mujer que conocí en los almacenes.

—¿Te ha regalado ella la maleta?

—Sí.

—Vaya regalo. ¿Tan rica es?

—¿Rica? —Therese le miró. La aversión de Richard hacia los ricos y los burgueses era automática—. ¿Rica? ¿Lo dices por el abrigo de visón? No lo sé. Yo le hice un favor, encontré una cosa que se le había perdido en los almacenes.

—¡Ah! —dijo él—. ¿Qué era? No me lo habías contado.

Ella lavó y secó el vaso de Carol y volvió a colocarlo en el fondo del estante.

—Se dejó la cartera en el mostrador y yo la cogí, eso es todo.

—¡Oh! Vaya premio más cojonudo. —Frunció el ceño—. Terry, ¿qué te pasa? ¿Todavía estás enfadada por lo de esa estúpida cometa?

—No, claro que no —dijo ella con impaciencia. Quería que se marchara. Se puso las manos en los bolsillos de la bata y paseó por la habitación. Se quedó de pie donde antes había estado Carol, mirando las plantas—. Phil me ha traído la obra esta mañana. Ya he empezado a leerla.

—¿Por eso estás preocupada?

—¿Y por qué crees que estoy preocupada? —Se volvió.

—Otra vez estás a kilómetros de aquí.

—No estoy preocupada y tampoco estoy a kilómetros de

aquí. –Respiró con fuerza–. Es curioso. Eres tan consciente de algunos estados de ánimo y en cambio de otros ni te enteras.

–De acuerdo, Terry –dijo Richard mirándola y encogiéndose de hombros, como cediendo. Se sentó en la silla y se sirvió el resto de la cerveza en el vaso–. ¿Y esa cita que tienes esta noche con esa mujer?

Therese entreabrió los labios en una sonrisa mientras se los pintaba con el resto de un lápiz de labios. Por un momento, miró las pinzas de las cejas que había en la pequeña repisa de la puerta del armario.

–Es una especie de fiesta, creo. Una especie de acto benéfico de Navidad en un restaurante –dijo.

–Hmm. ¿Y quieres ir?

–Le he dicho que iría.

Richard se bebió su cerveza frunciendo el ceño por encima del vaso.

–¿Y después? Quizá podría quedarme por aquí y leer el guión mientras tú estás fuera y luego podemos ir a comer algo y al cine.

–Después es mejor que acabe de leer la obra. Tengo que comenzar el sábado y debería empezar a pensar cómo lo haré.

Richard se levantó.

–Vale –dijo con indiferencia, y suspiró.

Therese le observó pasar junto al sofá y quedarse allí de pie, mirando la copia de la obra. Luego se inclinó, estudiando la portada y las páginas de presentación de los actores. Miró su reloj, y luego a ella.

–¿Puedo leerlo ahora? –le preguntó.

–Adelante –le contestó ella con una brusquedad que Richard no pareció oír o simplemente ignoró. Se quedó en el sofá con el manuscrito en las manos y empezó a leer. Ella cogió una cajita de cerillas de la estantería. Pensó que Richard sólo se enteraba de que estaba «a kilómetros de aquí» cuando se sentía privado de ella por su distancia, pero no se enteraba de nada más. De pronto se le ocurrió pensar en las veces que se había acostado con él, en su sensación de distancia, que contrastaba con lo que la gente decía de sentirse muy cerca en situaciones similares. Suponía que a Richard aquello no le importaba porque como físicamente estaban juntos en la cama... Y mientras le veía allí, completamente absorto en su lectura, con sus dedos regordetes y rígidos cogiéndose un mechón de pelo y tirando de él hacia la nariz, igual que se lo había visto hacer miles de veces, se le ocurrió que Richard actuaba como si su posición respecto a ella fuera inamovible, como si sus lazos de unión fueran permanentes y estuvieran más allá de toda cuestión, porque él era el primer hombre con el que ella se había acostado. Therese tiró la caja de cerillas a la estantería y con el impacto se cayó un bote de algo.

Richard se irguió sonriendo, un poco sorprendido.

—¿Qué pasa, Terry?

—Richard, me gustaría estar sola el resto de la tarde. ¿Te importa?

Él se levantó. Aún tenía una expresión de sorpresa.

—No, claro que no. —Volvió a dejar la copia de la obra en el sofá—. De acuerdo, Terry. Posiblemente será lo mejor. Quizá tendrías que leerla ahora, sola —dijo, razonable, como intentando convencerse a sí mismo. Volvió a mirar el reloj—. Probablemente baje a ver a Sam y Joan un rato.

Ella se quedó allí, inmóvil, sin pensar en nada excepto en los pocos segundos que quedaban hasta que él se fuera, mientras él se pasaba la mano por el pelo, que aún tenía húmedo, y se inclinaba a besarla. De repente, ella se acordó del libro de Degas que había comprado hacía unos días, un libro que Richard quería y que no había logrado encontrar. Lo sacó del último cajón del escritorio.

—He encontrado esto. El libro de Degas.

—¡Ah, magnífico! Gracias. —Lo cogió con las dos manos. Todavía estaba envuelto—. ¿Dónde lo has encontrado?

—En Frankenberg. ¿Dónde iba a ser si no?

—Frankenberg —sonrió Richard—. Vale seis pavos, ¿no?

—Da igual.

Richard había sacado la cartera.

—Pero yo te lo encargué.

—Da igual, de verdad.

Richard protestó, pero ella no aceptó el dinero. Un minuto después, él se había marchado con la promesa de llamarla al día siguiente a las cinco. Le había propuesto que hicieran algo por la noche.

Carol la llamó a las seis y diez. Le preguntó si le apetecía ir a Chinatown y Therese dijo que le encantaría.

—Estoy tomando un cóctel con cierta persona en el Saint Regis —dijo Carol—. ¿Por qué no vienes a buscarme? Estoy en uno de los saloncitos, no en la sala grande. ¡Ah!, escucha, vamos a ver una obra de teatro y ya habíamos quedado, ¿lo has cogido?

—¿Una especie de fiesta benéfica de Navidad?

Carol se echó a reír.

—Date prisa.

Therese fue volando.

El amigo de Carol era un hombre llamado Stanley McVeigh, un hombre alto y muy atractivo, de unos cuarenta y cinco años, con bigote. Llevaba un boxer con correa. Cuando llegó Therese, Carol ya estaba lista para marcharse. Stanley las acompañó fuera, las metió en un taxi y le dio al chófer el dinero por la ventanilla.

—¿Quién es? —preguntó Therese.

—Un viejo amigo. Ahora que Harge y yo estamos separados, nos vemos mucho más.

Therese la miró. Aquella noche, Carol tenía los ojos risueños y estaba muy guapa.

—¿Te gusta?

—Así así —dijo Carol—. Oiga, chófer, llévenos a Chinatown en vez de a la dirección que le hemos dicho.

Mientras tomaban algo se puso a llover y Carol le dijo que siempre que iba a Chinatown llovía. Pero no les importó mucho. Se refugiaban entrando en una tienda tras otra, mirando y comprando cosas. Therese vio unas sandalias con tacones de plataforma que encontró muy bonitas, pero parecían más persas que chinas. Quería comprárselas a Carol, pero ella dijo que Rindy no las aprobaría. Rindy era muy conservadora y no le gustaba que saliera sin medias ni siquiera en verano. Y Carol se conformaba. En la misma tienda había trajes chinos de una tela negra muy brillante, con pantalones sencillos y chaqueta de cuello alto. Carol le compró uno a Rindy. De todas maneras, mientras Carol arreglaba lo del traje de Rindy para que se lo enviaran, Therese le compró las sandalias. Sabía su número sólo mirándolas y a Carol le hizo gracia que se las hubiera comprado. Luego pasaron una hora muy exótica en un teatro chino. El público dormía imperturbable a pesar del gran estrépito. A última hora subieron a cenar a la parte alta, a un restaurante donde tocaban el arpa. Fue una velada gloriosa, una velada realmente magnífica.

10

El martes, el quinto día de su trabajo, Therese se sentó en una habitación desnuda, sin techo, en la parte trasera del Black Cat Theater, y esperó a que el señor Donohue, el nuevo director, fuera a ver sus maquetas. El día anterior por la mañana Donohue había sustituido a Cortes como director, había rechazado su primera maqueta y también había eliminado a Phil McElroy, que hacía de segundo hermano en la obra. Phil se había ido el día anterior dando bufidos. A Therese le pareció una gran suerte que no la hubieran despedido a ella también con su maqueta, así que siguió las instrucciones del señor Donohue al pie de la letra. En la nueva maqueta había suprimido la sección móvil que llevaba la primera y que permitía que el escenario del salón se convirtiera en la terraza del último acto. El señor Donohue se mostraba muy obstinado con cualquier cosa que no fuera habitual o muy sencilla. Al desarrollarse toda la obra en el salón, había que cambiar un montón de diálogos del último acto y se habían perdido algunos muy buenos. En su nueva maqueta había una chimenea, amplias puertas acristaladas que daban a una terraza, dos puertas, un sofá, un par de sillones de orejas y una estantería. Cuando estuviera acabado parecería una maqueta de Sloan, la famosa tienda de maquetas, porque era realista hasta el último cenicero.

Therese se levantó, se estiró y cogió la chaqueta de pana

que colgaba detrás de la puerta. La habitación estaba fría como un granero. Seguro que el señor Donohue no aparecía hasta por la tarde, o quizá no fuese en todo el día si ella no se lo recordaba. El escenario no corría prisa. Era el detalle de menor importancia de toda la producción, pero ella se había pasado toda la noche trabajando con entusiasmo en su maqueta.

Salió a esperar entre bastidores. Todos los actores estaban en el escenario con los papeles del guión en la mano. El señor Donohue les hacía interpretar toda la obra para que, según decía, se familiarizasen con ella. Pero, al parecer, aquel día todos estaban como adormecidos. Excepto Tom Harding, los demás parecían languidecer. Tom era un joven rubio y alto que hacía de protagonista masculino y era quizá demasiado enérgico. Georgia Halloran tenía sinusitis y cada hora tenía que parar, echarse gotas y luego tumbarse durante unos minutos. Geoffrey Andrews, un hombre de mediana edad que hacía el papel de padre de la protagonista, gruñía continuamente entre diálogo y diálogo porque no le gustaba Donohue.

–No, no, no –dijo el señor Donohue por décima vez, interrumpiéndolos y haciendo que todos bajaran su guión y se volvieran dócilmente hacia él, entre sorprendidos e irritados–. Empecemos otra vez desde la página veintiocho.

Therese le observó. Él movía los brazos para dar las entradas, levantaba una mano para acallarlos y bajaba la cabeza como si dirigiera una orquesta. Tom Harding le guiñó un ojo y se colocó la mano debajo de la nariz. Al cabo de un momento, Therese volvió al cuarto que había detrás de la mampara, donde ella trabajaba y donde se sentía menos inútil. Se sabía la obra casi de memoria. Era una comedia de enredo tipo Sheridan. Dos hermanos que fingían ser mayordomo y señor para impresionar a una rica heredera de la que uno de los dos estaba enamorado. Los diálogos eran divertidos e ingeniosos, pero Therese esperaba que se pudiera cambiar la ambientación del escenario, aburrida y funcional, que Donohue le había encargado.

El señor Donohue entró en su cuarto un poco después de

las doce. Cogió la maqueta y la miró de arriba abajo, sin cambiar un ápice su expresión hostil.

–Sí, está bien. Me gusta mucho. ¿Se da cuenta de que es mucho mejor que aquellas paredes vacías que había hecho antes?

–Sí –dijo Therese, respirando aliviada.

–El escenario surge de las necesidades de los actores. Usted no está diseñando un escenario de ballet, señorita Belivet.

Ella asintió con la cabeza mirando la maqueta e intentando pensar cómo podía mejorarla y hacerla más funcional.

–Los carpinteros vendrán esta tarde, hacia las cuatro. Nos reuniremos y hablaremos de esto –dijo el señor Donohue, y salió del cuarto.

Therese miró la maqueta del decorado. Por lo menos esta vez lo iban a utilizar. Los carpinteros y ella lo convertirían en algo real. Se acercó a la ventana y miró hacia fuera, al cielo gris y luminoso de invierno, a la fachada posterior de unos edificios de cinco pisos con escalera de incendios. Enfrente había una parcela sin edificar con un árbol enano y sin hojas, retorcido como un poste indicador destrozado. Le hubiera gustado llamar a Carol e invitarla a comer. Pero Carol estaba a una hora y media de distancia en coche.

–¿Usted se llama Belivet?

Therese se volvió hacia la chica que había en el umbral.

–Belivet. ¿Al teléfono?

–El teléfono que hay junto a los focos.

–Gracias. –Therese fue a toda prisa, esperando que fuera Carol y pensando que probablemente sería Richard. Carol todavía no la había llamado.

–Hola, soy Abby.

–¿Abby? –Therese sonrió–. ¿Cómo has sabido que estaba aquí?

–Tú me lo dijiste, ¿no te acuerdas? Me gustaría verte. No estoy muy lejos. ¿Has comido?

Quedaron en el Palermo, un restaurante que había a una o dos manzanas del Black Cat.

Therese se fue silbando una canción, tan contenta como si fuese a ver a Carol. El restaurante tenía serrín en el suelo y un par de gatitos negros jugaban por debajo de la barra del bar. Abby estaba en una mesa del fondo.

–Hola –la saludó Abby cuando ella se acercó–. Pareces muy contenta. Casi no te reconozco. ¿Quieres beber algo?

–No, gracias –dijo Therese sacudiendo la cabeza.

–¿O sea que no necesitas beber para estar contenta? –le preguntó Abby, y se rió con un cloqueo burlón que no pretendía ser ofensivo.

Therese aceptó el cigarrillo que Abby le ofrecía. Abby lo sabía, pensó Therese. Y quizá también ella estuviera enamorada de Carol. Eso la puso en guardia. Se había creado una rivalidad tácita entre las dos que le producía un curioso regocijo, un sentimiento de cierta superioridad respecto a Abby. Eran emociones que Therese no había experimentado hasta entonces, que ni siquiera se había atrevido a soñar y, por lo tanto, emociones revolucionarias en sí mismas. Por eso, comer juntas en aquel restaurante se había convertido en algo casi tan importante como encontrarse con Carol.

–¿Cómo está Carol? –le preguntó Therese. Ella no la había visto desde hacía tres días.

–Está muy bien –dijo Abby observándola.

Vino el camarero y Abby le preguntó si le recomendaba los mejillones y los escalopines.

–¡Excelentes, madame! –Y se inclinó ante ella como si fuera una clienta especial.

Era el estilo de Abby. Tenía una expresión radiante en la cara, como si aquel día, y cada día, fuera una fiesta especial para ella. A Therese le gustaba eso. Miró admirativamente el traje de Abby, de un tejido azul y rojo, y sus gemelos en forma de G, como plateados botoncitos de filigrana. Abby le preguntó por su trabajo en el Black Cat. Para Therese era aburrido, pero Abby parecía impresionada. Therese pensó que le impresionaba porque ella no hacía nada.

–Conozco a algunos productores de teatro –dijo Abby–. Me encantaría hablarles bien de ti en cualquier ocasión.

–Gracias. –Therese jugueteó con la tapa del cuenco del queso rallado que tenía frente a sí–. ¿Conoces a alguien llamado Andronich? Creo que es de Filadelfia.

–No –contestó Abby.

El señor Donohue le había dicho que la semana siguiente fuera a Nueva York a ver a Andronich. Estaba produciendo una obra que se estrenaría en Filadelfia en primavera y que después iría a Broadway.

–Prueba los mejillones. –Abby se estaba comiendo los suyos con fruición–. A Carol también le encantan.

–¿Hace mucho que conoces a Carol?

–Ajá –asintió Abby, mirándola con unos ojos brillantes que nada revelaban.

–¿Y a su marido también?

Abby asintió otra vez, en silencio.

Therese sonrió levemente. Abby estaba dispuesta a interrogarla, pero no pensaba revelarle nada de Carol ni de ella misma.

–¿Tomas vino? ¿Te gusta el Chianti? –Abby llamó al camarero chasqueando los dedos–. Tráiganos una botella de Chianti. Que sea bueno. –Y dirigiéndose a Therese, añadió–: El vino alimenta el espíritu.

Entonces llegó el plato principal y dos camareros empezaron a rondar la mesa, descorchando el Chianti, sirviendo más agua y trayendo mantequilla fresca. En un rincón sonaba un tango en la radio. Era una radio pequeña como una quesera y con la parte frontal rota, pero la música podía haber procedido de una orquesta de cuerda situada a espaldas de ellas, a petición de Abby. «No me extraña que a Carol le guste», pensó Therese. Contrastaba con la solemnidad de Carol y era capaz de hacerla reír.

–¿Siempre has vivido sola? –le preguntó Abby.

–Sí. Desde que acabé el colegio. –Therese bebió un sorbo de vino–. ¿Y tú? ¿Vives con tu familia?

–Sí, con mi familia. Pero tengo un ala de la casa para mí.

–¿Y trabajas? –se aventuró Therese.

–He trabajado dos o tres veces. ¿No te contó Carol que antes teníamos una tienda de muebles? La teníamos en las afueras de Elizabeth, en la autopista. Comprábamos antigüedades o bien género de segunda mano y lo restaurábamos. Nunca había trabajado tanto en mi vida. –Abby le sonrió alegremente, como si cada una de sus palabras fuese mentira–. Y luego está mi otro trabajo. Yo soy entomóloga. No muy buena, pero lo bastante como para sacar insectos del néctar de las flores del limonero y cosas así. Los lirios de las Bahamas están llenos de insectos.

–Eso he oído –sonrió Therese.

–Me parece que no me crees.

–Sí que te creo. ¿Todavía trabajas en eso?

–Estoy en la reserva. Sólo trabajo en casos de urgencia. Como, por ejemplo, en Pascua.

Therese observó el cuchillo de Abby cortando los escalopines en trocitos antes de empezar a comérselos.

–¿Viajas con Carol a menudo?

–¿A menudo? No, ¿por qué? –le preguntó Abby.

–Creo que tú le vas bien porque Carol es tan seria...

Therese quería llevar la conversación al meollo de las cosas, pero ignoraba cuál era el meollo. El vino se extendía lento y cálido por sus venas hasta la punta de sus dedos.

–No siempre –la corrigió Abby, con la risa contenida en su voz, como cuando había empezado a hablar. A Therese no se le ocurrió qué podía preguntar, porque las preguntas que se le ocurrían eran excesivas–. ¿Cómo conociste a Carol? –le preguntó Abby.

–¿No te lo ha contado ella?

–Sólo me dijo que te conoció en Frankenberg, y que tú estabas trabajando allí.

–Pues así fue –dijo Therese, y notó que en su interior crecía un resentimiento contra Abby y se hacía incontrolable.

—¿Empezasteis a hablar así, sin más? —preguntó Abby con una sonrisa, encendiendo un cigarrillo.

—Yo la atendí —dijo Therese, y se detuvo.

Y Abby se quedó esperando una descripción precisa de aquel encuentro. Therese lo sabía, pero no quería dársela a Abby ni a nadie. Le pertenecía a ella. Seguramente Carol no se lo había contado a Abby, pensó, no le había contado la absurda historia de la tarjeta de Navidad. Para Carol no debía de ser tan importante como para contárselo.

—¿Te importaría decirme quién empezó a hablar primero?

De pronto, Therese se echó a reír. Cogió un cigarrillo y lo encendió, aún sonriendo. No, Carol no le había contado lo de la tarjeta de Navidad, y la pregunta de Abby le chocó por lo divertida.

—Yo —dijo.

—Te gusta mucho, ¿verdad? —le preguntó Abby.

Therese buscó signos de hostilidad en ella. No era hostil, pero estaba celosa.

—Sí.

—¿Por qué?

—¿Por qué? ¿Y por qué te gusta a ti?

—Conozco a Carol desde que tenía cuatro años —dijo Abby, y sus ojos aún sonreían.

Therese no dijo palabra.

—Eres muy joven, ¿verdad? ¿Cuántos años tienes? ¿Veintiuno?

—No, todavía no.

—¿Sabes que Carol tiene muchas preocupaciones ahora?

—Sí.

—Y está sola —añadió Abby con ojos escrutadores.

—¿Quieres decir que sale conmigo sólo por eso? —le preguntó Therese con calma—. ¿Quieres decir que no debería verla?

Los ojos de Abby, que parecían no pestañear nunca, pestañearon dos veces.

—No, en absoluto. Pero no quiero que lo pases mal. Y tampoco quiero que le hagas daño a Carol.

—Yo nunca le haría daño a Carol —dijo Therese—. ¿Crees que lo haría?

Abby seguía mirándola alerta. No había apartado los ojos de ella.

—No, no lo creo —replicó como si acabara de decidirlo. Y sonrió como si algo le gustara.

Pero a Therese no le gustaron la sonrisa ni la pregunta y, al darse cuenta de que su rostro mostraba sus sentimientos, bajó los ojos hacia la mesa. Frente a ella había una copa de zabaglione caliente sobre una bandeja.

—¿Te gustaría venir a una fiesta esta tarde, Therese? Es en la parte alta, a eso de las seis. No sé si habrá escenógrafos, pero una de las chicas que da la fiesta es actriz.

—¿Irá Carol? —preguntó Therese, apagando el cigarrillo.

—No, no irá. Pero es gente muy simpática y no seremos muchos.

—Gracias. No creo que deba ir. Quizá tenga que quedarme trabajando hasta tarde hoy también.

—Ah. Te iba a dar la dirección, pero si no vas a ir...

—No —dijo Therese.

Cuando salieron del restaurante, Abby quiso dar un paseo. Therese aceptó, aunque estaba cansada de Abby. Con su engreimiento y sus preguntas directas y rudas, la hacía sentirse en desventaja. Tampoco la había dejado pagar la cuenta.

—Carol piensa mucho en ti —le dijo Abby—, ya lo sabes. Dice que tienes mucho talento.

—¿Ah, sí? —dijo Therese, aunque sólo la creyó a medias—. Nunca me lo ha dicho.

Therese quería andar más deprisa, pero Abby imponía un ritmo más lento.

—Supongo que ya sabes que piensa mucho en ti; si no, no querría hacer un viaje contigo.

Therese miró a Abby, que sonreía inocentemente.

—Tampoco me ha mencionado nada de eso —dijo Therese con calma, aunque el corazón le había empezado a latir con fuerza.

—Estoy segura de que te lo propondrá. Irás con ella, ¿verdad?

¿Por qué tenía que saberlo Abby antes que ella?, se preguntó Therese. Sintió que se ruborizaba de indignación. ¿Qué significaba todo aquello? ¿La odiaba Abby? Si era así, ¿por qué no era más coherente? Pero después, al cabo de un instante, su enfado cedió y se sintió débil, vulnerable, desarmada. Pensó que si Abby la acorralaba contra la pared en aquel momento y le decía: «Desembucha. ¿Qué quieres de Carol? ¿Hasta qué punto me la quieres quitar?», ella balbucearía: «Quiero estar con ella. Me encanta estar con ella, ¿y qué tiene que ver eso contigo?»

—¿No te parece que eso es asunto de Carol? ¿Por qué me haces todas estas preguntas? —Therese se esforzó por parecer indiferente, pero era imposible.

—Lo siento —dijo Abby deteniéndose y volviéndose hacia ella—. Creo que ahora lo entiendo mejor.

—¿Entiendes el qué?

—Que tú ganas.

—¿Ganar qué?

—Qué —repitió Abby con la cabeza levantada, mirando la esquina del edificio y el cielo, y Therese se sintió súbitamente furiosa e impaciente.

Quería que Abby se fuera para poder llamar a Carol. Nada le importaba ya excepto escuchar la voz de Carol. Sólo le importaba Carol, ¿cómo había podido olvidarlo por un momento?

—No me extraña que Carol piense tanto en ti —dijo Abby, pero si pretendía ser amable, Therese no lo aceptó así—. Hasta pronto, Therese. Seguro que volveremos a vernos. —Le tendió la mano.

—Hasta pronto —dijo Therese, y le estrechó la mano. La observó alejarse hacia Washington Square, ahora con pasos más rápidos, con su rizado pelo al viento.

Therese entró en el drugstore que había en la esquina siguiente y llamó a Carol. Se puso la doncella y luego Carol.

—¿Qué te pasa? —le preguntó Carol—. Te noto desanimada.

—Nada. El trabajo está muy pesado.

—¿Haces algo esta noche? ¿Te gustaría salir?

Therese salió del drugstore sonriendo. Carol iría a recogerla a las cinco y media. Había insistido en ir a buscarla porque en tren era un viaje largo y pesado.

Al otro lado de la calle vio a Dannie McElroy, que se alejaba a pie. Andaba a grandes zancadas, sin abrigo, y en la mano llevaba una botella de leche sin envolver.

—¡Dannie! —le llamó.

Dannie se volvió y empezó a acercarse a ella.

—Sube a casa un momento —le pidió.

Therese empezó a decir que no, pero cuando Dannie llegó hasta donde estaba ella, se cogió del brazo de él.

—Sólo un minuto. Ya ha pasado una hora larga de mi descanso para comer.

—¿Qué hora es? —le sonrió Dannie—. He estado estudiando hasta quedarme ciego.

—Son más de las dos. —Sintió que el brazo de Dannie se tensaba contra el frío. Tenía carne de gallina en el antebrazo—. Estás loco saliendo sin abrigo —le dijo.

—Me ayuda a despejarme —dijo él, sujetándole la puerta de hierro del portal de la casa—. Phil está no sé dónde.

La habitación olía a tabaco de pipa, un poco como a chocolate caliente. Era un semisótano, bastante oscuro, y la lámpara proyectaba un cálido haz de luz sobre el escritorio, que estaba siempre atestado de cosas. Therese bajó la vista hacia los libros abiertos que había sobre la mesa, páginas y páginas cubiertas de símbolos que ella no podía entender pero que le gustaba mirar. Todo lo que representaban los símbolos era verdadero y probado. Los símbolos eran más fuertes y más claros que las palabras. Imaginó la mente de Dannie sumiéndose en ellos, pasando de un hecho a otro, como si trepara por fuertes cadenas, adelantando una mano por encima de la otra a través del espacio. Le observó mientras se hacía un bocadillo, de pie junto a la mesa de la cocina. Parecía muy musculoso y ancho de espaldas bajo la camisa blanca. Los hombros se le movían al poner el salami y las lonchas de queso sobre una gran rebanada de pan de centeno.

—Me gustaría que vinieras más a menudo, Therese. El miércoles es el único día que no estoy en casa a mediodía. Y aunque Phil esté durmiendo, no le molestaríamos si comiéramos aquí.

—Vendré —dijo Therese. Se sentó en la silla del escritorio, que estaba vuelta de lado. Había ido a comer una vez, y otra vez había ido después del trabajo. Le gustaba visitar a Dannie. Con él no hacía falta hablar de cosas triviales.

Al fondo de la habitación, la cama de Phil estaba deshecha, una maraña de sábanas y mantas. En las ocasiones anteriores la cama también estaba sin hacer, o bien Phil estaba todavía dentro. El largo mueble con estantes para libros situado en ángulo recto respecto al sofá marcaba el límite de la zona de Phil de la habitación, que estaba siempre en desorden, en un frustrado y nervioso desorden que en nada se parecía al desorden de trabajo del escritorio de Dannie.

La lata de cerveza de Dannie silbó al abrirse. Él se apoyó en la pared con la cerveza y el bocadillo, sonriendo, encantado de tener a Therese allí.

—¿Te acuerdas de lo que dijiste de que la física no se podía aplicar a la gente?

—Hum, vagamente.

—Bueno, creo que no tenías razón —dijo él mientras daba un mordisco a su bocadillo—. Por ejemplo, con las amistades. Se me ocurren un montón de casos en los que dos personas no tienen nada en común. Creo que hay una razón determinada para cada amistad, igual que hay una razón para que ciertos átomos se unan y otros no, en un caso faltan unos factores que en el otro están presentes. ¿Qué opinas tú? Yo creo que las amistades son el resultado de ciertas necesidades que pueden estar completamente ocultas para las dos personas, a veces incluso para siempre.

—Quizá sí. También se me ocurren algunos casos. —Richard y ella misma, por ejemplo. Richard congeniaba con la gente abriéndose camino a través del mundo de una manera que para ella era imposible. Siempre se había sentido atraída por gente tan segura como Richard—. ¿Y qué es lo qué te falta a ti, Dannie?

—¿A mí? —dijo sonriendo—. ¿Quieres ser mi amiga?

—Sí. Aunque tú eres de las personas más fuertes que conozco.

—¿De verdad? ¿Quieres que te enumere todos mis defectos?

Ella sonrió mirándole. Era un joven de veinticinco años que sabía lo que quería desde los catorce. Había puesto toda su energía en una sola dirección, justo lo contrario que Richard.

—Tengo una necesidad secreta muy oculta de tener una cocinera —dijo Dannie—, y también un profesor de baile y alguien que me recuerde cuándo tengo que llevar las cosas a la lavandería o cortarme el pelo.

—Yo tampoco me acuerdo de llevar mi ropa a la lavandería.

—Oh —dijo él tristemente—. Entonces se acabó. Tenía cierta esperanza. Parecía que el destino lo quisiera. Porque lo que digo de las afinidades es verdad tanto para las amistades como para una ocasional mirada furtiva en la calle. Siempre hay una razón determinada. Creo que incluso los poetas estarían de acuerdo conmigo.

Ella sonrió.

—¿*Incluso* los poetas? —dijo. Pensó en Carol y luego en Abby, en la conversación que habían tenido durante la comida, en la que había habido algo más que una mirada furtiva y también mucho menos. Pensó en la serie de emociones que le hacía evocar y se sintió abatida—. Pero hay que ser más tolerante con la perversidad de la gente, con las cosas que no tienen mucho sentido.

—¿Perversidad? Eso es sólo un subterfugio. Es una palabra que sólo usan los poetas.

—Yo pensaba que la usaban los psicólogos —dijo Therese.

—No, para mí hacer concesiones es algo sin sentido. La vida es una ciencia exacta en todos sus términos. Sólo hay que encontrarlos y definirlos. ¿No estás de acuerdo?

—En absoluto. Estaba pensando en otra cosa, pero no tiene importancia —contestó. De repente volvía a estar de mal humor, como le había pasado al pasear con Abby después de la comida.

—¿En qué? —insistió él frunciendo el ceño.

—En la comida que acabo de tener —dijo ella.

—¿Con quién?

—No importa. Si importase te lo contaría. Sólo ha sido una pérdida de tiempo, o una pérdida de algo más. O al menos, eso creo. Pero quizá era algo que ni siquiera existía —dijo. Ella había querido caerle bien a Abby porque sabía que a Carol le gustaba.

—Pero en tu mente sí. Y eso también puede ser una pérdida.

—Sí, pero algunas personas hacen ciertas cosas de las que no puedes salvar nada, porque no tienen nada que ver contigo —dijo. Pero Therese no quería hablar de aquello, y sí de otra cosa. No quería hablar de Abby ni de Carol, sino de antes. De algo que tenía una conexión perfecta y un sentido perfecto. Ella amaba a Carol. Apoyó la frente en la mano.

Dannie la miró un momento y luego se apartó de la pared. Se volvió a la cocina y cogió una cerilla del bolsillo de su camisa. Therese tuvo la sensación de que la conversación quedaría en suspenso para siempre y que nunca se acabaría, dijeran lo que dijeran. Pero también tenía la sensación de que si le contaba a Dannie cada una de las palabras que habían intercambiado Abby y ella, él podría eliminar todos los subterfugios con una sola frase, como si pudiera esparcir un producto químico en el aire que evaporase instantáneamente la niebla. ¿O acaso había cosas que quedaban más allá de la lógica? ¿Había algo ilógico tras los celos, las sospechas y la hostilidad en la conversación con Abby, la propia Abby en sí misma?

—Las cosas no son simples combinaciones —añadió Therese.

—Algunas cosas no reaccionan, pero todo está vivo —dijo él. Se dio la vuelta con una amplia sonrisa, como si en su mente hubiera entrado otro hilo de pensamiento. Tenía la cerilla humeante aún en la mano—. Como esta cerilla. Y no hablo de algo físico, ni de la indestructibilidad del humo. De hecho, hoy me siento bastante inspirado.

—¿Respecto a la cerilla?

—Tengo la sensación de que crece como una planta y de

que no desaparece. Tengo la sensación de que a veces, para los poetas, las cosas del mundo deben de tener la textura de una planta. Como esta mesa o mi propia carne. –Tocó el borde de la mesa con la palma de la mano–. Es como la sensación que tuve una vez cuando subía una colina a caballo. Fue en Pennsylvania. Entonces yo no montaba muy bien. Recuerdo que el caballo volvió la cabeza, vio la colina y decidió subirla por su cuenta. Dio un salto sobre las patas traseras antes de lanzarse al galope y de repente íbamos como un rayo, pero yo no tenía miedo. Me sentía en completa armonía con el caballo y la tierra, como si fuera un árbol arrastrado por el viento. Recuerdo que estaba seguro de que no me pasaría nada, aunque otras veces sí he tenido miedo. Y estaba muy contento. Pensaba en toda la gente que tiene miedo y acumula cosas, y pensé que si todo el mundo comprendiera lo que yo había sentido subiendo la colina, entonces habría una economía correcta de uso, de consumo y de vida, ¿entiendes? –Dannie había cerrado los puños, pero los ojos le brillaban como si aún se riera de sí mismo–. ¿Nunca te has cansado de un jersey que te encantaba y has acabado deshaciéndote de él?

Ella pensó en los guantes verdes de la hermana Alicia, que nunca se había puesto pero de los cuales tampoco se había deshecho.

–Sí –dijo.

–Pues eso es lo que quiero decir. Como las ovejas, que no se dan cuenta de la lana que pierden cuando las esquilan para hacer el jersey, porque a ellas les vuelve a crecer. Es muy sencillo. –Se volvió hacia la cafetera que había recalentado, y que ya estaba hirviendo.

–Sí –contestó. Ella lo sabía. Era como Richard con la cometa, porque sabía que podía hacer otra. Pensó en Abby con una súbita sensación de vacío, como si todo lo que había pasado durante la comida le hubiera sido arrancado de la memoria. Por un instante, se sintió como si su mente hubiera rebasado los límites y en ese momento flotara por el espacio vacío. Se levantó.

Dannie se acercó a ella, le puso las manos en los hombros y aunque ella sintió que era sólo un gesto, un gesto en vez de una palabra, se rompió el encanto. Se sentía incómoda al notar el tacto de él, y su incomodidad se concretó en un punto.

—Tengo que irme —dijo—. Llego tarde.

Él deslizó las manos hasta cogerla por los codos y, de pronto, la besó, apretó sus labios contra los de ella por un momento, y ella sintió su aliento cálido sobre el labio superior antes de que la soltara.

—Muy bien —le dijo, mirándola.

—¿Por qué lo has hecho? —dijo ella, y se detuvo, porque el beso había sido una mezcla tal de ternura y rudeza que no sabía como tomárselo.

—¿*Por qué*, Terry? —preguntó él, apartándose y sonriendo—. ¿Te ha molestado?

—No —respondió ella.

—¿Le molestaría a Richard?

—Supongo. —Se abrochó el abrigo—. Tengo que irme —repitió, acercándose a la puerta.

Dannie le abrió la puerta con su sonrisa de siempre, como si nada hubiera pasado.

—¿Vendrás mañana? Ven a comer.

—No lo creo —dijo ella sacudiendo la cabeza—. Esta semana estoy ocupada.

—Vale, ven... el lunes, ¿puede ser?

—Vale. —Ella sonrió también y le tendió la mano de forma maquinal. Dannie se la estrechó cortésmente.

Recorrió las dos manzanas que la separaban del Black Cat. Un poco como lo de aquel día a caballo, pensó. Pero no tanto, no tanto como para ser perfecto, y lo que Dannie quería decir era perfecto.

11

—Así es como se entretiene la gente ociosa —dijo Carol, estirando las piernas ante ella en la mecedora—. Ya es hora de que Abby vuelva a trabajar.

Therese no dijo nada. No le había contado a Carol toda la conversación de la comida, pero no quería hablar más de Abby.

—¿Quieres sentarte en una silla más cómoda?

—No —dijo Therese. Estaba sentada en una banqueta de cuero cerca de la mecedora. Habían acabado de cenar hacía un momento y luego habían subido a aquella habitación que Therese nunca había visto, una galería acristalada que estaba adosada a la sencilla habitación verde.

—¿Qué más te ha dicho Abby que te molestara? —le preguntó Carol, todavía mirando sus largas piernas enfundadas en holgados pantalones azul marino.

Carol parecía cansada. Estaba preocupada por otras cosas, pensó Therese, mucho más importantes que aquello.

—Nada. ¿Te molesta algo a ti, Carol?

—¿Molestarme?

—Hoy estás distinta conmigo.

—Imaginaciones tuyas —dijo Carol mirándola. Y la agradable vibración de su voz se borró otra vez en el silencio.

Therese pensó que la página que había escrito la noche anterior no tenía nada que ver con aquella Carol, no iba dirigida a ella. *Siento que estoy enamorada de ti*, había escrito, *y debería ser primavera. Quiero que el sol caiga sobre mi cabeza como coros musicales. Imagino un sol como Beethoven, un viento como Debussy, y cantos de pájaros como Stravinski. Pero el ritmo es totalmente mío.*

—Creo que a Abby no le caigo bien —observó Therese—. No creo que quiera que nos veamos.

—Eso no es verdad. Otra vez te imaginas cosas.

—No digo que lo haya dicho. —Therese intentó aparentar tanta calma como Carol—. Fue muy simpática. Me invitó a una fiesta.

—¿Qué fiesta?

—No sé. Dijo que era en la parte alta. Dijo que tú no irías, así que no me apetecía especialmente ir.

—¿En qué sitio exactamente?

—No me lo dijo. Sólo dijo que una de las chicas que daba la fiesta era actriz.

Carol dejó su encendedor sobre la mesa de cristal con un golpecito y Therese notó su disgusto.

—Así que eso hizo —murmuró, medio para sí—. Siéntate aquí, Therese.

Therese se levantó y se sentó al pie de la mecedora.

—No tienes que pensar que Abby tiene esos sentimientos hacia ti. Yo la conozco lo suficiente para saber que no es así.

—Muy bien —dijo Therese.

—Pero a veces Abby es increíblemente torpe hablando.

Therese prefería olvidar el tema. Carol seguía estando muy lejos incluso cuando hablaba, incluso cuando la miraba. Una franja de luz procedente de la habitación verde iluminaba la cabeza de Carol, pero no podía verle la cara.

Carol la empujó con la punta del pie.

—Muévete, venga.

Pero Therese se movía despacio y Carol deslizó sus pies por encima de la cabeza de Therese y se levantó. Luego Therese oyó a la doncella que se acercaba. Tenía aspecto irlandés y llevaba un uniforme blanco y gris, y en la mano sostenía una bandeja con el café, haciendo retumbar el suelo de la galería con sus rápidos e impacientes pasitos, que sonaban demasiado impacientes para ser agradables.

—La crema está aquí, señora —dijo Florence, señalando una jarrita que no pertenecía al juego de café. Miró a Therese con una sonrisa amistosa y redondos ojos negros. Tendría unos cincuenta años y llevaba un moño en la nuca, bajo la cofia blanca y almidonada. Therese no lograba clasificarla, no lograba determinar su lealtad. La había oído referirse a la señora Aird como si le fuera muy devota, pero no sabía si era sincera o si sólo era profesional.

—¿Desea algo más, señora? —preguntó Florence—. ¿Apago las luces?

—No, me gustan encendidas. No necesitamos nada más, gracias. ¿Ha llamado la señora Riordan?

—Todavía no, señora.

—Cuando llame, dígale que he salido, por favor.

—Sí, señora. —Florence dudó—. Me preguntaba si habría acabado ese libro nuevo, señora. El de los Alpes.

—Vaya a mi habitación y cójalo si le apetece, Florence. No creo que lo acabe.

—Gracias, señora. Buenas noches, señora. Buenas noches, señorita.

—Buenas noches —dijo Carol.

Mientras Carol servía el café, Therese le preguntó:

—¿Has decidido cuándo te irás?

—Quizá dentro de una semana. —Carol le tendió la tacita con café y crema—. ¿Por qué?

—Pues porque te voy a echar de menos.

Carol se quedó inmóvil un momento y luego cogió un cigarrillo, el último, y arrugó el paquete.

—La verdad es que me preguntaba si te gustaría venir conmigo. ¿Qué te parecería? Serían tres semanas más o menos.

«Ya está», pensó Therese, y se lo había dicho de una manera tan casual como si le propusiera que dieran un paseo juntas.

—Se lo comentaste a Abby, ¿verdad?

—Sí —dijo Carol—. ¿Por qué?

¿Por qué? Therese no podía explicar con palabras por qué le dolía que Carol se lo hubiera dicho.

—Simplemente, me parece extraño que se lo dijeras a ella antes de decirme nada a mí.

—No se lo dije. Sólo le dije que quizá te lo propusiera. —Carol se acercó a ella y le puso las manos en los hombros—. Mira, no hay ninguna razón para que tengas esos sentimientos hacia Abby, a menos que Abby te haya dicho muchas más cosas en la comida de las que me has contado.

—No —dijo Therese. No, pero todo era solapado, era peor. Notó cómo Carol le soltaba los hombros.

—Abby es una vieja amiga —dijo Carol—. Yo le cuento casi todo.

—Sí —asintió Therese.

—Bueno, ¿crees que te gustaría hacer ese viaje?

Carol se había vuelto y le daba la espalda, y de pronto nada tenía sentido por la manera en que le había hecho la pregunta. Era como si a Carol le diera igual que fuese o no.

—Gracias. Creo que precisamente ahora no puedo.

—No necesitarías mucho dinero. Iríamos en coche. Pero si ya te han ofrecido un trabajo, entonces es muy distinto.

Como si ella no hubiera abandonado un trabajo o una escenografía de un ballet para irse con Carol, ir con ella a lugares donde nunca había estado, por ríos y montañas, sin saber dónde estarían cuando llegara la noche. Carol lo sabía y sabía que ella tenía que negarse si se lo preguntaba de aquella manera. De pronto, Therese se convenció de que Carol se estaba burlando de ella y enseguida la invadió el amargo resentimiento de sentirse traicionada. Y el resentimiento la llevó a la decisión de no volver a ver a Carol nunca más. La miró de soslayo. Carol estaba esperando su respuesta con un desafío mal disimulado por un aire de indiferencia, una expresión que —Therese lo sabía— no cambiaría si recibía una negativa como respuesta. Therese se levantó y fue hacia la caja que había en la mesita junto al sofá, en busca de un cigarrillo. En la caja no había nada excepto unas agujas de tocadiscos y una fotografía.

—¿Qué hay ahí? —le preguntó Carol, mirándola.

Therese pensó que Carol había estado adivinando sus pensamientos.

—Es una foto de Rindy —dijo.

—¿De Rindy? Déjamela ver.

Therese observó el rostro de Carol mientras miraba la foto de la niña rubia de expresión seria, con una venda blanca en la rodilla. En la foto, Harge estaba de pie en un bote de remos y cogía a Rindy, que saltaba del embarcadero a sus brazos.

—No es una foto muy buena —dijo Carol, pero su cara había cambiado, se había dulcificado—. Hará unos tres años. ¿Quieres un cigarrillo? Por aquí tiene que haber. Rindy se va a quedar con Harge estos tres meses.

Therese lo había deducido de la conversación que Abby y Carol habían mantenido en la cocina aquella mañana.

—¿En Nueva Jersey?

—Sí. La familia de Harge vive allí, tienen una casa muy grande. —Carol se detuvo—. Supongo que nos concederán el divorcio dentro de un mes y, después de marzo, tendré a Rindy durante el resto del año.

—Ah. Pero podrás verla antes de marzo, ¿no?

—Pocas veces. Probablemente no mucho.

Therese miró la mano de Carol, que sostenía la fotografía junto a ella descuidadamente, sobre el brazo de la mecedora.

—¿No te echará de menos?

—Sí, pero también está muy apegada a su padre.

—¿Más que a ti?

—No, la verdad es que no. Pero ahora él le ha comprado una cabra para que juegue. De camino a su trabajo la lleva al colegio y a las cuatro la recoge. Abandona un tanto sus negocios por ella, ¿qué más se puede esperar de un hombre?

—No la viste el día de Navidad, ¿verdad? —le dijo Therese.

–No. Por algo que pasó en el despacho del abogado. Era la tarde en que el abogado de Harge quería vernos a los dos, y Harge llevó consigo a Rindy. Rindy dijo que quería ir a casa de Harge en Navidad. Rindy no sabía que este año yo no iba a estar allí con ellos. Tienen un árbol inmenso en el jardín y siempre lo adornan, así que Rindy ya había quedado en eso. De todos modos, eso impresionó al abogado, ya sabes, la niña pidiendo pasar las navidades con su padre. Y, naturalmente, yo no quería decirle a Rindy que yo no iba a ir, porque la habría decepcionado. De todas maneras, tampoco podía decírselo delante del abogado. Las maquinaciones de Harge no tienen límite.

Therese se quedó allí de pie, apretando entre los dedos el cigarrillo sin encender. La voz de Carol era serena, como si estuviera hablando con Abby, pensó Therese. Carol nunca le había contado tantas cosas.

–¿Pero el abogado entendió lo que pasaba?

–Es el abogado de Harge, no el mío –contestó Carol encogiéndose de hombros–. Así que de momento acepté el trato de los tres meses porque no quería que ella fuese de un lado para otro. Si yo voy a tenerla nueve meses y Harge tres, podemos empezar ya ahora.

–¿Ni siquiera la visitarás?

Carol esperó un rato antes de contestar.

–No mucho. La familia no es muy cordial que digamos. Hablo con Rindy por teléfono cada día. A veces me llama ella.

–¿Por qué no es cordial la familia?

–Nunca me han querido mucho. Empezaron a quejarse desde que Harge y yo nos conocimos en un baile de debutantes. Siempre han sido muy dados a criticar. A veces me pregunto si alguien queda fuera de sus críticas.

–¿Por qué te criticaban?

–Por tener una tienda de muebles, por ejemplo. Pero eso no duró más de un año. Luego porque no jugaba al bridge, o porque no me gustaba. Ellos son los que eligen cuáles son las diversiones, y siempre son de lo más superficiales.

—Parece horrible.

—No son tan horribles. Simplemente, uno tiene que conformarse. Yo sé lo que les gustaría, un vacío que ellos pudieran llenar. Una persona con ideas propias les molesta terriblemente. ¿Ponemos algo de música? ¿Tú oyes la radio alguna vez?

—A veces.

Carol se inclinó sobre el alféizar de la ventana.

—Y ahora Rindy tiene televisión todos los días. *Hopalong Cassidy*. Cómo le gustaría ir al Oeste... Aquélla era la última muñeca que le compraré, Therese. Sólo la compré porque ella me dijo que quería una, pero ya es muy mayor para muñecas.

Detrás de Carol, un reflector del aeropuerto hizo un pálido barrido de luz en la noche y luego desapareció. La voz de Carol pareció titubear en la oscuridad. En su tono más rico, más feliz, Therese percibía las profundidades de su interior donde habitaba su amor por Rindy, más hondo de lo que probablemente pudiera nunca querer a nadie.

—Harge tampoco te lo pone muy fácil para que la veas, ¿verdad?

—Ya lo sabes —le dijo Carol.

—No entiendo cómo puede estar tan enamorado de ti.

—No es amor. Es un sentimiento compulsivo. Creo que quiere controlarme. Supongo que si yo fuera mucho más loca, pero nunca tuviera otra opinión que la suya..., ¿me entiendes?

—Sí.

—Nunca ha hecho nada que pudiera hacerle daño socialmente, y eso es lo que en realidad le importa. Hay una mujer en el club con la que me gustaría que se casara. Se pasa la vida dando exquisitas fiestas, y luego la tienen que sacar de los bares dando tumbos. Ella ha conseguido que el negocio de publicidad de su marido tuviera un gran éxito, así que él sonríe ante sus pequeños defectos. Harge no sonreiría, pero necesitaría una razón concreta para quejarse. Creo que me eligió como se elige una alfombra para el salón, y cometió un grave error. La verdad es que dudo que sea capaz de querer a nadie. Lo que tiene es una especie de ansia adquisitiva que no es muy ajena a su ambición. Ser incapaz de amar puede convertirse en una enfermedad, ¿no crees? —Miró a Therese—. Quizá sea el sino de esta época. Si uno se empeña, puede justificar lo que quiera, incluso el suicidio colectivo. El hombre se está poniendo a la altura de sus propias máquinas destructivas.

Therese no dijo nada. Le recordaba a miles de conversaciones que había tenido con Richard. Richard mezclaba la guerra, las grandes finanzas, las cazas de brujas del Congreso y a cierta gente que conocía en un solo gran enemigo cuya etiqueta colectiva era la del odio. Ahora Carol también lo hacía. A Therese le impresionaba en su parte más profunda, donde no había palabras, no había palabras fáciles como muerte o asesinato. Aquellas palabras formaban parte del futuro, y aquello era el presente. Una ansiedad abstracta, un deseo de *saber*, saber algo con certeza, le había hecho un nudo en la garganta hasta tal punto que por un momento pensó que no podría respirar. «¿Tú crees? ¿Tú crees?», empezó la voz en su interior. «¿Tú crees que las dos moriréis violentamente algún día, que os matarán de pronto?» Pero ni siquiera aquella pregunta era suficientemente clara. Quizá después de todo fuese una declaración: no quiero morir todavía sin conocerte. «¿Sientes lo mismo que yo, Carol?» Podría haber expresado esta última pregunta, pero no podía explicar todo lo anterior.

—Tú perteneces a la generación joven —dijo Carol—. ¿Qué tienes que decir? —Se sentó en la mecedora.

—Supongo que lo primero es no tener miedo. —Therese se volvió y vio la sonrisa de Carol—. Supongo que sonríes porque piensas que yo tengo miedo.

—Tú eres tan frágil como esta cerilla. —Carol la sostuvo ardiendo un momento después de encender el cigarrillo—. Pero en las condiciones adecuadas podrías incendiar una casa, ¿verdad?

—O una ciudad.

—Pero te da miedo incluso hacer un pequeño viaje conmigo. Tienes miedo porque piensas que no dispones del dinero suficiente.

—Eso no es verdad.

—Tienes extraños valores, Therese. Yo te he pedido que vinieras conmigo porque me satisfaría tenerte conmigo. También pienso que te vendría bien y que sería bueno para tu trabajo. Pero tú has tenido que estropearlo por un estúpido orgullo relacionado con el dinero. Como el bolso que me regalaste. Fuera de toda proporción. ¿Por qué no lo devuelves si necesitas el dinero? Yo no necesito el bolso. Supongo que te satisfacía regalármelo. Es lo mismo, no sé si te das cuenta. Yo pienso con sentido común y tú no. —Carol pasó junto a ella y luego se volvió, balanceándose con un pie hacia adelante y con la cabeza erguida, el corto pelo rubio tan discreto como el pelo de una estatua—. Bueno, ¿te parece divertido?

Therese estaba sonriendo.

—No me preocupa el dinero —dijo con calma.

—¿Qué quieres decir?

—Exactamente eso —dijo Therese—. Tengo dinero para ir. Iré.

Carol la miró. Therese vio cómo desaparecía el malhumor de su rostro. Carol empezó a sonreír también, con sorpresa, un poco incrédula.

—Muy bien —dijo—. Estoy encantada.

—Yo estoy encantada.

—¿A qué se debe este feliz cambio?

«¿De verdad no lo sabe?», pensó Therese.

—Parecía que te diera igual si iba o no —dijo sencillamente.

—Claro que me importa. Yo te he pedido que vengas, ¿no? —dijo Carol, aún sonriendo, pero desviando la punta del pie se volvió de espaldas a Therese y caminó hacia la habitación verde.

Therese observó cómo se alejaba, con las manos en los bolsillos y con el ligero taconeo de sus mocasines sobre el suelo. Therese miró el umbral vacío. Carol se hubiera alejado exactamente igual si le hubiera dicho que no, que no iría, pensó. Cogió su tacita semivacía y luego la dejó otra vez.

Salió, cruzó el vestíbulo y llegó a la puerta de la habitación de Carol.

—¿Qué haces?

Carol estaba inclinada sobre su tocador, escribiendo.

—¿Qué hago?

Se levantó y se guardó un trozo de papel en el bolsillo. Ahora sonreía, los ojos le sonreían de verdad, como aquella vez en la cocina con Abby.

—Una cosa —dijo—. Pongamos un poco de música.

—Muy bien. —Su rostro se iluminó con una sonrisa.

—¿Por qué no te pones el pijama primero? Es muy tarde, ¿lo sabías?

—Siempre se hace tarde contigo.

—¿Es un cumplido?

—Esta noche no me apetece irme a dormir.

Carol cruzó el pasillo hacia la habitación verde.

—Desvístete. Tienes ojeras.

Therese se desnudó rápidamente en la habitación de las dos camas. En la otra habitación sonaba una canción en el tocadiscos, «Embraceable You». Luego sonó el teléfono. Therese abrió el cajón superior del escritorio. Estaba casi vacío, sólo había un par de pañuelos de hombre, un viejo cepillo de ropa y una llave. Y al fondo había unos pocos papeles. Therese cogió una tarjeta plastificada. Era un antiguo permiso de conducir de Harge. Hargess Foster Aird. Edad: 37. Altura: 1,75. Peso: 75 kilos. Pelo: rubio. Ojos: azules. Ella sabía todos esos datos. Un Oldsmobile de 1950. Color: azul oscuro. Therese lo dejó y cerró el cajón. Fue a la puerta y escuchó.

—Lo siento, Tessie, pero al final me he quedado apalancada aquí —decía Carol en tono de disculpa, pero su voz era alegre—. ¿Qué tal la fiesta?... Bueno, la verdad es que no estoy vestida y además me siento cansada.

Therese fue a la mesita de noche y sacó un cigarrillo de la caja. Un Philip Morris. Los debía de haber puesto Carol y no la doncella, porque Carol sabía que a ella le gustaban. Desnuda,

Therese se quedó de pie, escuchando la música. Era una canción que no conocía.

¿Otra vez hablaba Carol por teléfono?

—Bueno, no me gusta nada —oyó decir a Carol, medio enfadada, medio en broma—. No me gusta un pelo.

... *it's easy to live... when you are in love...* (... es fácil vivir... cuando estás enamorado...).

—¿Cómo voy a saber qué clase de gente son?... ¡Oooh! ¿De verdad?

Abby. Therese lo sabía. Echó el humo y olfateó los leves rastros dulzones, recordando el primer cigarrillo que había fumado en su vida, un Philip Morris, en la azotea de un dormitorio del internado, pasándoselo entre cuatro.

—Sí, vamos a ir —dijo Carol enfáticamente—. Sí, lo estoy. ¿No se nota?

... *For you... maybe I'm a fool but it's fun... People say you rule me with one... wave of your hand... darling, it's grand... they just don't understand...* (... Por ti... Quizá esté loco pero es divertido... La gente dice que me manejas... con un simple gesto de tu mano... cariño, es fantástico... ellos no lo pueden comprender...)

Era una bonita canción. Therese cerró los ojos y se apoyó en la puerta entreabierta, escuchando. Detrás de la voz sonaban acordes suaves de piano, dedos recorriendo el teclado. Y una trompeta indolente.

—A nadie le importa, sólo a mí —dijo Carol—. ¡Eso es absurdo! —Y Therese sonrió ante su vehemencia.

Therese cerró la puerta. Sonaba otro disco en el tocadiscos.

—¿Por qué no vienes a saludar a Abby? —le dijo Carol.

Therese se había escondido tras la puerta del baño porque estaba desnuda.

—¿Por qué?

—Ven —dijo Carol. Therese se puso un batín y fue.

—Hola —dijo Abby—. Me he enterado de que al final vas a ir.

—¿Eso te sorprende?

Abby parecía un poco tonta, como si quisiera seguir hablando toda la noche. Le deseó a Therese un feliz viaje y le habló de las carreteras de la zona de los maizales, y de lo malas que podían ser en invierno.

—¿Me perdonas por haber sido antipática? —le dijo Abby por segunda vez—. Me caes muy bien, Therese.

—¡Cuelga, cuelga de una vez! —exclamó Carol.

—Quiere hablar contigo otra vez —dijo Therese.

—Dile a Abigail que estoy en el baño.

Therese se lo dijo, colgó y se alejó.

Carol había llevado una botella y dos vasos a la habitación.

—¿Qué le pasa a Abby? —preguntó Therese.

—¿Qué quieres decir con qué le pasa? —Carol sirvió un licor parduzco en los dos vasos—. Creo que esta noche tiene pareja.

—Ya lo sé. ¿Pero por qué se ha empeñado en comer conmigo?

—Bueno, yo me imagino un montón de razones. Elige algunas.

—Me parece tan vago...

—¿El qué?

—Todo lo que ha pasado durante esa comida.

—Algunas cosas siempre son vagas, querida —dijo Carol dándole el vaso.

Era la primera vez que Carol la llamaba querida.

—¿Qué cosas? —preguntó Therese. Quería una respuesta, una respuesta concreta.

—Muchas cosas —suspiró Carol—. Las más importantes. Prueba la bebida.

Therese dio un sorbo. Era dulce y marrón oscuro, como café, pero con la quemazón del alcohol.

—Está bueno.

—Eso lo dirás tú.

—¿Y por qué lo tomas si no te gusta?

—Porque es distinto. Es por nuestro viaje, así que tiene que ser algo distinto. —Carol hizo una mueca y apuró el resto de su vaso.

A la luz de la lámpara, Therese distinguía todas las pecas de un lado de la cara de Carol. Las rubias, casi blancas, cejas de Carol se arqueaban como una ola a lo largo de la curva de su frente. Therese se sintió súbitamente extasiada y feliz.

—¿Qué canción sonaba antes, la de la voz y el piano?

—Tararéala.

Ella silbó un trozo y Carol sonrió.

—«Easy Living» (Vida fácil) —dijo Carol—. Es muy antigua.

—Me gustaría volverla a oír.

—A mí me gustaría que te fueras a la cama. Yo la pondré.

Carol fue a la habitación verde y se quedó allí mientras sonaba la canción. Therese se quedó de pie en la puerta de su habitación, escuchando, sonriendo.

... I'll never regret... the years I'm giving... They're easy to give, when you're in love... I'm happy to do whatever I do for you... (... Nunca lamentaré... los años que te estoy dando... Es fácil dar cuando estás enamorado... Soy feliz de hacer lo que hago por ti...)

Aquélla era su canción. Era todo lo que sentía por Carol. Fue al cuarto de baño antes de que se acabara y abrió el grifo de la bañera, se metió dentro y dejó que el agua verdosa cayera alrededor de sus pies.

—¡Eh! —la llamó Carol—. ¿Has estado alguna vez en Wyoming?

—No.

—Pues ya es hora de que conozcas los Estados Unidos.

Therese levantó la ducha de teléfono y apretó el chorro contra su rodilla. El agua estaba muy alta y sus pechos parecían flotar en la superficie. Ella los observó, intentando olvidar por un momento lo que eran para determinar qué parecían.

—No te vayas a dormir ahí —le dijo Carol en tono preocupado, y Therese se dio cuenta de que estaba sentada en la cama, mirando un mapa.

—No me dormiré.

—A alguna gente le pasa.

—Háblame más de Harge —le dijo ella cuando se secó—. ¿A qué se dedica?

—A muchas cosas.

—Quiero decir en qué trabaja.

—Inversiones inmobiliarias.

—¿Cómo es? ¿Le gusta ir al teatro? ¿Le gusta la gente?

—Le gusta un grupo muy pequeño de gente con la que juega al golf —dijo Carol con firmeza. Y luego, en tono más bajo—: ¿Y qué más? Es muy, muy meticuloso en todo. Pero se olvidó su mejor navaja de afeitar. Está en el botiquín, puedes verla si quieres, supongo que la verás. Supongo que tendría que mandársela.

Therese abrió el botiquín. Vio la navaja.

El botiquín estaba todavía lleno de objetos masculinos, lociones para después del afeitado y brochas de afeitar.

—¿Era ésta su habitación? —le preguntó al salir del lavabo—. ¿En qué cama dormía él?

—En la tuya no —sonrió Carol.

—¿Puedo tomar un poco más de esto? —preguntó Therese, mirando la botella de licor.

—Claro.

—¿Puedo darte un beso de buenas noches?

Carol estaba doblando el mapa de carreteras, con los labios como si fuera a silbar, esperando.

—No —dijo.

—¿Por qué no? —Cualquier cosa parecía posible aquella noche.

—En vez de eso, te daré otra cosa. —Carol sacó algo del bolsillo.

Era un cheque. Therese leyó la cantidad, doscientos dólares, y estaba extendido a su nombre.

—¿Para qué es esto?

—Para el viaje. No quiero que te gastes el dinero que necesitas para lo del sindicato. —Carol cogió un cigarrillo—. Seguramente no necesitarás tanto, pero quería que lo tuvieras por si acaso.

—No lo necesito —dijo Therese—. Gracias. No me importa gastar lo del sindicato.

—Basta de charla —la interrumpió Carol—. Me hace ilusión, ¿no te acuerdas?

—Pero yo no lo aceptaré. —Sonó un poco brusco, así que sonrió levemente mientras dejaba el cheque en la mesa junto a la botella de licor. Pero dejó el cheque con firmeza. Le hubiera gustado explicárselo a Carol. El dinero no importaba, pero como a Carol le hacía ilusión, a ella le horrorizaba no aceptarlo—. No me gusta la idea —dijo—. Piensa en otra cosa. —Miró a Carol. Carol la estaba observando, no iba a discutir con ella y a Therese le alegró verlo.

—¿Que me haga ilusión? —preguntó Carol.

—Sí —dijo Therese, sonriendo aún más abiertamente, y cogió el vasito.

—De acuerdo —dijo Carol—. Lo pensaré. Buenas noches.

—Carol se había detenido junto a la puerta.

Era una graciosa manera de darse las buenas noches, pensó Therese, en una noche tan importante.

—Buenas noches —contestó.

Se volvió hacia la mesita y vio el cheque otra vez. Pero era Carol quien tenía que romperlo. Lo deslizó bajo el borde del tapete de lino azul marino de la mesilla de noche, fuera de la vista.

II

12

Enero.

Aquel enero hubo de todo. Y hubo algo casi sólido, como una puerta. El frío encerraba la ciudad en una cápsula gris. Enero era todos aquellos momentos, y también era todo un año. Enero dejaba caer los momentos y los congelaba en su memoria: la mujer que a la luz de una cerilla miraba ansiosamente los nombres grabados en una puerta oscura, el hombre que garabateó un mensaje y se lo tendió a su amigo antes de irse juntos por la acera, el hombre que corrió toda una manzana para alcanzar por fin el autobús. Cualquier acto humano parecía desvelar algo mágico. Enero era un mes de dos caras, campanilleando como los cascabeles de un bufón, crujiendo como una capa de nieve, puro como los comienzos y sombrío como un viejo, misteriosamente familiar y desconocido al mismo tiempo, como una palabra que uno está a punto de definir, pero no puede.

Un joven llamado Red Malone y un carpintero calvo trabajaban con ella en el decorado de *Llovizna*. El señor Donohue estaba muy contento de todo. Dijo que le había pedido al señor Baltin que fuera a ver el trabajo de Therese. El señor Baltin era un graduado de una academia rusa y había diseñado unos cuantos decorados para teatro en Nueva York. Therese nunca había oído hablar de él. Intentó que el señor Donohue le arreglase una cita con Myron Blanchard o Ivor Harkevy, pero el señor Donohue no le prometió nada. Therese supuso que le era imposible.

Una tarde apareció el señor Baltin. Era un hombre alto y encorvado, con un sombrero negro y un abrigo raído, y miró resueltamente el trabajo que ella le mostraba. Ella sólo había llevado tres o cuatro maquetas al teatro, las mejores que tenía. El señor Baltin le habló de una obra que iba a empezar a producirse al cabo de un mes y medio. Él estaría encantado de recomendarla como ayudante, y Therese dijo que le iría muy bien porque de todas maneras iba a estar fuera de la ciudad hasta entonces. En los últimos días, todo estaba saliendo muy bien. El señor Andronich le había prometido un trabajo de dos semanas en Filadelfia a mediados de febrero, que sería justo el momento en que volviera de su viaje con Carol. Therese apuntó el nombre y la dirección del hombre que conocía el señor Baltin.

—Está buscando a alguien, así que llámele a principios de semana —dijo el señor Baltin—. Será sólo un trabajo de ayudante, pero su primer ayudante, un alumno mío, ahora trabaja con Harkevy.

—¡Oh! ¿Cree que usted o él podrían conseguirme una cita con el señor Harkevy?

—Nada más fácil. Lo único que tiene que hacer es llamar al estudio de Harkevy y preguntar por Charles, Charles Winant. Dígale que ha hablado conmigo. Déjeme pensar, sí, llámele el viernes. El viernes por la tarde, a eso de las tres.

—De acuerdo, muchas gracias.

Faltaba toda una semana para el viernes. Therese había oído decir que Harkevy era inaccesible y tenía fama de no conceder nunca citas y de no acudir jamás a las que había concedido, porque estaba muy ocupado. Pero tal vez el señor Baltin le conociera mejor.

—Y no se olvide de llamar a Kettering —le dijo el señor Baltin al salir.

Therese miró otra vez el nombre que él le había dado: Adolph Kettering, Inversiones Teatrales, y una dirección privada.

—Le llamaré el lunes por la mañana. Muchas gracias.

Aquél era el sábado en que había quedado con Richard en el Palermo después del trabajo. Era el 17 de enero, once días antes de la fecha en que Carol y ella tenían planeado irse. Vio a Phil de pie con Richard en el bar.

—¿Qué tal está el viejo Black Cat? —le preguntó Phil, arrastrando una silla para ella—. ¿También trabajáis los sábados?

—Los actores no, sólo mi departamento —dijo ella.

—¿Cuándo es el estreno?

—El 21.

—Mira —dijo Richard, y señaló una mancha verde oscuro en su falda.

—Ya lo sé. Me la hice hace días.

—¿Qué quieres beber? —le preguntó Phil.

—No lo sé. Una cerveza quizá, gracias.

Richard le había vuelto la espalda a Phil, que estaba al otro lado de él, y ella notó que algo iba mal entre ellos.

—¿Has pintado algo hoy? —le preguntó a Richard.

Richard tenía las comisuras de los labios curvadas hacia abajo.

—A un chófer le ha dado un pasmo y he tenido que sustituirle. Me he quedado tirado sin gasolina en medio de Long Island.

—¡Vaya faena! Quizá prefieras pintar en vez de salir mañana.

Habían hablado de ir a Hoboken al día siguiente, para dar una vuelta y comer en el Clam House. Pero Carol iba a estar en la ciudad y había prometido llamarla.

—Pintaré si tú posas para mí —dijo Richard.

Therese dudó, incómoda.

—Estos días no me siento con ánimos de posar.

—Muy bien, no tiene importancia —sonrió—. ¿Pero cómo voy a pintarte si nunca posas?

—¿Y por qué no me pintas de memoria?

Phil sacó la mano del bolsillo y cogió el vaso de Therese.

—No tomes esto. Tómate algo mejor. Yo estoy tomando un whisky de centeno con agua.

—Vale, probaré.

Phil estaba de pie, al otro lado de Therese. Parecía animado, pero tenía ojeras. Durante la semana anterior, mientras estaba de un humor taciturno, había estado escribiendo una obra. Había leído en voz alta algunas escenas en su fiesta de Año Nuevo. Según él, era una continuación de la *Metamorfosis* de Kafka. Ella le había dibujado un boceto provisional para la mañana del Año Nuevo y se lo enseñó a Phil cuando fue a visitarle. Y, de pronto, se le ocurrió que Richard estaba enfadado por eso.

—Terry, me gustaría que hicieras una maqueta que se pudiera fotografiar a partir del boceto que me hiciste. Me gustaría tener un decorado para presentarlo con el guión. —Phil empujó su whisky con agua hacia ella y se inclinó hacia la barra acercándosele mucho.

—Sí, se podría hacer —dijo Therese—. ¿Vas a intentar que te la produzcan?

—¿Por qué no? —Los ojos de Phil la desafiaron por encima de su sonrisa. Chasqueó los dedos hacia el camarero—. ¡La cuenta, por favor!

—Pago yo —dijo Richard.

—No, no, esto es cosa mía. —Phil tenía en la mano su vieja cartera negra.

Nunca le producirían la obra, pensó Therese, quizá ni siquiera la acabara, porque Phil tenía un humor muy inestable.

—Estaré por ahí —dijo Phil—. Pásate por allí pronto, Terry. Hasta luego, Richard.

Ella le observó salir y subir la pequeña escalera frontal, más andrajoso que nunca con sus sandalias y su raído abrigo cruzado, aunque con una atractiva indiferencia hacia su aspecto. «Como un hombre que se pasea por su casa con su viejo albornoz favorito», pensó Therese. Le saludó con la mano a través de la ventana.

–He oído que le llevaste cerveza y bocadillos a Phil el día de Año Nuevo –dijo Richard.

–Sí. Llamó y me dijo que tenía resaca.

–¿Por qué no me lo habías contado?

–Supongo que se me olvidó, no tenía importancia.

–No tenía importancia. Si tú... –Richard hizo un gesto lento y desesperado con su rígida mano–. ¿No tiene importancia pasarse la mitad del día en el apartamento de un tío y llevarle cerveza y bocadillos...? ¿No se te ocurrió que quizá yo también querría unos bocadillos?

–Si querías, mucha gente te los podría haber llevado. Nos habíamos comido y bebido todo lo que había en casa de Phil, ¿no te acuerdas?

Richard asintió con su larga cabeza, sonriendo aún con la misma sonrisa malhumorada y de soslayo.

–Y estabas a solas con él, los dos solos.

–Oh, Richard. –Ella lo recordó. No tenía la menor importancia. Aquel día Dannie no había vuelto de Connecticut. Había pasado el Año Nuevo en casa de uno de sus profesores. Ella esperaba que Dannie volviera aquella tarde a la casa que compartía con Phil, pero probablemente Richard nunca hubiera pensado ni sospechado que ella prefería con mucho a Dannie.

–Si lo hubiera hecho cualquier otra chica, yo habría sospechado que se estaba cociendo algo y habría acertado –continuó Richard.

–Creo que te estás portando como un tonto.

–Yo creo que tú te estás portando como una ingenua. –Richard la miraba inflexible, resentido, y Therese pensó que su resentimiento no se debía sólo a eso. Sentía que ella no fuera y nunca pudiera ser la chica que él habría deseado, una chica que le amara apasionadamente y quisiera ir a Europa con él. Una chica tal como era ella, con su cara, sus ambiciones, pero que le adorase–. No eres el tipo de Phil, ¿sabes?

–¿Y quién ha dicho nunca que lo fuera? ¿Phil?

–Ese desgraciado, ese absurdo diletante –murmuró Richard–. Y esta noche ha tenido la jeta de afirmar que tú no darías un centavo por mí.

–No tiene ningún derecho a decir eso. Yo no le hablo de ti.

–Ah, muy buena respuesta. Eso quiere decir que si le hablaras de mí, sabría que no das ni un centavo por mí, ¿no? –Richard lo dijo con calma, pero su voz estaba llena de irritación contenida.

–¿Qué es lo que tiene de pronto Phil contra ti? –preguntó ella.

–¡Ése no es el tema!

–¿Y cuál es el tema? –dijo ella con impaciencia.

–Bueno, Terry, vamos a dejarlo.

–Puedes pensar el tema que quieras –le dijo, pero al verle darse la vuelta y apoyar los codos en la barra, casi como si sus palabras le dolieran físicamente, ella sintió una súbita compasión por él. No había sido ese momento, no había sido aquella semana lo que le había herido, sino toda la futilidad pasada y futura de sus sentimientos hacia ella.

Richard aplastó su cigarrillo en el cenicero.

–¿Qué quieres hacer esta noche? –preguntó.

«Cuéntale lo del viaje con Carol», pensó ella. Dos veces había estado a punto de decírselo y luego lo había dejado.

–¿Quieres que hagamos algo? –dijo Therese, enfatizando la última palabra.

–Claro –dijo él, deprimido–. ¿Qué te parece cenar y luego llamar a Sam y Joan? Quizá podamos subir un rato a verles esta noche.

–Muy bien –dijo. A ella le horrorizaba. Eran dos de las personas más aburridas que había conocido, un dependiente de una zapatería y una secretaria, felizmente casados en la calle Veinte Oeste, y sabía que Richard pretendía mostrárselos como un ideal de vida, para recordarle que ellos también podían vivir juntos algún día. Ella los odiaba y cualquier otra noche habría protestado, pero sentía compasión por Richard y la compasión despertaba un amorfo sentimiento de culpabilidad y una necesidad de conciliación. De pronto, se acordó de una excursión que habían hecho el verano anterior, merendaron junto a la carretera, cerca de Tarrytown, y recordó a Richard echado en la hierba, descorchando muy lentamente la botella, mientras hablaban ¿de qué? Recordó aquel momento tan alegre, aquella convicción de que aquel día compartían algo maravillosamente real y extraño, y se preguntó adónde habría ido a parar, o en qué se habría basado. Ahora su larga y lisa figura de pie junto a ella parecía oprimirla con su peso. Ella intentó contener su rencor, pero sólo consiguió intensificarlo en su interior, como si tomara cuerpo. Miró las figuras regordetas de dos trabajadores italianos que había de pie en la barra, y a las dos chicas del fondo del bar, a las que había visto antes. Mientras salían, se fijó en ellas. Llevaban pantalones holgados. Una llevaba el pelo cortado a lo chico. Therese miró a otra parte, consciente de que las estaba evitando, evitando que la vieran.

–¿Quieres comer aquí? ¿Tienes hambre ya? –le preguntó Richard.

–No. Vamos a cualquier otro sitio.

Se fueron y caminaron en dirección norte, hacia donde vivían Joan y Sam.

Therese ensayó las primeras palabras repitiéndolas mentalmente hasta que perdieron todo su sentido.

–¿Te acuerdas de la señora Aird, la mujer que conociste aquel día en mi casa?

–Claro.

–Me ha invitado a hacer un viaje con ella, un viaje al Oeste, en coche, durante un par de semanas o así. Me gustaría ir.

–¿Al Oeste? ¿California? –dijo Richard con sorpresa–. ¿Por qué?

–¿Por qué, qué?

–Bueno, ¿la conoces tanto como para eso?

–La he visto unas cuantas veces.

–Ah, pues nunca me lo has contado. –Richard caminaba con los brazos caídos, mirándola–. ¿Las dos solas?

—Sí.

—¿Cuándo os iríais?

—Hacia el 18.

—¿De este mes? Entonces no podrás ir al estreno de tu obra.

—No creo que tenga mucha importancia —dijo ella sacudiendo la cabeza.

—¿Entonces es seguro?

—Sí.

Él se quedó un momento en silencio.

—¿Qué tipo de persona es? No beberá o algo así, supongo.

—No —dijo Therese—. ¿Tiene aspecto de beber?

—No. La verdad es que tiene muy buen aspecto. Pero es increíble, es sorprendente, nada más.

—¿Por qué?

—Tú cambias de opinión muy pocas veces sobre las cosas, pero probablemente esta vez sí que cambiarás de opinión.

—No lo creo.

—Quizá podríamos quedar los tres un día. ¿Puedes organizarlo?

—Me ha dicho que mañana estará en la ciudad. No sé si tendrá mucho tiempo o si me llamará.

Richard no continuó y Therese tampoco. Aquella noche no volvieron a mencionar a Carol.

Richard pasó el domingo por la mañana pintando, y fue al apartamento de Therese hacia las dos. Aún estaba allí un rato después, cuando llamó Carol. Therese le dijo que Richard estaba con ella y Carol le dijo: «Tráele.» Carol estaba cerca del Plaza y podían quedar allí, en el Palm Room.

Media hora más tarde, Therese vio a Carol mirándoles desde una mesa cerca del centro del salón, y casi como la primera vez, como el eco de un impacto que había sido tremendo, Therese se estremeció al verla. Carol iba con el mismo traje negro de las cenefas verde y oro que llevaba el día en que comieron juntas. Pero esta vez Carol le prestó más atención a Richard que a ella.

Los tres se pusieron a hablar de nada en particular y Therese, observando los calmados ojos grises de Carol, que sólo se volvieron a mirarla una vez, y una expresión bastante habitual en el rostro de Richard, sintió una especie de decepción. Richard había hecho el esfuerzo de conocerla, pero Therese pensó que no era tanto por curiosidad como porque no tenía otra cosa que hacer. Vio cómo Richard le miraba las manos a Carol, las uñas pintadas de rojo brillante, vio cómo observaba el zafiro verde claro y la alianza que llevaba en la otra mano. Richard no podía decir que aquéllas fueran unas manos inútiles, unas manos ociosas, a pesar de las largas uñas. Las manos de Carol eran fuertes y se movían con gran economía de movimientos. Su voz emergía entre el plano murmullo de las voces que les rodeaban, hablando con Richard de nada en particular, y en una ocasión ella se echó a reír.

Carol la miró.

–¿Le has dicho a Richard que quizá nos vayamos de viaje? –preguntó.

–Sí, se lo dije anoche.

–¿Al Oeste? –preguntó Richard.

–Me gustaría ir hacia el noroeste. Depende de las carreteras.

Therese se sintió súbitamente impaciente. ¿Por qué tenían que sentarse a conferenciar sobre ello? Ahora estaban hablando del clima y del estado de Washington.

–Washington es mi tierra –dijo Carol–. Prácticamente.

Unos instantes después, Carol preguntó si les apetecía dar un paseo por el parque. Richard pagó la cuenta de las cervezas y el café, tras sacar un billete del amasijo de billetes y monedas que llenaba el bolsillo de sus pantalones. Qué indiferente parecía respecto a Carol, pensó Therese. Le pareció que Richard no la había visto, igual que a veces, cuando ella se las señalaba, él no conseguía ver figuras en las rocas o en las formaciones nubosas. En ese momento él tenía los ojos bajos puestos en la mesa, con la delgada línea de su boca medio sonriendo, mientras se levantaba y se pasaba la mano rápidamente por el pelo.

Caminaron desde la entrada del parque hasta la calle Cincuenta y nueve, hacia el zoo, y luego a través del zoo, por un camino. Pasaron por debajo del primer puente, donde se curvaba el sendero y empezaba el parque de verdad. El aire era frío y quieto, con un cielo un tanto nublado, y Therese sintió una inmovilidad general, una quietud sin vida incluso en las figuras que se movían lentamente.

—¿Compro unos cacahuetes? –preguntó Richard.

Carol se agachó levemente al borde del camino agitando los dedos hacia una ardilla.

—Yo tengo algo –dijo suavemente, y al oír su voz la ardilla se quedó quieta y luego avanzó otra vez, agarró sus dedos nerviosos para sujetarse y clavó los dientes en algo. Luego desapareció. Carol sonrió, irguiéndose–. Llevaba algo en el bolsillo desde esta mañana.

—¿Das de comer a las ardillas en tu casa? –le preguntó Richard.

—A dos tipos de ardillas, marrones y de rayas –contestó Carol.

«Qué conversación más aburrida», pensó Therese.

Se sentaron en un banco y fumaron un cigarrillo, y Therese, contemplando un sol diminuto que finalmente atravesaba con sus rayos anaranjados las ramas negras de un árbol, deseó que llegara la noche para quedarse sola con Carol. Empezaron a andar, ya de vuelta. Si Carol tenía que irse a casa ahora, pensó Therese, ella haría algo violento. Como saltar del puente de la calle Cincuenta y nueve. O tomarse las tres tabletas de Bencedrina que Richard le había dado la semana anterior.

—¿Queréis que tomemos el té en alguna parte? –preguntó Carol cuando se acercaron de nuevo al zoo–. ¿Qué os parece aquel sitio ruso que hay cerca del Carnegie Hall?

—Rumpelmayer está aquí mismo –dijo Richard–. ¿Os gusta Rumpelmayer?

Therese suspiró y Carol pareció titubear. Pero fueron. Therese había estado una vez con Angelo y en ese momento lo recordó. No le gustaba aquel sitio. Las luces tan intensas la hacían sentirse desnuda y era molesto no saber si una estaba mirando a una persona real o a su reflejo en el espejo.

—No, no quiero nada, gracias —dijo Carol, sacudiendo la cabeza ante la gran bandeja de pasteles que llevaba la camarera.

Pero Richard escogió algo, dos pasteles, aunque Therese había dicho que no quería.

—¿Qué tal está eso, por si cambio de opinión? —le preguntó, y Richard le guiñó un ojo. Therese advirtió que llevaba las uñas sucias otra vez.

Richard le preguntó a Carol qué tipo de automóvil tenía y empezaron a discutir las virtudes de varios coches. Therese vio que Carol echaba un vistazo a las mesas que tenía enfrente. «A ella tampoco le gusta esto», pensó Therese. Therese miró a un hombre en el espejo que estaba colocado detrás de Carol en diagonal. Le daba la espalda a Therese y se inclinaba hacia adelante, hablándole animadamente a una mujer, agitando la mano abierta para enfatizar sus palabras. Miró a la delgada mujer de mediana edad que le escuchaba y luego otra vez a él, preguntándose si aquella sensación de familiaridad que le producía era real o era tan ilusoria como el espejo, hasta que un frágil recuerdo apareció en su conciencia, como un cisne en un sueño, y luego emergió a la superficie: era Harge.

Therese miró a Carol, pero si Carol le había visto, pensó, no sabía que se reflejaba en el espejo que había detrás de ella. Un momento después, Therese miró por encima de su hombro y vio a Harge de perfil, más parecido a las imágenes de la casa que guardaba en su memoria, la nariz corta y respingada, la cara llena, la ondulación del pelo rubio por encima del corte de pelo habitual. Carol tenía que haberle visto, sólo estaba tres mesas más allá, hacia la izquierda.

Carol miró a Richard y luego a Therese.

—Sí —le dijo a ella, sonriendo un poco, y volvió a mirar a Richard continuando con la conversación. Sus maneras eran como antes, pensó Therese, no se advertía en ellas ningún cambio. Therese miró a la mujer que acompañaba a Harge. No era joven, ni tampoco muy atractiva. Podía ser pariente suya.

Luego Therese vio a Carol aplastar un largo cigarrillo. Richard había dejado de hablar. Se encontraban a punto de irse. Therese estaba mirando a Harge en el momento en que él vio a Carol. Después de verla por primera vez, cerró los ojos casi totalmente, como si hiciera un esfuerzo para creer lo que veía, luego le dijo algo a la mujer que le acompañaba y se levantó para acercarse a Carol.

–Carol –dijo Harge.

–Hola, Harge. –Se volvió hacia Therese y Richard–. ¿Me perdonáis un momento?

Observándoles desde el umbral donde estaba de pie con Richard, Therese intentó verlo todo, ver más allá del orgullo y la agresividad de la figura ansiosa e inclinada de Harge, que no era tan alto como la copa del sombrero de Carol, intentó ver más allá de los asentimientos de Carol mientras él le hablaba, intentó adivinar no lo que hablaban en ese momento, sino lo que se habían dicho hacía cinco años, tres años, aquel día de la foto en el bote de remos. Carol le había querido entonces y ahora era duro recordarlo.

–¿Podemos largarnos ya, Terry? –le preguntó Richard.

Therese vio a Carol decir adiós con la cabeza a la mujer que había en la mesa de Harge y luego volverse hacia él. Harge miró más allá de Carol, a Therese y a Richard, y sin reconocerla aparentemente volvió a su mesa.

–Lo siento –dijo Carol cuando se reunió con ellos.

En la acera, Therese apartó a Richard un momento y le dijo:

–Te doy las buenas noches, Richard. Carol quiere que visitemos a una amiga suya esta noche.

–Oh. –Richard frunció el ceño–. Yo tenía unas entradas para el concierto aquel, ya sabes.

De pronto, Therese lo recordó.

–Ah, las de Alex, se me había olvidado, lo siento –dijo Therese.

—No tiene importancia —dijo él tristemente.

Y no la tenía. Therese se acordó de que Alex, un amigo de Richard, iba a acompañar a alguien en un concierto de violín, y hacía semanas que le había dado aquellas entradas a Richard.

—Prefieres ir con ella, ¿no? —le preguntó.

Therese vio que Carol estaba buscando un taxi. Al cabo de un momento se iría y les dejaría a los dos solos.

—Podías haberme recordado lo del concierto esta mañana, Richard.

—¿Ése era su marido? —Richard contrajo los ojos bajo su ceño—. ¿Qué es esto, Terry?

—¿Qué es qué? —dijo ella—. Yo no conozco a su marido.

Richard esperó un momento y luego desfrunció el ceño. Sonrió, como si reconociera que había sido poco razonable.

—Lo siento. Había dado por sentado que te vería esta noche. —Se acercó a Carol—. Buenas noches —le dijo.

Parecía que iba a marcharse solo y Carol le dijo:

—¿Vas hacia el centro? Puedo acercarte.

—Voy andando, gracias.

—Pensaba que vosotros dos habíais quedado —le dijo Carol a Therese.

Therese vio que Richard se rezagaba y se acercó más a Carol para que él no la oyera:

—No era nada importante, y yo prefiero estar contigo.

Un taxi se había detenido junto a Carol, ésta puso la mano en la manija de la puerta.

—Bueno, nuestra cita tampoco es importante, así que ¿por qué no sales con Richard esta noche?

Therese echó un vistazo a Richard y vio que lo había oído.

—Adiós, Therese —dijo Carol.

—Buenas noches —dijo Richard.

—Buenas noches —dijo Therese, y observó a Carol cerrar la puerta del taxi tras ella.

—Bueno —dijo Richard.

Therese se volvió hacia él. No quería ir al concierto, ni

tampoco quería hacer nada violento, lo sabía, nada excepto ir andando rápidamente hacia su casa y continuar el trabajo del decorado que quería acabar, para enseñárselo a Harkevy el martes. Veía toda la noche por delante, con un fatalismo angustiado y a la vez desafiante. Richard tardó un segundo en acercarse a ella.

—Aun así, no quiero ir al concierto —dijo ella.

Para su sorpresa, Richard retrocedió y exclamó, enfadado:

—¡Muy bien, pues no vayas! —Y se dio la vuelta.

Caminó en dirección oeste por la calle Cincuenta y nueve, con su paso desgarbado y asimétrico que le desnivelaba los hombros, y moviendo las manos arrítmicamente a cada lado. Sólo viéndole andar así hubiera adivinado que estaba enfadado. En un momento desapareció de su vista. De pronto, a Therese le vino a la mente el rechazo de Kettering del lunes anterior. Miró a la oscuridad por donde Richard había desaparecido. No se sentía culpable por lo de aquella noche. Era otra cosa. Le envidiaba. Le envidiaba por su confianza en que siempre habría un lugar, un hogar, un trabajo, alguien para él. Envidiaba aquella actitud suya. Casi le molestaba que la tuviera.

13

Empezó Richard.

—¿Por qué te gusta tanto?

Era una noche en la que ella había anulado una cita con Richard ante la remota posibilidad de que viniera Carol. Carol no había ido y, en cambio, había aparecido Richard. Ahora a las once y cinco, en la gran cafetería de paredes rosas que había en la avenida Lexington, ella estaba a punto de empezar a hablar del tema, pero Richard se le había adelantado.

—Me gusta estar con ella, hablar con ella. Siento apego hacia alguien con quien puedo hablar.

Las frases de una carta que le había escrito a Carol sin llegar a enviársela volvieron a su mente para contestar a Richard. *Siento que estoy en un desierto con las manos extendidas y tú estás lloviendo sobre mí.*

—Estás supercolgada de ella —anunció Richard, en plan explicativo y con resentimiento.

Therese respiró hondo. ¿Debía ser simple y admitir que sí o debía intentar explicárselo? ¿Qué podía entender él aunque se lo explicara con un millón de palabras?

—¿Lo sabe ella? Claro que lo sabe. —Richard frunció el ceño y aspiró el humo de su cigarrillo—. ¿No te parece una estupidez? Es como un amorío de colegialas.

—Tú no lo entiendes —dijo ella. Se sentía segura de sí misma. *Te acariciaré como música atrapada en las copas de los árboles del bosque...*

—¿Qué es lo que hay que entender? Ella sí lo entiende. No será indulgente contigo. No debería jugar de esa manera. No es justo para ti.

—¿No es justo para mí?

—¿Qué está haciendo, divirtiéndose a tu costa? Y luego un día se cansará de ti y te echará a patadas.

«Echarme a patadas», pensó ella. ¿Qué había dentro y qué había fuera? ¿Cómo podía uno echar a patadas una emoción? Estaba enfadada, pero no quería discutir. No dijo nada.

—¡Estás en la higuera!

—Estoy perfectamente lúcida. Nunca me he sentido más lúcida. —Cogió el cuchillo de mesa y pasó el pulgar por el lado contrario a la sierra—. ¿Por qué no me dejas en paz?

—¿Dejarte en paz? —dijo él, frunciendo el ceño.

—Sí.

—¿Te refieres también a lo de Europa?

—Sí —dijo ella.

—Escucha, Terry. —Richard se retorció en su silla y se inclinó hacia adelante, titubeó, cogió otro cigarrillo, lo encendió de mala gana y tiró la cerilla al suelo—. ¡Estás en una especie de trance! Es peor...

—¿Sólo porque no quiero discutir contigo?

—Es peor que estar colgado de amor, porque es totalmente irracional. ¿Lo entiendes?

No, ella no entendía una sola palabra.

—Pero se te pasará en una semana. Espero. ¡Dios mío! —Se estremeció otra vez—. ¡Y pensar que hace un minuto prácticamente te has despedido de mí por ese estúpido amorío!

—Yo no he dicho eso, lo has dicho tú. —Le miró. Su rígido rostro empezaba a enrojecer en medio de sus lisas mejillas—. ¿Por qué tengo que estar contigo si lo único que haces es discutir sobre eso?

Él volvió a reclinarse en la silla.

—El miércoles o el próximo sábado no seguirás pensando así. Todavía no hace tres semanas que la conoces.

Ella miró por encima de las mesas humeantes que la gente iba rodeando, escogiendo esto o aquello, dirigiéndose hacia la curva del mostrador y luego dispersándose.

—Podríamos decirnos adiós —dijo ella—, porque ninguno de los dos será nunca muy distinto de lo que es ahora.

—¡Therese, eres como esa gente que se vuelve loca y se cree que está más cuerda que nunca!

—¡Venga, déjalo ya!

La mano de Richard, con su hilera de nudillos sobresalientes en la carne blanca y pecosa, estaba apoyada en la mesa, inmóvil, como la foto de una mano que tamborileara de un modo imperceptible.

—Te voy a decir una cosa. Creo que tu amiga sabe lo que se hace. Lo que está haciendo contigo es un crimen. No sé si debería decírselo a alguien, pero el problema es que tú ya no eres una niña. Aunque actúas como si lo fueras.

—¿Por qué te lo tomas tan a la tremenda? —le preguntó ella—. Estás casi frenético.

—¡Tú te lo tomas tan a la tremenda como para romper conmigo! ¿Qué es lo que sabes de ella?

—¿Y qué sabes *tú* de ella?

—¿Alguna vez se ha propasado contigo?

—¡Dios mío! —exclamó Therese. Le hubiera gustado decirlo una docena de veces. Todo se juntaba, su encierro allí...—. Tú no lo entiendes —dijo. Sí lo entendía y por eso estaba tan enfadado. ¿Pero no podía entender que ella habría sentido exactamente lo mismo si Carol nunca la hubiera tocado? Sí, y si Carol nunca hubiera vuelto a hablarle tras aquella breve conversación en los almacenes sobre la maleta de juguete, también habría sido lo mismo. Si Carol nunca le hubiera dirigido la palabra también habría sentido igual, porque todo había empezado en el instante en que vio a Carol de pie en medio de aquel lugar, observándola. Darse cuenta de que habían pasado tantas cosas desde aquel encuentro la hizo sentirse súbitamente afortunada. Era muy fácil que un hombre y una mujer se encontraran, encontraran a alguien que les presentara, pero, para ella, haber encontrado a Carol...–. Creo que yo te entiendo mejor de lo que tú me entiendes a mí. Tú tampoco quieres volver a verme porque tú mismo has dicho que yo no soy la misma. Si seguimos viéndonos así, sólo conseguiremos ponernos cada vez más furiosos.

–Terry, olvida por un momento todo lo que yo te haya dicho de que quería que me quisieras o de que yo te quería a ti. Me interesas como persona, eso es lo que quiero decir. Me gustas. Me gustaría...

–A veces me pregunto por qué piensas que te gusto o que te gustaba. Porque ni siquiera me conoces.

–Tú no te conoces.

–Sí que me conozco, y te conozco a ti. Un día dejarás de pintar y también me dejarás a mí. Como cada vez que has dejado algo que habías empezado desde que te conozco, trabajar en la lavandería o en la tienda de coches de segunda mano...

–Eso no es verdad –dijo Richard de mal humor.

–¿Pero por qué te crees que te gusto? ¿Porque yo también pinto un poco y así hablamos de eso? Como novia tuya no te resulto práctica, igual que la pintura es un mal negocio para ti. –Dudó un momento y luego siguió–. De todas maneras, sabes lo suficiente de arte para adivinar que nunca serás un buen pintor. Eres como un niño, y jugarás a hacer el vago mientras puedas, sabiendo muy bien que lo que deberías estar haciendo es trabajar para tu padre, y eso es lo que acabarás haciendo.

Los ojos de Richard se habían vuelto súbitamente fríos. La línea de su boca era ahora recta y muy corta, el delgado labio superior ligeramente curvado.

–No era de eso de lo que estábamos hablando, ¿verdad?

–Pues sí. Es la explicación de por qué tú insistes cuando sabes que ya no hay esperanza, y además sabes que al final acabarás dejándolo correr.

–¡No lo haré!

–¡Richard, esto no tiene sentido!

–Cambiarás de opinión, ya lo verás.

Ella lo entendió. Era como una canción que él le seguía cantando una y otra vez.

Una semana después, Richard estaba de pie en su habitación con la misma expresión de enfado y mal humor en el rostro, hablando en el mismo tono. La había llamado a una hora inusual en él, a las tres de la tarde, y había insistido en verla un momento. Ella estaba haciendo la maleta para pasar el fin de semana en casa de Carol. Si no la hubiera visto haciendo la maleta, Richard no se habría puesto de tan mal humor, pensó ella, porque la semana anterior le había visto tres veces y había estado más agradable y más considerado con ella que nunca.

–No puedes ordenarme que me marche de tu vida –le dijo, agitando los brazos, pero tenía un tono tan solitario como si ya hubiera tomado el camino que le separaba de ella–. Lo que más me amarga es que te portas como si yo no valiera nada y fuese totalmente inútil. Eso no me parece justo, Terry. ¡Yo no puedo competir!

No, pensó ella, claro que no podía.

–No tengo por qué discutir contigo –le dijo–. Eres tú el que elige pelearse por Carol. Ella no te ha quitado nada porque tú no lo tenías. Pero si no puedes continuar viéndome... –Se detuvo, sabiendo que él podría, y probablemente lo haría, seguir viéndola.

–Vaya lógica –dijo él, frotándose el ojo con el dorso de la mano.

Therese le observó, invadida por una idea que acababa de ocurrírsele y que de pronto parecía convertirse en un hecho. ¿Por qué no se le había ocurrido la noche del teatro, hacía unos días? Podría haberlo adivinado durante toda la semana pasada, por centenares de gestos, palabras, miradas. Pero recordaba especialmente la noche del teatro; él la había sorprendido con entradas de una obra que a ella le apetecía ver; la manera como le había cogido la mano aquella noche y su voz al teléfono, sin decirle que quedaban allí o allá, sino preguntándole dulcemente si podía. A ella no le había gustado. No era una manifestación de afecto, sino una manera de congraciarse o de preparar el camino para las repentinas preguntas que esa noche le planteó, como al azar. «¿Qué significa que estás muy apegada a ella?» «¿Quieres acostarte con ella?» Therese le había contestado: «Si fuera así, ¿crees que te lo diría?», mientras una serie de emociones –humillación, resentimiento, aversión hacia él– la habían dejado sin habla, le habían hecho casi imposible seguir andando junto a él. Y mirándolo, le había visto mirarla con aquella suave y necia sonrisa que en su recuerdo parecía cruel y enfermiza. Y el matiz de enfermiza le habría pasado por alto si no hubiera sido por la insistencia de Richard en convencerla de que ella estaba enferma.

Therese se volvió y metió en su neceser el cepillo de dientes y el cepillo del pelo, pero entonces recordó que había dejado un cepillo de dientes en casa de Carol.

–¿Qué quieres exactamente de ella, Therese? ¿Hasta dónde vais a llegar?

–¿Por qué te interesa tanto?

Él la miró, y por un momento, bajo su enfado, ella vio la curiosidad que ya había visto antes, como si él estuviera contemplando un espectáculo por el agujero de una cerradura. Pero ella sabía que él no estaba tan distanciado como para eso. Al contrario, sintió que nunca había estado tan atado a ella como en aquel momento, nunca había estado tan determinado a no dejarla en paz. Eso la asustó. Podía imaginarse aquella determinación convertida en odio y violencia.

Richard suspiró y retorció el periódico entre las manos.

–Me interesas *tú*. No puedes decirme simplemente: «Búscate a otra.» Nunca te he tratado como a los demás, nunca he pensado en ti de esa manera.

Ella no contestó.

–¡Mierda! –Richard tiró el periódico contra la estantería y le dio la espalda a Therese.

El periódico dio contra la virgen, que rebotó contra la pared como si se hubiera quedado atónita, cayó y rodó por el borde. Richard se lanzó a recogerla y la agarró con ambas manos. Miró a Therese y sonrió sin querer.

–Gracias. –Therese la cogió. La levantó para devolverla a su sitio, pero luego bajó las manos rápidamente y estampó la figura contra el suelo.

–¡Terry!

La virgen yacía rota en tres o cuatro pedazos.

–No importa –dijo ella. El corazón le latía como si estuviera furiosa o peleándose.

–Pero...

–¡A la mierda! –dijo, empujando los pedazos con el pie.

Richard salió un momento después, dando un portazo.

¿Qué era?, se preguntó Therese, ¿lo de Andronich o Richard? La secretaria del señor Andronich la había llamado hacía una hora y le había dicho que el señor Andronich había decidido contratar a un ayudante de Filadelfia en vez de a ella. Así que al volver del viaje con Carol estaría sin trabajo. Therese bajó los ojos hacia la virgen rota. La madera era bastante bonita por dentro. Se había roto limpiamente por la veta.

Carol quiso saber con detalle cómo había sido su conversación con Richard. A Therese le molestó que a Carol le preocupara tanto si Richard había sufrido o no.

–No estás acostumbrada a pensar en los sentimientos de los demás –le dijo Carol bruscamente. Estaban en la cocina preparando una cena tardía, porque Carol le había dado la noche libre a la doncella–. ¿En qué te basas para pensar que no está enamorado de ti? –le preguntó.

–Quizá yo no entiendo del todo cómo funciona. Pero no parece quererme.

Luego, durante la cena, en medio de una conversación sobre el viaje, Carol dijo de pronto:

—No tendrías que habérselo dicho a Richard.

Era la primera vez que Therese le contaba a Carol algo de su conversación en la cafetería.

—¿Por qué no? ¿Tendría que haberle mentido?

Carol no comía. Empujó la silla hacia atrás y se levantó.

—Eres demasiado joven para saber bien tu propia opinión. O de lo que estás hablando. En este caso, había que mentir.

Therese dejó el tenedor. Miró cómo Carol cogía un cigarrillo y lo encendía.

—Tenía que despedirme de él y así lo he hecho. Ya no volveré a verle.

Carol abrió un panel al fondo de la estantería y sacó una botella. Sirvió el líquido en un vaso vacío y cerró el panel.

—¿Por qué tenías que hacerlo ahora? ¿Por qué no hace dos meses o dentro de otros dos? ¿Y por qué le has hablado de mí?

—Sé..., creo que esto le fascina.

—Es posible.

—Pero si simplemente no le veo más... —No pudo acabar. Iba a decir que él no era capaz de seguirla ni de espiarla, pero no quería decirle cosas así a Carol. Y además, estaba el recuerdo de los ojos de Richard—. Creo que renunciará. Dijo que no podía competir.

Carol se golpeó la frente con la mano.

—No podía competir —repitió. Volvió a la mesa y sirvió un poco de agua en el whisky—. Es verdad. Acábate la cena. Quizá estoy exagerando, no sé.

Pero Therese no se movió. Había cometido un error. Y en el mejor de los casos, aunque no se hubiera equivocado, no podía hacer feliz a Carol como Carol la hacía feliz a ella, pensó, como ya había pensado cientos de veces. Carol sólo estaba contenta en algunos momentos sueltos, momentos que Therese percibía y guardaba en su memoria. Uno había sido la noche en que montaron el árbol de Navidad. Carol había plegado la hilera de ángeles y la había guardado entre las páginas de un libro. «Guardaré esto», había dicho. «Con veintidós ángeles para defenderme no puedo perder.» Therese miró a Carol, y aunque Carol la estaba observando, era a través de aquel velo de preocupación, que mantenía a Carol ausente del mundo, como Therese veía tan a menudo.

–Frases –dijo Carol–. No puedo competir. La gente habla de los clásicos. Esas frases son clásicas. Seguramente cien personas distintas dirían las mismas palabras. Hay frases para la madre, para la hija, para el marido y para el amante. Preferiría verte muerta a mis pies. Es la misma obra repetida con un reparto distinto cada vez. ¿Qué hace de una obra un clásico, Therese?

–Un clásico –su voz sonaba tensa y ahogada–..., una obra clásica es la que contiene una situación humana básica.

Cuando Therese se despertó, el sol entraba en su habitación. Se quedó echada un momento, mirando las manchas que formaba en el techo gris, que se agitaban como gotas de agua. Intentó escuchar algún sonido que revelase actividad en la casa. Miró su blusa, que colgaba del borde del escritorio. ¿Por qué se volvía tan desordenada en casa de Carol? A Carol no le gustaba. El perro, que vivía en alguna parte más allá de los garajes, ladraba intermitentemente, indiferente. Aquella noche había habido un plácido intervalo, la llamada telefónica de Rindy. Rindy había vuelto de una fiesta de cumpleaños a las nueve y media. ¿Podría dar ella una fiesta de cumpleaños en abril? Carol le dijo que sí. Después de eso, Carol había estado distinta. Había hablado de Europa y de veranos pasados en Rapallo.

Therese se levantó y fue a la ventana, la abrió y se inclinó sobre el alféizar, tensándose contra el frío. En ninguna parte se veían las mañanas como desde aquella ventana. Más allá del camino, el redondo lecho de hierba verde tenía flechas de luz solar, como agujas de oro desparramadas. Había chispas de sol en las húmedas hojas de los setos, y el cielo era de un azul fresco y límpido. Miró al lugar del camino donde Abby se había parado aquella mañana, y al trozo de verja blanca más allá de los setos que marcaba el final del jardín. El campo parecía palpitante y joven, aunque el invierno había oscurecido un poco la hierba. En Montclair, el colegio estaba rodeado de árboles y setos, pero el verde siempre acababa en alguna parte con muros de ladrillo rojo, o un edificio de piedra gris que formaba parte del colegio, una enfermería, un cobertizo donde se guardaban herramientas o un almacén para la leña, y cada primavera el verde parecía más viejo, gastado y dejado en herencia por una generación de niños a la siguiente, como parte de la parafernalia del colegio, igual que los libros de texto y los uniformes.

Se vistió con los holgados pantalones escoceses que había traído de su casa y una de las camisas que se había dejado allí otra vez, y que le habían lavado y planchado. Eran las ocho y veinte. A Carol le gustaba levantarse hacia las ocho y media, le gustaba que alguien la despertara con una taza de café, aunque Therese se había dado cuenta de que Florence nunca estaba para hacerlo.

Florence se hallaba en la cocina cuando ella bajó, pero acababa de poner el café.

–Buenos días –dijo Therese–. ¿Le importa que yo me ocupe del desayuno?

A Florence no le importó las otras dos veces que llegó y se encontró a Therese haciéndolo.

–Adelante, señorita –dijo Florence–. Sólo me haré mis huevos fritos. Le gusta hacerle las cosas a la señora Aird usted misma, ¿verdad? –dijo, en tono de constatación.

Therese estaba sacando dos huevos de la nevera.

–Sí –dijo sonriendo. Echó uno de los huevos al agua, que empezaba a hervir. Su respuesta a Florence sonó bastante sosa, pero ¿qué otra cosa podía contestarle? Cuando se volvió después de ordenar la bandeja del desayuno, vio que Florence había puesto el segundo huevo en el agua. Therese lo sacó con la mano–. Sólo quiere un huevo –dijo–. Éste es para mi tortilla.

—¿Sólo uno? Antes comía dos.

—Bueno, pues ahora ya no —dijo Therese.

—¿Quiere contar el tiempo del huevo, señorita? —Florence le dedicó su agradable sonrisa profesional—. Ahí está el reloj, encima del horno.

—Queda mejor cuando lo hago a ojo —dijo Therese, sacudiendo la cabeza. Nunca se había equivocado con el huevo de Carol. A Carol le gustaba un poco más hecho de lo que marcaban las normas culinarias. Therese miró a Florence, que en ese momento estaba concentrada en los dos huevos que tenía en la sartén. El café ya casi había acabado de filtrarse. En silencio, Therese preparó la taza para llevársela a Carol.

Más tarde, Therese ayudó a Carol a meter en la casa las sillas de hierro blancas y la mecedora del jardín trasero. Hubiera sido más fácil con la ayuda de Florence, dijo Carol, pero la había enviado a la compra y luego había tenido el súbito capricho de meter los muebles dentro. Harge había querido mantenerlos fuera durante todo el invierno, pero a ella le parecía que tenían un aspecto muy triste allí. Al final, sólo quedaba una silla junto a la fuente redonda, una modesta sillita de metal blanco con el asiento combado y cuatro delicados pies. Therese la miró y se preguntó quién se habría sentado en ella.

—Me gustaría que hubiera más obras que pasaran en el exterior —dijo Therese.

—¿Qué es lo primero que piensas cuando te pones a trabajar en una escenografía? —le preguntó Carol—. ¿Por dónde empiezas?

—Supongo que depende del ambiente de la obra. ¿Qué quieres decir?

—¿Piensas en el tipo de obra que es, o en algo que te gustaría ver?

Una de las observaciones del señor Donohue le vino a la cabeza con una vaga sensación de desagrado. Carol estaba muy habladora aquella mañana.

—Creo que estás decidida a considerarme una aficionada —dijo Therese.

—Creo que eres bastante subjetiva. Eso es de aficionada, ¿no?

—No siempre —contestó. Pero sabía lo que Carol quería decir.

—Tú sabes muy bien ser totalmente subjetiva, ¿no? Por aquellas cosas que me enseñaste, yo, sin saber demasiado de esto, creo que eres demasiado subjetiva.

Therese cerró los puños dentro de sus bolsillos. Había deseado mucho que a Carol le gustara su trabajo, de manera incondicional. Le había dolido terriblemente que no le hubieran gustado todos los decorados que le había enseñado. Desde el punto de vista técnico, Carol no sabía nada del tema, pero podía cargarse un decorado con una simple frase.

—Creo que te irá bien echarle una ojeada al Oeste. ¿Cuándo dijiste que tenías que volver? ¿A mediados de febrero?

—Bueno, ya no. Ayer me enteré.

—¿Qué quieres decir? ¿El trabajo de Filadelfia ha fallado?

—Me llamaron. Quieren a alguien de Filadelfia.

—Oh, pequeña, lo siento.

—Bueno, son cosas de este trabajo —dijo Therese. Carol le había puesto la mano en la nuca y le frotaba detrás de la oreja con el pulgar, como si acariciase a un perro.

—No pensabas decírmelo.

—Sí.

—¿Cuándo?

—Durante el viaje, en algún momento.

—¿Estás muy decepcionada?

—No —dijo Therese categóricamente.

Recalentaron la última taza de café, se la llevaron fuera, junto a la silla blanca de hierro, y la compartieron.

—¿Comemos en alguna parte? —le preguntó Carol—. Vayamos al club. Luego tengo que hacer algunas compras en Newark. ¿Qué te parece una chaqueta? ¿Te gustaría una chaqueta de tweed?

Therese estaba sentada en el borde de la fuente, tapándose la oreja con la mano porque el frío le hacía daño.

—No la necesito especialmente —dijo.

—Pero a mí me encantaría verte con una chaqueta así.

Therese estaba arriba, cambiándose de ropa, cuando oyó sonar el teléfono. Oyó a Florence decir: «Ah, buenos días, señor Aird. Sí, ahora mismo la llamo», y Therese cruzó la habitación y cerró la puerta. Inquieta, empezó a ordenar la habitación, colgando su ropa en el armario, y alisando la cama que ya había hecho. Luego, Carol llamó a la puerta y asomó la cabeza.

—Harge vendrá dentro de unos minutos. No creo que se quede mucho rato.

Therese no quería verle.

—¿Quieres que me vaya a dar un paseo?

—No —sonrió Carol—. Quédate aquí y, si quieres, lee algo.

Therese cogió el libro que se había comprado el día antes, el *Tratado de versificación inglesa,* e intentó leer, pero las palabras le parecían aisladas y sin sentido. Tenía la inquietante sensación de estar escondida, así que fue a la puerta y la abrió.

Carol se acercaba en aquel momento desde su habitación y, por un instante, Therese vio en su cara la misma indecisión que recordaba del primer momento en que ella había entrado en la casa. Luego dijo:

—Ven, baja.

El coche de Harge llegó cuando ellas entraban en la sala. Carol se acercó a la puerta, y Therese les oyó saludarse, Carol cordialmente, pero Harge muy alegre, y luego Carol entró con una gran caja de flores en los brazos.

—Harge, ella es la señorita Belivet. Creo que ya la viste una vez —dijo Carol.

Los ojos de Harge se contrajeron un poco y luego se abrieron.

—Ah, sí. Hola.

—Hola.

Entró Florence y Carol le tendió la caja de flores.

—¿Puede ponerlas en un jarrón? —le pidió.

—Ah, aquí está esta pipa, ya me lo imaginaba —dijo Harge,

poniendo la mano detrás de la hiedra, sobre la repisa de la chimenea, y sacó una pipa.

–¿Todo va bien en casa? –le preguntó Carol mientras se sentaba en un extremo del sofá.

–Sí. Muy bien –contestó él. Su tensa sonrisa no dejaba ver sus dientes, pero su cara y los rápidos gestos de su cabeza irradiaban genio y autosatisfacción. Miró con placer de propietario cómo Florence regresaba con las flores, rosas rojas, en un jarrón, y las colocaba en la mesita de té que había frente al sofá.

Therese deseó súbitamente haberle llevado flores a Carol, habérselas llevado en cualquiera de las seis ocasiones en que había ido, y recordó las flores que Dannie le había llevado un día en que se presentó de improviso en el teatro. Miró a Harge y él apartó la vista, enarcando aún más la ceja, con los ojos volando de aquí para allá, como si buscara pequeños cambios en la habitación. Pero tal vez su aire alegre fuera fingido, pensó Therese. Y si se tomaba la molestia de fingir era porque, a su manera, debía de querer a Carol.

–¿Puedo coger una para Rindy? –preguntó Harge.

–Claro. –Carol se levantó e iba a cortar una flor, pero Harge se adelantó y puso la hoja de un cuchillito contra el tallo y la flor cayó–. Son preciosas. Gracias, Harge.

Harge se llevó la flor a la nariz. Medio para Carol, medio para Therese, dijo:

–Es un día precioso. ¿Vas a dar un paseo en coche?

–Sí, vamos a dar una vuelta –dijo Carol–. Por cierto, me gustaría ir en coche a tu casa una tarde de la semana que viene. Quizá el martes.

Harge lo pensó un momento.

–De acuerdo. Se lo diré a ella –dijo.

–Ya se lo diré yo por teléfono. Quería decir que avisaras a tu familia.

Harge asintió y luego miró a Therese.

–Sí, me acuerdo de ti. Claro. Estabas aquí hará tres semanas. Antes de Navidad.

186

–Sí. Un domingo. –Therese se levantó. Quería dejarles solos–. Me voy arriba –le dijo a Carol–. Adiós, señor Aird.

Harge le hizo una leve inclinación.

–Adiós.

Cuando subía por la escalera, oyó decir a Harge:

–Bueno, felicidades, Carol. Me apetecía decirlo, ¿te importa?

«El cumpleaños de Carol», pensó Therese. Por supuesto, Carol no se lo había dicho.

Cerró la puerta y miró la habitación, se percató de que estaba intentando hallar alguna señal de que había pasado la noche allí. No había ninguna. Se detuvo ante el espejo y se miró un momento, frunciendo el ceño. No estaba tan pálida como aquel día, hacía tres semanas, cuando la vio Harge. Ya no se sentía como la lánguida y asustada personilla que Harge se había encontrado. Cogió su bolso del cajón de la cómoda y sacó el lápiz de labios. Luego oyó a Harge llamar a la puerta y cerró el cajón.

–Pase.

–Perdona. Tengo que coger una cosa –dijo. Atravesó la habitación rápidamente, fue al cuarto de baño y cuando salió, con la cuchilla en la mano, sonreía–. Tú estabas en el restaurante con Carol el domingo pasado, ¿verdad?

–Sí –dijo Therese.

–Me ha dicho Carol que eres escenógrafa.

–Sí.

Él le miró la cara, luego las manos, después bajó la vista al suelo y volvió a mirarla.

–Espero que te encargues de que Carol salga –le dijo–. Pareces joven y activa. Convéncela de que salga a pasear.

Atravesó la habitación rápidamente, dejando tras de sí una leve estela de olor a jabón de afeitar. Therese echó el lápiz de labios sobre la cama y se secó las palmas en un lado del faldón. Se preguntó por qué Harge se molestaba en demostrarle que sabía que Carol y ella pasaban mucho tiempo juntas.

–¡Therese! –la llamó Carol de pronto–. ¡Baja!

Carol estaba sentada en el sofá fumando un cigarrillo. Harge se había ido. Carol miró a Therese con una leve sonrisa. Entonces entró Florence y Carol le dijo:

—Florence, llévese las flores a otro sitio. Póngalas en el comedor.

—Sí, señora.

Carol le hizo un guiño a Therese.

El comedor no se utilizaba y Therese lo sabía. Carol prefería comer en cualquier otra parte.

—¿Por qué no me dijiste que era tu cumpleaños? —le preguntó Therese.

—¡Ah! —Carol se echó a reír—. No es mi cumpleaños, es mi aniversario de boda. Coge tu abrigo y vámonos.

Cuando salían del jardín, Carol le dijo:

—Si hay algo que no soporto son los hipócritas.

—¿Qué te ha dicho?

—Nada importante. —Carol seguía sonriendo.

—Pero tú has dicho que era un hipócrita.

—Por excelencia.

—¿Ese buen humor era fingido?

—Bueno, sólo en parte.

—¿Ha dicho algo de mí?

—Ha dicho que parecías buena chica. Eso no es nada nuevo. —Carol condujo el coche por el estrecho camino que llevaba al pueblo—. Me ha dicho que el divorcio tardaría un mes y medio más de lo que creíamos, por los trámites burocráticos. Eso sí es una novedad. Se le ha ocurrido que entretanto quizá yo cambie de opinión. Eso es hipocresía pura. Creo que le gusta engañarse a sí mismo.

¿Así era la vida? ¿Eran así siempre las relaciones humanas?, se preguntó Therese. Nada sólido bajo los pies. Siempre como gravilla, un terreno levemente blando, ruidoso, para que todo el mundo se enterara y para que uno pudiera oír siempre los fuertes y bruscos pasos del intruso.

—Carol, no te he dicho que no me quedé aquel cheque —comentó Therese de pronto–. Lo dejé debajo del tapete de la mesita de noche.

—¿Por qué ahí?

—No sé. ¿Quieres que lo rompa yo? Iba a hacerlo aquella noche...

—Si insistes... –dijo Carol.

14

Therese bajó la vista hacia la enorme caja de cartón.

—No quiero llevármelo. —Tenía las manos ocupadas—. La señora Osborne se puede quedar con la comida y el resto que se quede aquí.

—Cógelo —dijo Carol, saliendo. Cargaba las últimas cosas, libros y chaquetas que Therese había decidido llevarse en el último minuto.

Therese fue arriba a buscar la caja. Había llegado una hora antes con un mensajero. Eran un montón de bocadillos envueltos en papel de cera, una botella de licor de grosella, un pastel y una caja con el vestido blanco que la señora Semco le había prometido. Richard no tenía nada que ver con el paquete, ella lo sabía, porque, de lo contrario, habría habido una nota o un libro.

En el sofá yacía un vestido desechado a última hora, y la alfombra estaba doblada por una esquina, pero Therese estaba impaciente por irse. Cerró la puerta y bajó corriendo la escalera con la caja, pasó la puerta de los Kelly, que estaban fuera, trabajando, y ante la puerta de la señora Osborne. Se había despedido de ella una hora antes, al pagarle el alquiler del mes siguiente.

Cuando cerraba la puerta de abajo, la señora Osborne la llamó desde la escalera.

—¡Al teléfono! —exclamó, y Therese fue de mala gana, pensando que sería Richard.

Era Phil McElroy, que la llamaba para preguntarle por la entrevista que había tenido con Harkevy el día antes. Ella se lo había contado a Dannie por la noche, porque habían ido a cenar juntos. Harkevy no le había prometido trabajo, pero había dicho que siguieran en contacto y Therese pensaba que quería dárselo. Él la había llevado detrás del escenario del teatro donde supervisaba el decorado de *Ciudad de invierno*. Había elegido tres de las maquetas de Therese y las había mirado con detalle. Criticó una por ser un tanto sosa, otra le pareció poco práctica, y la que más le gustó fue el decorado de un vestíbulo que Therese había empezado aquella noche en que volvió de la primera visita a casa de Carol. Él fue la primera persona que tomó en consideración sus decorados menos convencionales. Therese llamó a Carol de inmediato y le contó la reunión. Ahora le explicó a Phil cómo había ido la entrevista, pero no le dijo que el trabajo de Andronich había fallado, porque no quería que Richard lo supiera. Therese le preguntó a Phil para qué obras pensaba hacer los decorados el señor Harkevy, porque él le había dicho que estaba dudando entre dos. Había más posibilidades de que la contratase como ayudante si se decidía por una obra inglesa que si lo hacía por aquella de la que le había hablado el día anterior.

—Todavía no tengo ninguna dirección que darte —le dijo Therese—. Sé que iremos a Chicago.

Phil le dijo que igual podía mandarle allí una carta a su nombre a lista de correos.

—¿Era Richard? —le preguntó Carol cuando volvió.

—No, Phil McElroy.

—¿Así que no has sabido nada de Richard?

—Estos días, no. Pero esta mañana me ha mandado un telegrama. —Therese dudaba, pero luego sacó del bolsillo el telegrama y lo leyó. YO NO HE CAMBIADO NI TÚ TAMPOCO. ESCRÍBEME. TE QUIERO. RICHARD.

—Creo que deberías llamarle —dijo Carol—. Llámale desde casa.

Iban a pasar la noche en casa de Carol para salir por la mañana temprano.

—¿Te pondrás ese vestido esta noche? —le preguntó Carol.

—Me lo probaré. Parece un vestido de novia.

Therese se puso el vestido justo antes de cenar. Le llegaba por debajo de la pantorrilla y el cinturón iba atado detrás con largas bandas blancas cosidas por delante y bordadas a mano. Bajó a enseñárselo a Carol. Carol estaba en el salón, escribiendo una carta.

—Mira —dijo Therese sonriendo.

Carol la miró un largo momento, luego se acercó y examinó los bordados de la cintura.

—Es una pieza de museo. Estás preciosa. Te lo pones para esta noche, ¿de acuerdo?

—Es tan recargado... —contestó. No quería ponérselo porque le recordaba a Richard.

—¿Qué mierda de estilo es éste, ruso?

Therese se rió. Le gustaba oír a Carol hablar mal, siempre de manera casual y cuando nadie la oía.

—¿Lo es o no? —repitió Carol.

—¿El qué? —preguntó Therese, que ya subía por la escalera.

—¿De dónde has sacado esa costumbre de no contestar cuando te preguntan? —le preguntó Carol, con la voz súbitamente endurecida por el enfado.

Carol tenía en los ojos la misma luz blanca de ira que le había visto cuando ella se negó a tocar el piano. Y esta vez se había enfadado por una tontería.

—Lo siento, Carol. Supongo que no te he oído.

—Pues venga —dijo Carol, dándole la espalda—. Vete arriba y quítatelo si quieres.

Debía de ser por Harge, pensó Therese. Dudó un momento y luego siguió subiendo. Se desató el cinturón y desabrochó las mangas, se miró al espejo y volvió a abrocharse. Si Carol quería que se lo pusiera, se lo pondría.

Prepararon la cena ellas mismas, porque Florence ya había empezado sus vacaciones de tres semanas. Abrieron botes de cosas especiales que Carol dijo que había ido guardando, y prepararon cócteles de crema de menta y brandy en la coctelera para después de la cena. Therese pensó que a Carol ya se le había pasado el mal humor, pero cuando empezó a servirse el segundo cóctel, Carol dijo bruscamente:

—No deberías tomar más.

Therese lo dejó con una sonrisa, pero el mal humor continuó. Nada de lo que Therese dijera o hiciera podía cambiarlo, y Therese le echó la culpa a aquel vestido que la inhibía y no dejaba que se le ocurriera qué podía decir para arreglarlo. Después de la cena, tomaron castañas flambeadas con brandy y café en el porche, pero cada vez se decían menos cosas, y en aquella semipenumbra Therese se sintió un tanto abatida y adormilada.

A la mañana siguiente, Therese encontró una bolsa de papel en la puerta trasera. Dentro había un monito de peluche gris y blanco. Se lo enseñó a Carol.

—¡Oh! —dijo Carol suavemente, y sonrió—. Jacopo. —Cogió al monito y le acarició la mejilla blanca un poco sucia con el dedo índice—. Abby y yo solíamos colgarlo en la parte trasera del coche.

—¿Lo habrá traído Abby? ¿Anoche?

—Supongo. —Carol siguió su camino hacia el coche con el monito y una maleta.

Therese se acordó de que la noche anterior se había quedado dormida en la mecedora y se había despertado en un silencio absoluto. Carol estaba sentada mirando ante ella en la oscuridad. Seguro que había oído el coche de Abby.

Therese ayudó a Carol a colocar las maletas y la manta de viaje en la trasera del coche.

—¿Por qué no entró? —preguntó Therese.

—Eso es típico de Abby —dijo Carol con una sonrisa, con la timidez momentánea que siempre sorprendía a Therese—. ¿Por qué no vas a llamar a Richard?

Therese suspiró.

—De todas maneras, ahora no estará en casa.

Eran las nueve menos veinte y sus clases empezaban a las nueve.

—Entonces llama a su familia. ¿No les vas a dar las gracias por el paquete que te han mandado?

—Pensaba escribirles una carta.

—Llámales ahora y así no tendrás que escribirles después. Es mucho más amable llamar.

Cogió el teléfono la señora Semco. Therese alabó el vestido y los bordados que le había hecho, y le dio las gracias por toda la comida y por el licor de grosella.

—Richard se acaba de marchar —dijo la señora Semco—. Se va a sentir muy solo. Ya empieza a desanimarse —añadió. Pero se echo a reír, con aquella risa aguda y vigorosa que llenaría la cocina de su casa, donde Therese imaginó que estaría, una risa que resonaría por toda la casa, que incluso llegaría a la habitación vacía de Richard, en el piso de arriba—. ¿Va todo bien èntre Richard y tú? —le preguntó la señora Semco con leve sospecha, pero Therese notó que aún sonreía.

Therese le dijo que sí y le prometió escribir. Después se sintió mejor por haber llamado.

Carol le preguntó si había cerrado la ventana del cuarto de arriba y Therese subió otra vez porque no estaba segura. No la había cerrado y tampoco había hecho la cama, pero ya no había tiempo. Florence podría hacerla el lunes cuando volviera a cerrar la casa.

Carol estaba al teléfono cuando Therese bajó. La miró con una sonrisa y le acercó el auricular. Therese adivinó por el tono que era Rindy.

—... en casa de eh... el señor Byron. Es una granja. ¿Has estado allí alguna vez, mamá?

—¿Dónde está, cielo? —preguntó Carol.

—En casa del señor Byron. Tiene caballos, pero no de los que a ti te gustan.

—¿Ah, no? ¿Por qué?

—Éstos son gordos.

Therese intentó distinguir algún parecido con Carol en aquella voz aguda y práctica, pero no pudo.

—Hola —dijo Rindy—. Mamá...

—Sí, aquí estoy.

—Ahora tengo que decirte adiós. Papá me está esperando para irnos. —Y tosió.

—¿Estás constipada? —le preguntó Carol.

—No.

—Pues no tosas al teléfono.

—Me gustaría ir contigo de viaje.

—No puede ser porque tienes que ir al colegio. Pero este verano sí que haremos viajes.

—¿Podrás llamarme?

—¿Durante el viaje? Claro que te llamaré. Cada día. —Carol cogió el teléfono y se sentó con él, pero durante el minuto o dos en que siguió hablando no dejó de mirar a Therese.

—Parece muy seria —dijo Therese.

—Me estaba contando lo bien que lo pasaron ayer. Harge la dejó hacer novillos.

Therese recordó que Carol había visto a Rindy hacía dos días. Había sido una visita agradable, por lo que Carol le había contado por teléfono, pero no había mencionado ningún detalle y Therese tampoco le había preguntado nada.

Cuando estaban a punto de salir, Carol decidió hacer una última llamada a Abby. Therese vagó por la cocina porque en el coche hacía demasiado frío.

—No conozco ninguna ciudad pequeña de Illinois —decía Carol—. ¿Por qué Illinois?... De acuerdo, Rockford... Sí, me acordaré, pensaré en roquefort... Claro que lo cuidaré. Me hubiera gustado que entraras, so boba... Bueno, pues te equivocaste, te equivocaste totalmente.

Therese bebió un sorbo del café que Carol se había dejado en la mesa de la cocina y lo hizo por la parte donde había un resto de carmín.

—Ni una palabra —dijo Carol pronunciando muy despacio—.

A nadie, que yo sepa, ni siquiera a Florence... Bueno, tú haces eso, querida. Hasta pronto.

Cinco minutos después dejaban el pueblo de Carol e iban por la autopista que estaba marcada en rojo en el estropeado mapa, la autopista que seguirían hasta Chicago. El cielo estaba nublado. Therese miró a su alrededor, al campo que ahora se le había hecho familiar, la masa de árboles que quedaba a la izquierda de la carretera de Nueva York, la alta bandera que señalizaba el club de Carol.

Therese dejó que entrase una rendija de aire por su ventanilla. El aire era frío y el calor en los tobillos resultaba agradable. El reloj del salpicadero marcaba las diez menos cuarto y de pronto pensó en la gente que estaría trabajando en Frankenberg, allí encerrados a las diez menos cuarto de la mañana, aquella mañana, la del día siguiente y la otra, con las manecillas del reloj controlando cada uno de sus movimientos. Pero las manecillas del reloj del salpicadero no significaban nada para Carol y ella. Podían dormir o no, conducir o parar cuando se les antojara. Pensó en la señora Robichek, que en aquel preciso instante estaría vendiendo jerséis en la tercera planta, empezando un nuevo año allí, su quinto año.

—¿Por qué estás tan callada? —le preguntó Carol—. ¿Qué te pasa?

—Nada —contestó. No quería hablar, pero sentía que había miles de palabras ahogándose en su garganta y quizá sólo la distancia, miles de kilómetros, podría desenmarañarlas. Quizá era la propia sensación de libertad lo que la ahogaba.

En algún lugar de Pennsylvania atravesaron una zona iluminada por un sol pálido, como una grieta en el cielo, pero hacia mediodía empezó a llover. Carol maldijo, pero el sonido de la lluvia era agradable, repiqueteaba irregularmente sobre el parabrisas y el techo del coche.

—¿Sabes lo que se me ha olvidado? —dijo Carol—. Un impermeable. Tendré que comprarme uno en algún sitio.

Y, de pronto, Therese se acordó de que se había olvidado el

libro que estaba leyendo. Y dentro había una carta para Carol, una hoja que sobresalía por los dos extremos del libro. Mierda. Lo había separado de sus demás libros y por eso se le había olvidado en la mesita de noche. Deseó que Florence no decidiera hojearlo. Intentó recordar si había puesto el nombre de Carol en la carta, pero no estaba segura. Y el cheque. Se le había olvidado romperlo.

—Carol, ¿tú cogiste el cheque?

—¿Aquel que te di? Dijiste que lo ibas a romper.

—Pues no lo hice. Debe de estar aún debajo del tapete.

—Bueno, no tiene importancia —dijo Carol.

Cuando pararon a poner gasolina, Therese intentó comprar cerveza negra, que a Carol le gustaba, pero sólo tenían cerveza normal. Compró una sola botella porque a Carol no le gustaba. Luego cogieron una carretera pequeña para salir de la autopista y pararon para abrir la caja de bocadillos de la madre de Richard. Había encurtidos al eneldo, mozzarella y un par de huevos duros. A Therese se le había olvidado pedir un abridor para la cerveza, así que no la pudo abrir, pero en el termo había café. Puso la botella de cerveza en el suelo de la parte trasera del coche.

—Caviar. Qué gente tan amable —dijo Carol, mirando el interior de un sándwich—. ¿Te gusta el caviar?

—No. Me encantaría que me gustara.

—¿Por qué?

Therese miró cómo Carol cogía una parte del sándwich al que le había quitado el pan de encima, el trozo donde había más caviar.

—Porque a la gente le gusta, le encanta.

Carol sonrió y siguió mordisqueando despacio.

—Es algo que se aprende. Los gustos adquiridos siempre son mucho más placenteros, y es más difícil que se te pasen.

Therese sirvió más café en la taza que compartían. Ella estaba adquiriendo el gusto por el café solo.

—Qué nerviosa estaba la primera vez que sostuve esta taza en la mano. Aquel día me trajiste café. ¿Te acuerdas?

—Me acuerdo.

—¿Cómo es que le pusiste crema?

—Pensé que te gustaría. ¿Por qué estabas tan nerviosa?

Therese la miró.

—Estaba tan emocionada contigo... —le dijo, levantando la taza. Volvió a mirar a Carol y vio una súbita rigidez en su rostro, como un shock. Le había visto poner aquella cara varias veces, cuando le decía algo sobre sus sentimientos, o le hacía un cumplido un poco especial. No sabía si significaba que le gustaba o que le molestaba. La observó mientras doblaba el papel de cera sobre la otra mitad del bocadillo.

Había pastel, pero Carol no quiso probarlo. Era el mismo pastel especiado que Therese había tomado muchas veces en casa de Richard. Lo guardaron todo en la maleta donde iban los cartones de tabaco y la botella de whisky, con un orden tan concienzudo que a Therese le hubiera molestado en cualquiera que no fuese Carol.

—¿Dijiste que Washington era el estado donde naciste? —le preguntó Therese.

—Nací allí y mi padre aún vive en él. Le he escrito que quizá le visitara, si es que llegamos hasta allí.

—¿Se parece a ti?

—¿Si me parezco a él? Sí, más que a mi madre.

—Es extraño imaginar que tienes una familia —dijo Therese.

—¿Por qué?

—Porque siempre pienso en ti como alguien aparte. *Sui generis*. —Carol sonrió, la cabeza alzada al conducir.

—Muy bien. Sigamos adelante —dijo.

—¿Tienes hermanos? —le preguntó Therese.

—Una hermana. Supongo que querrás saber más, ¿no? Pues se llama Elaine, tiene tres hijos y vive en Virginia. Es mayor que yo, y no sé si te gustaría. Te parecería aburrida.

Sí. Therese podía imaginársela, como una sombra de Carol, con sus rasgos más borrosos y diluidos.

Por la tarde, se pararon en un restaurante junto a la carretera, que tenía un pueblo holandés en miniatura en el escaparate principal. Therese se apoyó en la barra y lo miró. Había un riachuelo que salía de un grifo en un extremo, seguía como un arroyo describiendo un óvalo y rodeaba un molino de viento. Aquí y allá había figurillas vestidas con trajes típicos holandeses, erguidas sobre pedazos de hierba de verdad. Se acordó del tren eléctrico de la sección de juguetes de Frankenberg, y del furioso impulso que lo llevaba por su curso ovalado, de un tamaño similar al del río.

—Nunca te he hablado del tren de Frankenberg —le comentó Therese a Carol—. ¿Lo viste cuando...?

—¿Un tren eléctrico? —la interrumpió Carol.

Therese estaba sonriendo, pero de pronto algo le encogió el corazón. Era demasiado difícil explicárselo y la conversación se detuvo allí.

Carol pidió sopa para las dos. Después del viaje estaban frías y entumecidas.

—Me pregunto si de verdad te gustará este viaje —dijo Carol—. A ti te gustan más las cosas reflejadas en un cristal, ¿no? Tienes tu idea particular de todo. Como ese molino de viento. Para ti, es tan bueno como haber estado en Holanda. Dudo de que alguna vez llegues a ver montañas de verdad o gente de carne y hueso.

Therese se sintió tan molesta como si Carol la hubiera acusado de mentir. Intuía que Carol quería decir que también tenía una idea particular sobre ella, y eso la fastidiaba. ¿Gente de carne y hueso? De pronto pensó en la señora Robichek. Había huido de ella porque era espantosa.

—¿Cómo crees que vas a poder crear algo si todas tus experiencias son de segunda mano? —le preguntó Carol, en un tono aún más suave y despiadado.

Carol la hizo sentir que no había hecho nada, que no era nada, que era como una columna de humo. Carol había vivido como un ser humano, se había casado, había tenido una hija.

El viejo que había tras la barra se acercaba a ellas. Cojeaba.

Se quedó de pie junto a la mesa vecina a la de ellas y se cruzó de brazos.

–¿Han estado alguna vez en Holanda? –preguntó en tono agradable.

–No –contestó Carol–. Supongo que usted sí. ¿Hizo usted el pueblecito del escaparate?

–Sí –asintió él–. Me costó cinco años acabarlo.

Therese miró los huesudos dedos del hombre, los brazos caídos, con las venas púrpura retorciéndose bajo la fina piel. Ella sabía mucho mejor que Carol cómo se hacía una cosa así, pero no se sentía capaz de decir nada.

–En la puerta de al lado vendemos unos embutidos y un jamón buenísimos –le dijo el hombre a Carol–, si les gustan al estilo de Pennsylvania. Nosotros criamos nuestros cerdos, y los matamos y curamos aquí mismo.

Entraron en el compartimiento encalado de una tienda al lado del restaurante. Había un delicioso olor a jamón ahumado, mezclado con el olor a leña y especias.

–Compremos algo que no haya que cocinar –dijo Carol mirando la vitrina del mostrador–. Pónganos unos cuantos de ésos –le dijo al chico que llevaba un gorro con orejeras.

Therese recordó el día en que fue a una charcutería con la señora Robichek y ella compró finas lonchas de salami y embutido. En la pared había un cartel que decía que sus productos llegaban a todas partes, y se imaginó enviándole a la señora Robichek uno de aquellos grandes embutidos envueltos en tela, e imaginó la cara de alegría de la señora Robichek cuando abriera el paquete con sus manos temblorosas y encontrara un embutido. Pero Therese se preguntó si debía hacer un gesto probablemente motivado por la piedad, la culpa, o algún sentimiento morboso. Frunció el ceño, navegando en un mar sin rumbo ni gravedad, en el que sólo sabía que tenía que desconfiar de sus propios impulsos.

–Therese...

Therese se volvió y la belleza de Carol la impresionó como

si vislumbrara la alada Victoria de Samotracia. Carol le preguntó si compraban un jamón entero.

El chico deslizó todos los paquetes por encima del mostrador, y cogió el billete de veinte dólares que le tendía Carol. Therese pensó en la señora Robichek empujando temblorosamente su billete de un dólar y cuarto en aquel otro mostrador.

—¿Has visto algo más? —le preguntó Carol.

—Pensaba si mandarle algo a una persona. Una mujer que trabaja en los almacenes. Es pobre y una vez me pidió que fuese a comer con ella.

—¿Qué mujer? —preguntó Carol recogiendo el cambio.

—La verdad es que prefiero no mandar nada —contestó. De pronto sólo quería marcharse.

—Mándalo —dijo Carol, frunciendo el ceño a través del humo de su cigarrillo.

—No quiero. Vamos, Carol.

Era otra vez como en aquella pesadilla, no podía liberarse de ella.

—Mándaselo —repitió Carol—. Cierra la puerta y mándale algo.

Therese cerró la puerta y escogió un embutido de los de seis dólares, y escribió en una tarjeta de felicitación: «Es de Pennsylvania. Espero que dure al menos unas cuantas mañanas de domingo. Con cariño, Therese Belivet.»

Más tarde, en el coche, Carol le preguntó sobre la señora Robichek, y Therese contestó como siempre hacía, sucintamente, y con la absoluta e involuntaria sinceridad que luego siempre la dejaba deprimida. La señora Robichek y el mundo en que vivía eran tan diferentes de Carol que explicárselo era como describir la vida de otras especies animales, de alguna bestia inmunda que viviera en otro planeta. Carol no hizo ningún comentario sobre la historia, sólo preguntó y preguntó mientras conducía. Cuando ya no quedó nada que preguntar tampoco dijo nada, pero la expresión tensa y pensativa que había adoptado al escuchar permaneció en su cara incluso cuando empezaron a hablar de otras cosas. Therese se apretó los pulgares entre sus puños. ¿Por qué dejaba que la señora Robichek la acosara? Y ahora que lo había hecho extensivo a Carol, ya no podría volver atrás.

—Por favor, no vuelvas a hablarme de esto, Carol. Prométemelo.

15

Carol avanzó descalza, a pasitos cortos, hacia el cuarto de baño que había en la esquina, gimoteando de frío. Llevaba las uñas de los pies pintadas de rojo y su pijama azul le quedaba grande.

—Es culpa tuya, por abrir tanto la ventana —le dijo Therese.

Carol apartó la cortina y Therese oyó correr el agua de la ducha.

—¡Ah, qué delicia, tan caliente! —dijo Carol—. Mucho mejor que anoche.

Era una lujosa habitación, con una gruesa alfombra y paredes forradas de paneles de madera. Todo estaba envuelto y sellado con papel celofán, desde las zapatillas de tela hasta la televisión.

Therese se sentó en su cama, envuelta en su batín, mirando un mapa de carreteras y extendiéndolo con la mano. Un palmo y medio suponía un día entero conduciendo, al menos teóricamente, aunque no era probable que lo hicieran así.

—Hoy podríamos hacer todo el camino a través de Ohio —dijo.

—Ohio. Notable por sus ríos, caucho y ciertas carreteras. A la izquierda, el famoso puente levadizo de Chillicothe, donde, antaño, veintiocho indios hurones masacraron a un centenar de... cretinos.

Therese se rió.

–Y donde acamparon una vez Lewis y Clark –añadió Carol–. Creo que hoy me pondré pantalones. ¿Quieres mirar a ver si están en esa maleta? Si no, tendré que ir a buscarlos al coche. Los claros no, aquellos de gabardina azul marino.

Therese fue hacia la gran maleta de Carol, que estaba al pie de la cama. Estaba llena de jerséis, ropa interior y zapatos, pero no había pantalones. Vio un tubo niquelado asomando dentro de un jersey enrollado. Levantó el jersey. Pesaba. Lo desenvolvió y estuvo a punto de dejarlo caer. Era una pistola con empuñadura blanca.

–¿No? –preguntó Carol.

–No –dijo Therese, y envolvió la pistola poniéndola otra vez donde la había encontrado.

–Querida, se me ha olvidado coger la toalla. Creo que está en la silla.

Therese la cogió y se la llevó, y en su nerviosismo, mientras ponía la toalla en las manos extendidas de Carol, sus ojos bajaron sin querer desde la cara de Carol a sus pechos desnudos y más abajo. Vio la rápida sorpresa en la mirada de Carol mientras se volvía. Therese cerró los ojos con fuerza y se acercó despacio a la cama, pero a través de sus párpados seguía viendo la imagen del cuerpo desnudo de Carol.

Therese se duchó y, cuando salió, Carol estaba ante el espejo, casi vestida.

–¿Qué te pasa? –le preguntó.

–Nada.

Carol se volvió hacia ella, peinándose el pelo oscurecido por el agua. Tenía los labios brillantes del lápiz de labios recién aplicado y entre ellos había un cigarrillo.

–¿Te das cuenta de cuántas veces al día me contestas eso? –le dijo–. ¿No te parece un poco desconsiderado?

Durante el desayuno, Therese le preguntó:

–¿Por qué llevas esa pistola, Carol?

–Ah. Así que eso era lo que te molestaba. Es la pistola de

Harge, otra cosa que se dejó. —Lo dijo en un tono casual—. Pensé que era mejor cogerla que dejarla.

—¿Está cargada?

—Sí. Harge consiguió una licencia porque una vez entró un ladrón en casa.

—¿Sabes usarla?

—No soy Annie Oakley —sonrió Carol—. Pero sé usarla. ¿Te preocupa eso? No espero tener que usarla.

Therese no volvió a hablar del tema, pero si pensaba en ello la molestaba. Volvió a pensarlo la noche siguiente, cuando un mozo dejó la maleta pesadamente sobre la acera. Se preguntó si una pistola podría dispararse con un golpe así.

En Ohio habían hecho algunas fotos, y como se las iban a revelar para el día siguiente por la mañana, se quedaron a pasar la tarde y la noche en una ciudad llamada Defiance. Durante toda la tarde pasearon por las calles, mirando los escaparates, caminando por silenciosos barrios residenciales, donde las luces mostraban el interior de los salones y las casas parecían tan confortables y seguras como nidos de pájaros. Therese temía que Carol se aburriera de pasear sin rumbo, pero era Carol la que proponía seguir una manzana más allá, caminando hacia lo alto de la colina para ver lo que había al otro lado. Carol le habló de Harge y ella. Therese intentó sintetizar en una palabra lo que había separado a Carol y Harge, pero rechazó de un plumazo todas las palabras posibles: aburrimiento, resentimiento, indiferencia. Carol le contó que, una vez, Harge se había llevado a Rindy a una excursión de pesca y no la llamó durante varios días. Era una venganza por la negativa de Carol a pasar las vacaciones con él en la casa de veraneo que su familia tenía en Massachusetts. Era algo recíproco. Y aquellos incidentes no habían sido el principio.

Carol se guardó dos de las fotos en su cartera, una de Rindy con pantalones de montar y sombrero hongo que había hecho al principio del carrete, y otra de Therese con un cigarrillo en los labios y el pelo al viento. Había una foto poco favorecedora de Carol acurrucada dentro de su abrigo y ella dijo que se la mandaría a Abby por lo horrible que era.

Llegaron a Chicago a última hora de la tarde, avanzaron lentamente entre la maraña de tráfico gris e irregular, tras un gran camión de una compañía distribuidora de carne. Therese acercó la cara al parabrisas. No recordaba nada del viaje que había hecho con su padre a aquella ciudad. Carol parecía conocer Chicago tan bien como Manhattan. Le enseñó el famoso barrio del Loop, y se pararon un rato a mirar los trenes y el atasco de tráfico de las cinco y media de la tarde. No se podía comparar a la locura que era Nueva York a la misma hora.

En la oficina central de correos, Therese encontró una postal de Dannie, nada de Phil y una carta de Richard. Echó una ojeada a la carta y vio que empezaba y terminaba afectuosamente. Era lo que esperaba, que Richard se enterase por Phil de que se le podía escribir a lista de correos y que le escribiera una carta afectuosa. Se guardó la carta en el bolsillo antes de reunirse con Carol.

—¿Había algo? —le preguntó Carol.

—Sólo una postal de Dannie. Ya ha terminado los exámenes.

Carol dirigió el coche al Hotel Drake. Tenía el suelo de cuadros blancos y negros y una fuente en el vestíbulo. A Therese le pareció suntuoso. Ya en la habitación, Carol se quitó el abrigo y se echó en una de las camas.

—Conozco a alguna gente de aquí —dijo soñolienta—. ¿Quieres que intentemos ver a alguien?

Pero Carol se quedó dormida antes de que se decidieran.

Therese miró por la ventana el lago rodeado de luces y la silueta irregular y poco familiar de los altos edificios contra un cielo todavía gris. Parecía borroso y monótono, como un cuadro de Pissarro. Una comparación que Carol no apreciaría, pensó. Se apoyó sobre el alféizar mirando la ciudad, observando las luces de un coche lejano que se cortaban en puntos y rayas cuando pasaba tras los árboles. Se sentía feliz.

—¿Por qué no pides unos cócteles? —dijo la voz de Carol a sus espaldas.

—¿Qué quieres tomar?

—¿Qué quieres tú?

—Unos martinis.

Carol dio un silbido.

—Gibsons dobles —la interrumpió mientras llamaba—. Y una bandejita de canapés. Que sean cuatro martinis.

Therese leyó la carta de Richard mientras Carol estaba en la ducha. Toda la carta era muy afectuosa. «No eres como las demás chicas», le decía. Él había esperado y seguiría esperando, porque estaba absolutamente convencido de que serían felices juntos. Quería que ella le escribiera cada día, que al menos le enviase una postal. Le contaba que una tarde se había sentado a releer las tres cartas que ella le había enviado a Kingston, Nueva York, el verano anterior. La carta estaba impregnada de un sentimentalismo que a Richard no le iba en absoluto, y la primera sensación de Therese fue la de que estaba fingiendo. Quizá para sorprenderla después. Su segunda reacción fue de rechazo. Volvió a su antigua decisión de que no escribirle y no decirle nada sería la manera más rápida de terminar.

Llegaron los cócteles y Therese, en lugar de firmar, los pagó. Nunca podía pagar nada si no era a espaldas de Carol.

—¿Te vas a poner el traje negro? —le preguntó Therese a Carol cuando entró.

—¿Otra vez a revolver el fondo de esa dichosa maleta? —dijo Carol mirándola y dirigiéndose hacia la maleta—. Cepillar el traje, plancharlo y todo... Tardaré al menos media hora.

—Estaremos media hora tomándonos estos cócteles.

—Tus poderes de persuasión son irresistibles —dijo Carol, se llevó el traje al cuarto de baño y abrió el grifo de la bañera.

Era el traje que llevaba el día que habían comido juntas por primera vez.

—¿Te das cuenta de que es la primera vez que bebo algo desde que salimos de Nueva York? —dijo Carol—. No, claro que no. ¿Y sabes por qué? Porque soy feliz.

—Eres muy guapa —dijo Therese.

Y Carol le dedicó una sonrisa desdeñosa que a Therese le encantaba, y se acercó al tocador. Se puso un pañuelo amarillo en el cuello, se lo ató flojo y luego empezó a peinarse. La luz de la lámpara enmarcaba su silueta como en un cuadro, y Therese tuvo la sensación de que todo aquello ya había ocurrido antes. Se acordó de pronto: la mujer en la ventana cepillándose su largo pelo. Se acordó hasta de los ladrillos de la pared, de la textura de la neblinosa lluvia de aquella mañana.

—¿Un poco de perfume? —preguntó Carol, acercándose a ella con el frasco. Le tocó la frente con los dedos, en el nacimiento del pelo, donde la había besado aquel día.

—Me recuerdas a una mujer que vi una vez —dijo Therese—, en alguna parte de Lexington. No tú, sino la luz. Se estaba peinando. —Therese se detuvo, pero Carol esperó a que continuase. Carol siempre esperaba, pero ella nunca sabía exactamente qué quería decir—. Una mañana temprano cuando iba de camino al trabajo, recuerdo que empezaba a llover —continuó a duras penas—. La vi en una ventana —añadió. No podía continuar explicándole que se había quedado allí de pie tres o cuatro minutos, deseando, con una intensidad agotadora, conocer a aquella mujer, ser bienvenida si llamaba a su puerta, deseando entrar en su casa en vez de ir a trabajar a la Pelican Press.

—Mi pequeña huérfana —dijo Carol.

Therese sonrió. No había nada lúgubre ni sarcástico en el tono de Carol.

—¿Cómo era tu madre?

—Tenía el pelo negro —dijo Therese rápidamente—. No se parecía a mí en absoluto. —Therese siempre se descubría hablando de su madre en pasado, aunque en aquel mismo instante estuviera viva en alguna parte de Connecticut.

—¿De verdad no crees que alguna vez querrá verte?

Carol estaba de pie ante el espejo.

—No lo creo.

—¿Y la familia de tu padre? ¿No dijiste que tenía un hermano?

–No llegué a conocerle. Era geólogo o algo así y trabajaba para una compañía petrolera. No sé dónde debe de estar.

Era más fácil hablar de un tío al que nunca había conocido.

–¿Cómo se llama tu madre ahora?

–Esther, señora Nicolas Strully.

El nombre significaba tan poco para ella como cualquier otro que encontrase en una guía de teléfonos. Miró a Carol, y de pronto se arrepintió de haberle dicho el nombre. Quizá algún día Carol... La invadió una oleada de sensaciones de pérdida y desesperanza. Después de todo, apenas sabía nada de Carol.

–Nunca lo mencionaré –le dijo Carol mirándola–. No volveré a mencionarlo. Si esta segunda copa te va a poner triste, no la tomes. No quiero que estés triste esta noche.

El restaurante donde cenaron también daba al lago. La cena fue una especie de banquete, con champán y brandy. Era la primera vez en su vida que Therese se emborrachaba un poco, más de lo que hubiera querido delante de Carol. Siempre se había imaginado el paseo Lake Shore como una gran avenida salpicada de mansiones parecidas a la Casa Blanca de Washington. En su memoria permanecería la voz de Carol señalándole una y otra casa que ella nunca había visto, con la inquietante conciencia de que aquél había sido el mundo de Carol durante un tiempo, el marco de todos sus movimientos, al igual que Rapallo, París, y otros lugares que Therese no conocía.

Aquella noche, Carol se sentó en el borde de su cama fumando un cigarrillo antes de apagar la luz. Therese estaba echada en su cama, mirándola soñolienta, intentando descifrar el significado de su mirada inquieta y confusa. Carol miraba cualquier punto de la habitación y luego apartaba la vista hacia otro sitio. ¿Pensaba en ella, en Harge o en Rindy? Carol había pedido que la despertaran a las siete de la mañana, para telefonear a Rindy antes de que se fuese al colegio. Therese recordó la conversación telefónica que habían tenido en Defiance. Rindy se había peleado con alguna otra niña y Carol se había pasado un cuarto de hora hablando de ello e intentando convencer a Rindy de que tomara la iniciativa y se disculpase. Therese todavía notaba los efectos del alcohol que había bebido, el hormigueo del champán que la acercaba dolorosamente a Carol. Si se lo pedía, pensó, Carol la dejaría que esa noche durmiera con ella en su cama. Más aún, quería besarla, sentir sus cuerpos uno junto al otro. Therese pensó en las dos chicas que había visto en el bar Palermo. Ellas lo hacían, pensó, y aún más que eso. ¿La rechazaría Carol con disgusto, si sólo le pedía tenerla en sus brazos? ¿Desaparecería en aquel instante todo el afecto que Carol pudiera sentir hacia ella? Una visión del frío rechazo de Carol echó por tierra su valor, pero lo recuperó tímidamente para plantearse una humilde pregunta: ¿podía simplemente pedirle que durmieran en la misma cama?

–Carol, ¿te importaría..?

–Mañana iremos a ver las granjas –dijo Carol al mismo tiempo, y Therese se echó a reír a carcajadas–. ¿Qué mierda tiene eso de gracioso? –preguntó Carol apagando el cigarrillo, pero ella también sonreía.

–Es muy gracioso –dijo Therese, riéndose todavía y ahuyentando así todos sus anhelos y sus intenciones de aquella noche.

–Tienes la risa floja por el champán –dijo Carol mientras apagaba la luz.

Al día siguiente, a última hora de la tarde, dejaron Chicago y se dirigieron a Rockford. Carol dijo que quizá tuviera allí alguna carta de Abby, aunque no era probable, porque Abby no era muy dada a escribir cartas. Therese fue a un zapatero a que le arreglaran un mocasín descosido y cuando volvió, Carol estaba leyendo la carta en el coche.

–¿Qué carretera cogemos? –dijo, y parecía más contenta.

–La veinte, hacia el oeste.

Carol puso la radio y buscó en el dial hasta encontrar algo de música.

—¿Dónde sería mejor dormir, camino de Minneapolis?

—En Dubuque —dijo Therese mirando al mapa—. Waterloo parece bastante grande, pero está a unos trescientos veinte kilómetros.

—Podemos llegar.

· Cogieron la autopista número veinte hacia Freeport y Galena, que en el mapa estaba indicado como el lugar donde nació Ulysses S. Grant.

—¿Qué decía Abby?

—No mucho. Es sólo una carta agradable.

Carol casi no le habló en el coche, ni tampoco en la cafetería donde se pararon más tarde a tomar café. Se dirigió hacia una máquina de discos y dejó caer las monedas despacio.

—Te gustaría que viniera Abby, ¿verdad? —dijo Therese.

—No —dijo Carol.

—Estás tan distinta desde que has recibido su carta...

—Cariño —dijo Carol, mirándola desde el otro lado de la mesa—, era sólo una carta tonta. Si quieres puedes leerla. —Y cogió su bolso, pero no sacó la carta.

En algún momento de aquella tarde, Therese se quedó dormida en el coche y se despertó con las luces de una ciudad dándole en la cara. Carol tenía los brazos apoyados cansinamente en el volante. Se habían parado ante un semáforo rojo.

—Aquí es donde pasaremos la noche —dijo Carol.

Therese seguía adormilada mientras andaban por el vestíbulo del hotel. Subían en el ascensor y ella tenía una intensa conciencia de la proximidad de Carol, como si estuviera soñando y Carol fuera la protagonista y único personaje del sueño. En la habitación, cogió su maleta del suelo y la puso en su silla, la abrió y la dejó. Se quedó de pie junto al escritorio, mirando a Carol. Era como si sus emociones se hubieran quedado en suspenso durante las últimas horas o días y ahora fluyeran mientras miraba a Carol abriendo su maleta y sacando, como hacía siempre al llegar, su neceser de piel para ponerlo junto a la cama. Miró las manos de Carol y el mechón de pelo que caía sobre el pañuelo que llevaba atado a la cabeza, y el arañazo que se había hecho en la punta del mocasín días atrás.

−¿Qué haces ahí de pie? −le preguntó Carol−. Vete a la cama, estás dormida.

−Carol, te quiero.

Carol se irguió. Therese la miró con sus ojos intensos y adormilados. Carol acabó de sacar su pijama de la maleta y bajó la tapa. Se acercó a Therese y le puso las manos en los hombros. Se los apretó con fuerza, como si le exigiera una promesa, o quizá intentando averiguar si lo había dicho de verdad. Luego la besó en los labios como si ya se hubieran besado millones de veces.

−¿Tú no sabes que te quiero? −dijo Carol.

Se llevó el pijama al cuarto de baño y se quedó de pie un momento mirando el lavabo.

−Voy a salir −dijo−. Pero enseguida vuelvo.

Therese esperó junto a la mesa mientras el tiempo pasaba indefinidamente o quizá no pasaba en absoluto, hasta que la puerta se abrió y entró Carol otra vez. Puso una bolsa de papel en la mesa y Therese vio que sólo había ido a buscar una botella de leche, como tantas veces solían hacer por la noche cualquiera de las dos.

−¿Puedo dormir contigo? −le preguntó Therese.

−¿No has visto la cama?

Era una cama de matrimonio. Se sentaron en pijama, bebiendo leche y compartiendo una naranja, porque Carol tenía demasiado sueño para acabársela. Luego Therese dejó la leche en el suelo y miró a Carol, que ya se había dormido boca abajo, con un brazo hacia arriba, como siempre se dormía. Therese apagó la luz. Entonces Carol le deslizó el brazo alrededor del cuello y sus cuerpos se encontraron como si todo estuviera preparado. La felicidad era como una hiedra verde que se les extendía por la piel, alargando delicados zarcillos, llevando flores a través de su cuerpo. Therese tuvo una visión de una flor blanca, brillando como si la contemplara en la oscuridad o a través del agua. Se preguntó por qué la gente hablaría del cielo.

–Duérmete –le dijo Carol.

Therese deseó no dormirse. Pero cuando notó otra vez la mano de Carol en su hombro, supo que se había dormido. Amanecía. Los dedos de Carol se tensaron en su pelo, Carol la besó en los labios y el placer la asaltó otra vez como si fuese una continuación de aquel momento de la noche anterior, en que Carol le había rodeado el cuello. «Te quiero», quería oír Therese otra vez, pero las palabras se borraban con el hormigueante y maravilloso placer que se expandía en oleadas desde los labios de Carol hacia su nuca, sus hombros, que le recorrían súbitamente todo el cuerpo. Sus brazos se cerraban alrededor de Carol y sólo tenía conciencia de Carol, de la mano de Carol que se deslizaba sobre sus costillas, del pelo de Carol rozándole sus pechos desnudos, y luego su cuerpo también pareció desvanecerse en ondas crecientes que saltaban más y más allá, más allá de lo que el pensamiento podía seguir. Mientras, miles de recuerdos de momentos y palabras –la primera vez que Carol la llamó «querida», la segunda vez que fue a verla a la tienda, un millón de recuerdos de la cara de Carol, su voz, momentos de enfado y de risa pasaron volando por su cerebro como la estela de una cometa–. Y en ese momento había una distancia y un espacio azul pálido, un espacio creciente en el que ella echó a volar de repente como una larga flecha. La flecha parecía cruzar con facilidad un abismo increíblemente inmenso, parecía arquearse más y más arriba en el espacio y no detenerse. Luego se dio cuenta de que aún estaba abrazada a Carol, de que temblaba violentamente y de que la flecha era ella misma. Vio el claro pelo de Carol, su cabeza pegada a la suya. Y no tuvo que preguntarse si aquello había ido bien, nadie tenía que decírselo, porque no podía haber sido mejor o más perfecto. Estrechó a Carol aún más contra ella y sintió sus labios contra los suyos, que sonreían. Se quedó echada mirándola, mirándole la cara sólo a unos centímetros de ella, los ojos grises serenos como nunca los había visto, como si contuvieran todavía algo del espacio del que ella había emergido. Y le pareció extraño que fuese aún la cara de Carol, sus pecas, las cejas rubias y arqueadas que ella conocía, la boca tan serena como los ojos, como Therese había visto tantas veces.

—Mi ángel —le dijo Carol—. Caída del cielo.

Therese levantó los ojos hacia las molduras de la habitación, que le parecieron más brillantes, y el escritorio con la parte frontal abombada y los tiradores metálicos de los cajones, y el espejo sin marco con el borde biselado, y las cortinas estampadas con cenefas verdes que caían rectas junto a las ventanas, y dos edificios grises que asomaban sobre el alféizar. Recordaría siempre cada detalle de aquella habitación.

—¿Qué ciudad es ésta? —preguntó.

Carol se echó a reír.

—¿Ésta? Es Waterloo. —Cogió un cigarrillo—. No es tan horrible.

Sonriendo, Therese se incorporó sobre un codo. Carol le puso un cigarrillo en los labios.

—Hay un par de Waterloos en cada estado —dijo Therese.

16

Therese salió a comprar los periódicos mientras Carol se arreglaba. Entró en el ascensor y dio una vuelta sobre sí misma en el centro exacto. Se sentía un poco rara, como si todo se hubiera transformado y las distancias no fueran las mismas. Avanzó a través del vestíbulo hacia el puesto de periódicos que había en una esquina.

–El *Courier* y el *Tribune* –le dijo al hombre mientras los cogía, y pronunciar las palabras le pareció tan extraño como los nombres de los periódicos que había pedido.

–Ocho centavos –dijo el hombre, y Therese miró el cambio que le había dado y vio que seguía habiendo la misma diferencia entre ocho centavos y un cuarto de dólar.

Vagó por el vestíbulo, miró a través del cristal de la barbería, donde estaban afeitando a un par de hombres. Un negro limpiaba zapatos. Un hombre alto con un puro y un sombrero de ala ancha, con zapatos del Oeste, pasó junto a ella. También recordaría aquel vestíbulo para siempre, la gente, los anticuados adornos de la madera del mostrador de recepción y el hombre de abrigo oscuro que la había mirado por encima de su periódico, se había recostado en su asiento y había seguido leyendo junto a la columna de mármol color crema.

Cuando Therese abrió la puerta de la habitación, la visión

de Carol la atravesó como una espada. Se quedó un momento con la mano en el picaporte.

Carol la miraba desde el cuarto de baño, sosteniendo el peine inmóvil por encima de su cabeza. La miró de la cabeza a los pies.

—Nunca me mires así en público —le dijo.

Therese tiró los periódicos sobre la cama y se acercó a ella. Carol la estrechó súbitamente entre sus brazos y se quedaron así, como si nunca fueran a separarse. Therese se estremeció y las lágrimas afluyeron a sus ojos. Era difícil hallar palabras, encerrada entre los brazos de Carol, más cerca que cuando se besaban.

—¿Por qué has esperado tanto? —le preguntó Therese.

—Porque pensaba que no habría una segunda vez, que no quería que me volviera a pasar. Pero no era verdad.

Therese pensó en Abby y fue como una fina lanza de amargura cayendo entre las dos. Carol la soltó.

—Y había algo más, te tenía a ti recordándome a mí misma, conociéndote y sabiendo que sería tan fácil. Lo siento. No he sido justa contigo.

Therese apretó los dientes. Observó cómo Carol andaba despacio por la habitación, observó cómo se ensanchaba la distancia entre las dos y recordó la primera vez que la había visto en los almacenes, alejándose lentamente, y había pensado que se iba para siempre. Carol había querido también a Abby y ahora se lo reprochaba. Se preguntó si algún día Carol sentiría también haberla querido a ella. Entonces Therese entendió por qué las semanas de diciembre y enero habían estado llenas de enfado e indecisión, alternando el castigo y la indulgencia. Pero entendió que dijera lo que dijere Carol en palabras, ahora ya no había indecisión ni barrera alguna. Tampoco había ninguna Abby desde aquella mañana, fuera lo que fuere lo que había habido entre ellas tiempo atrás.

—¿Crees que he sido injusta?

—Tú me has hecho muy feliz desde que te conozco —dijo Therese.

—No creo que puedas juzgar.

—Puedo juzgar lo de esta mañana.

Carol no contestó. Sólo le contestó el chirrido de la puerta al cerrarse. Carol la había cerrado y estaban las dos solas, Therese se acercó a ella y la estrechó en sus brazos.

—Te quiero —le dijo, sólo para escuchar las palabras otra vez—. Te quiero, te quiero.

Pero a lo largo de aquel día Carol parecía no prestarle atención deliberadamente. Había arrogancia en la inclinación de su cigarrillo, en la manera en que describía una curva con el coche, maldiciendo pero sin bromear. «Que me cuelguen si meto un centavo en un parquímetro teniendo un campo enfrente», dijo Carol. Pero cuando Therese interceptó su mirada, los ojos de Carol sonreían. Carol jugaba, apoyando la cabeza en su hombro cuando estaba frente a una máquina de cigarrillos, tocándole los pies por debajo de las mesas. La hacía tensarse y relajarse al mismo tiempo. Pensó en la gente que había visto dándose la mano en las películas, ¿por qué no podían dársela ellas? Pero cuando una vez le tocó el brazo mientras estaban eligiendo un dulce en una pastelería, Carol murmuró: «No.»

Therese le envió una caja de dulces de la pastelería de Minneapolis a la señora Robichek y otra caja a los Kelly. A la madre de Richard le envió una caja enorme y muy especial, una caja de dos pisos con compartimientos de madera pensando que quizá la usaría después como costurero.

—¿Alguna vez has hecho eso con Abby? —le preguntó Therese bruscamente en el coche.

Los ojos de Carol entendieron la pregunta y parpadearon.

—Vaya preguntas haces. Claro.

Claro. Ya se lo imaginaba.

—¿Y ahora?

—Therese...

Ella preguntó ahogadamente.

—¿Era tan agradable como conmigo?

—No, querida. —Carol sonrió.

–¿Tú no crees que es más placentero que acostarse con hombres?

Ella esbozó una sonrisa divertida.

–No necesariamente. Depende. ¿Has conocido a alguien aparte de Richard?

–No, a nadie.

–Pues entonces, ¿no crees que podrías probar con otros?

Therese se quedó muda un momento, pero intentó contestar con indiferencia, tamborileando los dedos en el libro que tenía en el regazo.

–Quiero decir alguna vez, querida. Tienes muchos años por delante.

Therese no dijo nada. No podía imaginarse que nunca dejase a Carol. Aquélla era otra terrible pregunta que había surgido en su mente al principio y que ahora le martilleaba el cerebro con dolorosa insistencia, exigiendo una respuesta. ¿La dejaría Carol alguna vez?

–Quiero decir que acostarse con hombres o mujeres depende mucho de la costumbre –continuó Carol–. Y tú eres demasiado joven para tomar esa decisión tan radical. O adoptar esa costumbre.

–¿Tú eres sólo una costumbre? –le preguntó sonriendo, pero ella misma percibió el resentimiento que había en su voz–. ¿O sea que según tú no es más que eso?

–Therese, te pones siempre tan melancólica...

–No me pongo melancólica –protestó, pero otra vez había una fina capa de hielo bajo sus pies, hecha de incertidumbres. ¿O acaso era que ella siempre quería un poco más de lo que tenía, por mucho que tuviera?–. Abby también te quiere, ¿verdad? –dijo impulsivamente.

Carol se sobresaltó un poco y luego atacó:

–Abby me ha querido prácticamente toda su vida, tanto como tú.

Therese la miró.

–Algún día te lo contaré. Todo lo que hubo forma parte

del pasado. Hace muchos muchos meses –dijo, tan bajo que Therese apenas la oyó.

–¿Sólo meses?

–Sí.

–Dime cómo fue.

–Éste no es el lugar ni el momento.

–Nunca hay un momento –dijo Therese–. ¿No dijiste tú que nunca hay un momento adecuado?

–¿Eso dije? ¿Y a qué me refería?

Pero durante un instante ninguna de las dos dijo nada porque una fresca oleada de viento lanzaba la lluvia como un millón de balas contra la capota y el parabrisas, y no hubieran podido oír otra cosa. No había truenos, como si los truenos, ocultos en alguna parte, más arriba, se contuvieran humildemente para no competir con aquel dios de la lluvia. Se pararon en el dudoso refugio de un montículo que había a un lado de la carretera.

–Puedo contarte lo de en medio –dijo Carol–, porque es divertido e irónico. El invierno pasado fue cuando tuvimos juntas la tienda de muebles. Pero no puedo empezar sin contarte lo que pasó al principio, y eso fue cuando éramos pequeñas. Nuestras familias vivían muy cerca, en Nueva Jersey, así que nos veíamos durante las vacaciones. Yo creo que Abby siempre había estado ligeramente enamorada de mí, incluso cuando teníamos seis o siete años. Me escribió un par de cartas cuando tenía unos catorce años y había acabado el colegio. Y en aquella época yo empecé a oír hablar de chicas que preferían a las chicas. Pero los libros también decían que eso se pasa con la edad –dijo, haciendo pausas entre las frases como si dejara espacios en blanco.

–¿Ibais juntas al colegio? –preguntó Therese.

–No. Mi padre me mandó a un colegio distinto, fuera de la ciudad. Luego Abby se fue a Europa cuando tenía dieciséis años y, cuando volvió, yo ya no estaba en casa. La vi una vez en una fiesta en la época en que me casé. Abby parecía muy distinta entonces, ya no era como un marimacho. Luego, Harge y yo vivíamos en otra ciudad y no volví a verla durante años, hasta mucho después de que naciera Rindy. Venía de vez en cuando al picadero donde solíamos ir a montar Harge y yo. Unas cuantas veces montamos los tres juntos. Luego, Abby y yo empezamos a jugar al tenis los sábados por la tarde, mientras Harge jugaba al golf. Abby y yo siempre nos divertíamos juntas. No volvió a pasarme por la cabeza que, tiempo atrás, Abby había estado enamorada de mí. Las dos éramos mucho mayores y habían pasado muchas cosas desde entonces. Yo tenía la idea de montar una tienda porque quería ver menos a Harge. Pensaba que nos estábamos aburriendo el uno del otro y que eso nos ayudaría. Así que le propuse a Abby que fuésemos socias y empezamos con la tienda de muebles. Al cabo de unas semanas, y para mi sorpresa, sentí que ella me atraía –dijo Carol en el mismo tono–. No podía entenderlo y estaba un poco asustada porque me acordaba de la antigua Abby y pensaba que quizá ella sintiera lo mismo, que quizá las dos sintiéramos lo mismo. Así que intenté que Abby no se diera cuenta y creo que lo conseguí. Pero al final, y ya llegamos a la parte cómica, el invierno pasado, una noche en que yo estaba en casa de Abby, las carreteras quedaron cubiertas de nieve y al no poder regresar a mi casa la madre de Abby insistió en que Abby y yo durmiéramos en la misma habitación, simplemente porque en la habitación donde yo solía quedarme no estaba la cama hecha, y ya era muy tarde. Abby dijo que ella podía hacer la cama y las dos protestamos, pero la madre de Abby insistió. –Carol sonrió un poco y la miró, pero a Therese le pareció que la miraba sin verla–. Así que me quedé con Abby. No hubiera pasado nada de no haber sido por aquella noche, estoy convencida. Si no hubiera sido por la madre de Abby, y ésa es la ironía, porque ella nunca se enteró. Pero el caso es que pasó y yo sentí un poco lo que tú has sentido, supongo que me sentí tan feliz como te has sentido tú –soltó Carol al final, aunque su tono seguía siendo monocorde y no expresaba la menor emoción.

Therese la miró sin saber si eran los celos, la sorpresa o la rabia lo que empezaba a confundirlo todo.

—¿Y después? —le preguntó.

—Después supe que estaba enamorada de Abby. No sé por qué no iba a llamarlo amor, tenía todas sus características. Aunque duró sólo dos meses, como una enfermedad que viene y luego se va. —Y añadió en un tono distinto—: Cariño, no tiene nada que ver contigo y es algo que se terminó. Ya sé que querías saberlo, pero antes no había ninguna razón para contártelo. No tiene importancia.

—Pero tú tenías los mismos sentimientos hacia ella...

—¡Durante dos meses! —dijo Carol—. Cuando tienes un marido y un hijo, las cosas son un poco distintas.

Distintas de lo que lo eran para ella, porque no tenía responsabilidades. Eso era lo que quería decir Carol.

—¿Sí? ¿Puedes empezar y terminar sin más?

—Cuando no has tenido suerte... —contestó Carol.

La lluvia estaba amainando, pero sólo lo justo como para que las gotas no se les antojaran sólidas laminillas de plata en el cristal.

—No lo creo.

—No tienes elementos de juicio para hablar.

—¿Por qué eres tan cínica?

—¿Cínica? ¿Soy cínica?

Therese no estaba lo suficientemente segura como para responder. ¿Qué era querer a alguien, qué era exactamente el amor, y cuándo terminaba o no terminaba? Ésas eran las verdaderas preguntas y ¿quién podía responderlas?

—Está despejando —dijo Carol—. ¿Qué te parece si continuamos y buscamos un buen brandy en alguna parte? ¿O está prohibido el alcohol en este estado?

Siguieron hasta la ciudad siguiente y encontraron un bar desierto en el hotel más grande. El brandy estaba delicioso y pidieron dos más.

—Es francés —dijo Carol—. Algún día iremos a Francia.

Therese hizo girar la copa de cristal entre sus dedos. Al fondo del bar sonaba el tictac de un reloj. El silbido de un tren a lo lejos. Y Carol se aclaró la garganta. Sonidos ordinarios para un momento que no era ordinario. No había habido ni un solo momento ordinario desde aquella mañana en Waterloo. Therese miró la luz marrón brillante de la copa de brandy, y de pronto no le cupo ninguna duda de que Carol y ella irían a Francia algún día. Luego, por encima del sol castaño que brillaba en la copa, emergió la cara de Harge, su boca, su nariz, sus ojos.

–Harge sabe lo de Abby, ¿verdad? –dijo Therese.

–Sí. Me preguntó algo de ella hace pocos meses y yo le conté todo de principio a fin.

–Se lo contaste. –Therese pensó en Richard, se imaginó cómo hubiera reaccionado–. ¿Por eso os estáis divorciando?

–No. No tiene nada que ver con el divorcio. Ésa es otra ironía, que yo se lo conté a Harge cuando todo se había terminado. Un esfuerzo de sinceridad totalmente erróneo, porque a Harge y a mí no nos quedaba nada que salvar. Ya habíamos hablado del divorcio. ¡Por favor, no me recuerdes esos errores! –Carol frunció el ceño.

–Lo que quieres decir es..., seguro que debió de ponerse celoso.

–Sí. Porque por más que se lo dijera de un modo u otro, supongo que lo que entendió fue que, durante un período, yo había querido más a Abby de lo que le había querido nunca a él. En un momento dado, incluso con Rindy, lo hubiera dejado todo para irme con ella. No sé por qué no lo hice.

–¿Llevándote a Rindy contigo?

–No lo sé. Lo que sí sé es que en aquel momento fue la existencia de Rindy lo que me impidió dejar a Harge.

–¿Te arrepientes?

Carol negó con la cabeza lentamente.

–No. No hubiera durado. No duró, y quizá yo ya sabía que sería así. Con mi matrimonio a punto de fracasar, me sentía demasiado frágil y asustada... –Se detuvo.

–¿Y ahora estás asustada?

Carol se quedó en silencio.

–Carol...

–No tengo miedo –dijo, obstinada, irguiendo la cabeza y aspirando su cigarrillo.

Therese contempló su perfil bajo la tenue luz. «¿Qué pasará ahora con Rindy?», quiso preguntar. Pero sabía que Carol estaba a punto de impacientarse y de contestarle cualquier cosa o no contestarle. «Otra vez», pensó Therese, «ahora no.» Podía destruirlo todo, incluso la solidez del cuerpo de Carol junto a ella, y la curva del cuerpo de Carol enfundado en su jersey negro parecía la única cosa sólida del mundo. Therese le pasó el pulgar por un costado, desde debajo del brazo hasta la cintura.

–Me acuerdo de que Harge estaba especialmente molesto por un viaje que hice con Abby a Connecticut. Abby y yo fuimos a comprar algunas cosas para la tienda. Era sólo un viaje de dos días, pero él dijo: «A mis espaldas. Tenías que escaparte.» –Carol lo dijo con amargura. En su tono había autorreproche, no era una mera imitación de Harge.

–¿Alguna vez te ha vuelto a hablar de ello?

–No. No hay de qué hablar. No hay de qué enorgullecerse.

–¿Pero hay algo de que avergonzarse?

–Sí. Tú lo sabes, ¿no? –le preguntó Carol en su tono monocorde e inconfundible–. A ojos del mundo es algo abominable.

Por la manera de decirlo, Therese no pudo por menos que sonreír.

–Pero tú no lo crees así.

–La gente como la familia de Harge...

–Ellos no son todo el mundo.

–Son bastantes. Y tienes que vivir en el mundo. Lo nuestro no tiene por qué significar nada en tu elección posterior sobre a quién prefieres querer. –Miró a Therese y al fin Therese vio una sonrisa asomando levemente en sus ojos, lo que le devolvía a la verdadera Carol–. Me refiero a las responsabilidades que adquieres en el mundo en el que vive otra gente y que puede no ser el tuyo. Ahora no es así, y por eso yo era justo la persona a la que no tenías que haber conocido en todo Nueva York, porque yo te permito abandonarte y no te dejo que madures.

—¿Y por qué no dejas de hacerlo?

—Lo intento. El problema es que me gusta que te abandones.

—Tú eres exactamente la persona que yo necesitaba conocer —dijo Therese.

—¿De verdad?

—Supongo —dijo Therese, ya en la calle— que a Harge no le gustaría saber que nos hemos ido de viaje juntas, ¿verdad?

—No se va a enterar.

—¿Todavía quieres ir a Washington?

—Desde luego, si a ti te da tiempo. ¿Puedes estar fuera durante todo febrero?

—Sí —asintió Therese—. A menos que en Salt Lake City tenga alguna noticia. Le dije a Phil que me escribiese allí. Pero es una posibilidad remota. —Probablemente Phil no le escribiría, pensó. Pero si había la más mínima posibilidad de trabajo en Nueva York, volvería—. ¿Te irías a Washington sin mí?

—La verdad es que no —dijo Carol, mirándola con una leve sonrisa.

Aquella tarde, cuando llegaron, en la habitación del hotel la calefacción estaba tan fuerte que tuvieron que abrir todas las ventanas durante un rato. Carol se apoyó en el alféizar, maldiciendo por el calor, para diversión de Therese, llamándola a ella salamandra porque podía resistirlo. Luego, Carol le preguntó bruscamente:

—¿Qué te decía Richard ayer?

Therese ni siquiera sabía que Carol se hubiera enterado de lo de la última carta. La carta que había prometido enviarle a Seattle o Minneapolis en su carta anterior, la de Chicago.

—No mucho —dijo Therese—. Sólo era una página. Sigue insistiendo en que le escriba y yo no pienso hacerlo.

Había tirado la carta, pero la recordaba bien:

No he tenido noticias tuyas y he empezado a comprender el increíble conglomerado de contradicciones que eres. Eres sensible y a la vez insensible, imaginativa y sin imaginación... Si te retiene tu extravagante amiga, házmelo saber e iré a buscarte. Eso no durará, Terry. Sé un poco de esas cosas. Vi a Dannie y quería saber noticias tuyas, qué estabas haciendo... ¿Te hubiera gustado que se lo dijera? No le dije nada, lo hice por ti, porque creo que un día te avergonzarás de esto. Todavía te quiero, lo reconozco. Iré contigo y te enseñaré cómo son realmente los Estados Unidos si es que te importo lo bastante como para que me escribas y me lo digas...

Era ofensiva hacia Carol y Therese la había roto. Se sentó en la cama abrazándose las rodillas, agarrándose las muñecas por dentro de las mangas del batín. Carol se había pasado con la ventilación y ahora hacía frío. Los vientos de Minnesota habían invadido la habitación, se llevaban el humo del cigarrillo de Carol y lo disolvían. Therese observó cómo Carol se lavaba los dientes en el lavabo.

–¿Significa eso que no vas a escribirle? ¿Lo has decidido? –preguntó Carol.

–Sí.

Therese miró cómo Carol sacudía el cepillo para quitarle el agua y volvía del lavabo secándose la cara con una toalla. Nada que se refiriera a Richard le importaba tanto como la manera en que Carol se secaba la cara con una toalla.

–No hablemos más de ello –dijo Carol.

Sabía que Carol no diría nada más. Sabía que hasta entonces Carol la había estado empujando hacia él. Y en aquel momento pareció que todo había cambiado, cuando Carol se volvió y se acercó a ella, y su corazón dio un paso de gigante.

Siguieron hacia el oeste, por Sleepy Eye, Tracy y Pipestone, a veces optando caprichosamente por una autopista indirecta.

El Oeste se desplegaba como una alfombra mágica, con los ordenados y apretados grupos de granjas, graneros y silos que divisaban desde media hora antes de llegar junto a ellos. Una vez se detuvieron en una granja para preguntar si podían comprar gasolina suficiente para llegar a la gasolinera siguiente. La casa olía a queso fresco recién hecho. Sus pasos resonaban huecos y solitarios sobre las sólidas maderas del suelo, y Therese sintió una ferviente oleada de patriotismo: *Estados Unidos*. Había un cuadro de un gallo en la pared, hecho con coloridos retales de tela cosidos sobre un fondo negro, tan bonito que hubiera podido estar en un museo. El granjero las avisó de que había hielo en la carretera que llevaba directamente hacia el oeste, así que cogieron una que se desviaba hacia el sur.

Aquella noche descubrieron un circo de una sola carpa en una ciudad llamada Sioux Falls, junto a una vía de ferrocarril. Los que actuaban no eran muy expertos. Los asientos que ellas ocupaban eran un par de tablones anaranjados en primera fila. Uno de los acróbatas las invitó a la tienda después del espectáculo, e insistió en darle a Carol una docena de carteles del circo, porque a ella le habían gustado mucho. Carol le envió algunos a Abby y otros a Rindy, y a Rindy le envió también un camaleón verde en una caja de cartón. Fue una velada que Therese nunca olvidaría, y, a diferencia de la mayoría, ésta se reveló inolvidable incluso mientras la estaba viviendo. Era el paquete de palomitas que compartían, el circo, y el beso que Carol le devolvió en algún rincón de la tienda de la compañía circense. Era aquel particular encantamiento que irradiaba Carol, aunque Carol asumía que lo pasaban bien juntas con tal naturalidad que lo hacía extensible a todo lo que las rodeaba, y todo salía a la perfección, sin decepciones ni obstáculos, tal como lo deseaban.

Therese salió del circo con la cabeza baja, abstraída en sus pensamientos.

—Me pregunto si volveré a sentir la necesidad de crear alguna vez —dijo.

–¿Por qué has pensado en eso?

–¿Porque qué quería lograr sino esto? Soy feliz.

Carol la cogió del brazo y se lo apretó, hundiéndole el pulgar con tanta fuerza que Therese gritó. Carol miró una señal indicadora que había en la calle y dijo:

–Quinta y Nebraska. Creo que iremos por ahí.

–¿Qué pasará cuando volvamos a Nueva York? No podrá ser lo mismo, ¿verdad?

–Sí –dijo Carol–. Hasta que te canses de mí.

Therese se rió. Oyó el suave rumor del pañuelo de Carol contra el viento.

–Quizá no vivamos juntas, pero será lo mismo.

No podían vivir juntas con Rindy, Therese lo sabía. Era inútil soñar con ello. Pero era más que suficiente que Carol le prometiera con palabras que todo seguiría siendo igual.

Cerca del límite de Nebraska y Wyoming, se detuvieron a cenar en un gran restaurante construido como un refugio en un bosque de siemprevivas. Eran casi las únicas en el inmenso comedor y eligieron una mesa junto a la chimenea. Desplegaron el mapa de carreteras y decidieron dirigirse directamente a Salt Lake City. Podían quedarse unos días allí, dijo Carol, porque era un sitio interesante, y ella estaba cansada de conducir.

–Lusk –dijo Therese mirando el mapa–. Qué nombre tan sensual...

Carol echó la cabeza hacia atrás y se rió.

–¿Dónde está?

–En la carretera.

Carol cogió su vaso de vino y dijo:

–Châteauneuf-du-Pape, en Nebraska. ¿Por qué brindamos?

–Por nosotras.

Había algo parecido a aquella mañana en Waterloo, pensó Therese, un tiempo demasiado absoluto y fluido como para ser real, aunque era real y no un decorado de teatro: sus copas de brandy sobre la repisa de la chimenea, la hilera de astas de ciervo que había encima, el encendedor de Carol, el mismo fuego.

Pero a veces ella se sentía como una actriz, recordando su identidad sólo de vez en cuando y con una sensación de sorpresa, como si en los últimos días hubiera estado desempeñando el papel de otro, de alguien fabulosa y excesivamente afortunado. Alzó los ojos hacia las ramas de abeto fijadas a las vigas, hacia el hombre y la mujer que hablaban en un tono inaudible en una mesa junto a la pared, hacia el hombre solo en su mesa, que fumaba lentamente. Le recordó al hombre que estaba sentado con su periódico en el hotel de Waterloo. ¿Acaso no tenía los mismos ojos incoloros y las mismas largas arrugas en las comisuras de la boca? ¿O acaso era sólo que ese momento de conciencia era idéntico a aquel otro momento?

Pasaron la noche en Lusk, a ciento cincuenta kilómetros de allí.

17

–¿La señora H. F. Aird? –El recepcionista miró a Carol después de que ella firmase el registro–. ¿Es usted la señora Carol Aird?

–Sí.

–Hay un mensaje para usted. –Se dio la vuelta y lo sacó de una casilla–. Un telegrama.

–Gracias. –Carol miró a Therese enarcando levemente las cejas antes de abrirlo. Lo leyó, frunciendo el ceño, y luego se volvió al recepcionista–. ¿Dónde está el Hotel Belvedere?

El recepcionista se lo explicó.

–Tengo que ir a recoger otro telegrama –le dijo Carol a Therese–. ¿Quieres esperar aquí hasta que vuelva?

–¿De quién es?

–De Abby.

–De acuerdo. ¿Son malas noticias?

–No lo sabré hasta que lo lea –dijo, todavía con el ceño fruncido–. Abby sólo dice que en el Belvedere hay un telegrama para mí.

–¿Hago que suban las maletas?

–Bueno, mejor espera. El coche está aparcado.

–¿Y por qué no voy contigo?

–Claro, si quieres... Vamos andando. Sólo está a un par de manzanas de aquí.

Carol echó a andar deprisa. Hacía un frío cortante. Therese miró a su alrededor, a la ciudad de aire uniforme y ordenado, y recordó que Carol le había dicho que Salt Lake City era la ciudad más limpia de los Estados Unidos. Cuando el Belvedere ya estaba a la vista, Carol la miró de pronto y dijo:

—Probablemente Abby ha tenido una idea luminosa y ha decidido reunirse con nosotras.

En el Belvedere, Therese compró un periódico mientras Carol iba a recepción. Cuando Therese se volvió hacia ella, Carol acababa de leer el telegrama. Tenía una expresión atónita. Se acercó despacio hacia Therese y por la mente de ésta cruzó la idea de que Abby había muerto, y de que el segundo mensaje era de los padres de Abby.

—¿Qué pasa? —preguntó Therese.

—Nada. Aún no lo sé. —Carol miró a su alrededor y golpeó el telegrama con los dedos—. Tengo que hacer una llamada. Serán unos minutos. —Miró el reloj.

Eran las dos menos cuarto. El recepcionista dijo que podía comunicar con Nueva Jersey en unos veinte minutos. Mientras, Carol quería beber algo. Encontraron un bar en el hotel.

—¿Qué pasa? ¿Está enferma Abby?

—No —sonrió Carol—. Luego te lo diré.

—¿Es Rindy?

—¡No! —Carol se acabó el brandy.

Therese paseó por el vestíbulo mientras Carol estaba en la cabina telefónica. Vio a Carol asentir despacio con la cabeza varias veces, la vio buscar torpemente fuego para encender un cigarrillo, pero cuando Therese consiguió cerillas, Carol ya tenía y le hizo un gesto para que se alejara. Carol estuvo hablando durante tres o cuatro minutos, luego salió y pagó la llamada.

—¿Qué ha pasado, Carol?

Carol se quedó un momento parada al cruzar el umbral del hotel.

—Ahora vamos al Hotel Temple Square —dijo.

Allí recogieron otro telegrama. Carol lo abrió y lo miró, y cuando se acercaron a la puerta lo rompió.

—No creo que nos quedemos aquí esta noche –dijo–. Volvamos al coche.

Volvieron al hotel donde Carol había recogido el primer telegrama. Therese no le dijo nada, pero intuyó que había pasado algo que obligaba a Carol a volver inmediatamente al Este. Carol le dijo al recepcionista que anulase su reserva.

—Me gustaría dejar una dirección por si hubiera más mensajes –dijo–. Es el Brown Palace, de Denver.

—Muy bien.

—Muchas gracias. Esa dirección es válida al menos para la semana próxima.

En el coche, Carol le preguntó:

—¿Cuál es la próxima ciudad hacia el oeste?

—¿Hacia el oeste? –Therese consultó el mapa–. Wendover. Es este tramo. A doscientos cinco kilómetros.

—¡Por Dios! –exclamó Carol de pronto. Paró el coche, cogió el mapa y lo miró.

—¿Y Denver? –le preguntó Therese.

—No quiero ir a Denver. –Carol dobló el mapa y puso el coche en marcha–. Pero tendremos que ir. Enciéndeme un cigarrillo, ¿quieres, cariño? Y busca un sitio cerca donde comer algo.

Aún no habían comido y eran más de las tres. Habían hablado de aquel tramo la noche anterior, la carretera directa al oeste desde Salt Lake City a través del desierto del Gran Lago Salado. Therese advirtió que llevaba gasolina a tope, y probablemente aquel lugar no estaría totalmente desierto, pero Carol estaba cansada. Llevaba conduciendo desde las seis de la mañana. Ahora iba deprisa. De vez en cuando pisaba el pedal y lo mantenía a fondo durante largo rato sin soltarlo. Therese la miraba con aprensión. Sentía como si estuvieran huyendo de algo.

—¿Hay alguien detrás? –preguntó Carol.

—No.

En el asiento, entre las dos, Therese vio un trozo de telegrama asomando del bolso de Carol. ENTÉRATE, JACOPO fue lo único que pudo leer. Se acordó de que Jacopo era el nombre del monito que llevaban en la parte trasera del coche.

Llegaron a la cafetería de una estación de servicio que se erguía como un hongo en medio del paisaje uniforme. Eran las primeras personas que paraban allí desde hacía días. Carol la miró a través de la mesa cubierta con un hule blanco y se recostó en la silla. Antes de que pudiera hablar, un hombre mayor con delantal salió de la cocina y se acercó. Les dijo que sólo había jamón y huevos, así que ellas pidieron jamón, huevos y café. Luego Carol encendió un cigarrillo y se inclinó hacia adelante, mirando la mesa.

—¿Sabes lo que ha pasado? —le dijo—. Harge ha enviado un detective para que nos siguiera desde Chicago.

—¿Un detective? ¿Para qué?

—Puedes imaginártelo —dijo Carol casi en un susurro.

Therese se mordió la lengua. Sí, podía imaginárselo. Harge se había enterado de que viajaban juntas.

—¿Te lo ha dicho Abby?

—Abby lo ha descubierto. —A Carol se le deslizaron los dedos por el cigarrillo y la brasa le quemó. Cuando logró quitarse el cigarrillo de la boca, el labio le sangraba.

Therese miró a su alrededor. El lugar estaba vacío.

—¿Nos sigue? —preguntó—. ¿Está *con nosotras?*

—Ahora quizá esté en Salt Lake City. Buscándonos en todos los hoteles. Es un asunto muy sucio, querida. Lo siento, lo siento, lo siento. —Carol se echó atrás en su asiento, nerviosa—. Quizá sea mejor que te ponga en un tren y te mande a casa.

—De acuerdo. Si crees que es lo mejor...

—No quiero mezclarte en todo esto. Deja que me sigan hasta Alaska, si quieren. No sé hasta dónde llegarán. No creo que muy lejos.

Therese se sentó rígidamente en el borde de su silla.

—¿Y qué hace? ¿Toma notas sobre lo que hacemos?

El viejo volvía con los vasos de agua.

–Sí –asintió Carol–. Y luego está el truco del micrófono –dijo cuando el hombre se alejó–. No sé si habrán llegado a eso. No estoy segura de hasta dónde llegaría Harge. –Le temblaba la comisura de la boca. Bajó la vista hacia una mancha que había en el hule blanco–. Me pregunto si tuvieron tiempo de poner un micrófono en Chicago. Es el único sitio donde nos quedamos más de diez horas. Casi espero que lo hicieran. Es tan absurdo... ¿Te acuerdas de Chicago?

–Claro. –Intentó mantener un tono firme, pero era fingido, como fingir autocontrol cuando alguien que quieres está muerto ante tus ojos. Tendrían que separarse allí–. ¿Y en Waterloo? –dijo, y de pronto recordó al hombre del vestíbulo.

–Llegamos tarde. No hubiera sido fácil.

–Carol, yo vi a alguien... No estoy segura, pero creo que le vi dos veces.

–¿Dónde?

–La primera vez en el vestíbulo del hotel de Waterloo. Por la mañana. Luego creí ver al mismo hombre en aquel restaurante con chimenea.

Lo del restaurante con chimenea había sido la noche anterior.

Carol la hizo contárselo todo dos veces y describir al hombre con detalle. Era difícil de describir. Pero se devanó los sesos para recordar hasta el último detalle, incluso el color de los zapatos de aquel hombre. Era extraño y bastante terrible ahondar en algo que quizá fuera fruto de su imaginación y trasladarlo a una situación real. Sintió como si estuviera mintiéndole a Carol mientras veía cómo sus ojos se volvían más grandes e intensos.

–¿Qué piensas? –le preguntó Therese.

–¿Qué se puede pensar? Sólo podemos buscarlo por tercera vez.

Therese dirigió los ojos a su plato. Era imposible comer.

–Es por Rindy, ¿verdad?

–Sí. –Dejó el tenedor sin tomar siquiera el primer bocado y

cogió un cigarrillo–. Harge la quiere sólo para él. Quizá piensa que con esto podrá conseguirlo.

–¿Sólo porque estamos viajando juntas?

–Sí.

–Yo tendría que dejarte.

–Hijo de puta –dijo Carol con calma, mirando a un rincón de la habitación.

Therese esperó. ¿Pero qué se podía esperar?

–Puedo coger un autobús en alguna parte y luego coger un tren.

–¿Quieres irte? –le preguntó Carol.

–Desde luego que no. Pero pienso que es lo mejor.

–¿Tienes miedo?

–¿Miedo? No. –Sintió los ojos de Carol examinándola tan severamente como en Waterloo, cuando le dijo que la quería.

–Entonces, por qué demonios te vas a ir. Yo te quiero conmigo.

–¿De verdad?

–Sí. Cómete los huevos. Y no seas tonta. –Carol incluso sonrió un poco–. ¿Vamos a Reno como habíamos planeado?

–A cualquier sitio.

–Tomémoslo con calma.

Momentos después, cuando estaban en la carretera, Therese dijo:

–No estoy segura de que la segunda vez fuese el mismo hombre, ¿sabes?

–Yo creo que sí estás segura –dijo Carol. Luego, de pronto, en la larga y recta carretera, detuvo el coche. Se quedó callada un momento, mirando el asfalto. A continuación miró a Therese–. No puedo ir a Reno. Se me ha ocurrido algo gracioso. Conozco un sitio maravilloso justo al sur de Denver.

–¿Denver?

–Denver –dijo Carol con firmeza, e hizo que el coche diera un giro de ciento ochenta grados.

18

Por la mañana, se quedaron la una en brazos de la otra hasta mucho después de que el sol entrara en la habitación. El sol les enviaba sus rayos cálidos a través de la ventana del hotel, en la pequeña ciudad de cuyo nombre ni siquiera se habían enterado.

–Habrá nieve en Estes Park –le dijo Carol.

–¿Qué es Estes Park?

–Te gustará. No es como Yellowstone. Está abierto todo el año.

–Carol, no estás preocupada, ¿verdad?

Carol la atrajo hacia sí.

–¿Parezco preocupada?

Therese no estaba preocupada. El pánico del primer momento se había desvanecido. Estaba alerta, pero no como la tarde anterior, justo después de Salt Lake City. Carol quería tenerla consigo y, pasara lo que pase, se enfrentarían a ello sin huir. ¿Cómo era posible estar enamorada y tener miedo?, pensó Therese. Eran cosas contradictorias. ¿Cómo era posible tener miedo cuando las dos se hacían más fuertes juntas cada día? Y cada noche. Cada noche era distinta, y cada mañana. Juntas eran poseedoras de un milagro.

La carretera hacia Estes Park seguía una pendiente en descenso. Las capas de nieve se apilaban cada vez más altas a ambos lados, y luego las luces, ensartadas entre los abetos, empezaron a arquearse sobre la carretera. Era un pueblo de casas de troncos de madera oscura, tiendas y hoteles. Había música y la gente paseaba por la calle iluminada con las cabezas erguidas, como si estuvieran encantados.

—Sí que me gusta —dijo Therese.

—Eso no significa que tengas que abandonar la búsqueda de nuestro hombrecito.

Se llevaron el tocadiscos portátil a la habitación y pusieron algunos discos que habían comprado y otros viejos, de Nueva Jersey. Therese puso «Easy Living» un par de veces, y Carol se sentó al otro lado de la habitación, en el brazo de una butaca, con los brazos cruzados, contemplándola.

—Vaya malos ratos que te hago pasar, ¿verdad?

—Oh, Carol... —Therese intentó sonreír. Sólo era un acceso de humor de Carol, sólo duraba un momento, pero la hizo sentirse desvalida.

Carol miró por la ventana.

—¿Y por qué no nos fuimos primero a Europa? A Suiza. O por lo menos podríamos haber cogido un avión y haber desaparecido de aquí.

—Eso no me hubiera gustado. —Therese miró la camisa de ante que Carol le había comprado y que colgaba del respaldo de una silla. Carol le había mandado a Rindy una verde. Había comprado unos pendientes de plata, un par de libros y una botella de Triple Sec. Media hora antes habían paseado juntas y felices por las calles—. Es ese último whisky de centeno que te has tomado abajo —dijo—. El whisky te deprime.

—Sí.

—Es peor que el brandy.

—Voy a llevarte al sitio más bonito que conozco a este lado de Sun Valley —dijo.

—¿Qué pasa con Sun Valley? —Sabía que a Carol le gustaba esquiar.

—No es exactamente en Sun Valley —dijo Carol muy misteriosa—. Es un sitio que está cerca de Colorado Springs.

En Denver, Carol se detuvo y vendió su anillo de compromiso en una joyería. A Therese le inquietó un poco, pero Carol dijo que el anillo no significaba nada para ella y que de todas maneras odiaba los diamantes. Y era más rápido que telegrafiar a su banco para sacar dinero. Carol quería pararse en un hotel que estaba a unos kilómetros de Colorado Springs, donde ya había estado antes, pero cambió de opinión en cuanto llegaron allí. Dijo que parecía un lugar de temporada y al final fueron a un hotel que daba la espalda a la ciudad y estaba orientado a las montañas.

Su habitación tenía un gran espacio desde la puerta hasta los ventanales cuadrangulares que daban a un jardín, y más allá se divisaban las montañas rojiblancas. En el jardín había notas blancas, extrañas y pequeñas pirámides de piedra, un banco blanco o una silla. Pero el jardín parecía ridículo comparado con el magnífico paisaje que lo rodeaba, aquella lisa extensión que se erguía en forma de montañas sobre montañas, llenando el horizonte como medio mundo. La habitación tenía muebles de madera clara, de un tono parecido al del pelo de Carol, y había una estantería tan amplia como ella podía desear, con algunos libros buenos entre los malos. Therese sabía que mientras estuvieran allí no iba a leer nada. Había un cuadro de una mujer, con un gran sombrero negro y un pañuelo rojo, colgado sobre la librería, y en la pared situada junto a la puerta una piel marrón extendida, no una pieza entera de piel, sino un trozo cortado por alguien de una pieza de gamuza marrón. Encima había un candelabro de latón con una vela. Carol había alquilado también la habitación contigua, que tenía una puerta de acceso a la suya, aunque no pensaban usarla excepto para dejar las maletas. Pensaban quedarse una semana, o más tiempo si les gustaba.

El segundo día por la mañana Therese volvió de un recorrido de inspección por los alrededores del hotel y encontró a Carol inclinada sobre la mesita de noche. Carol la miró un momento, se dirigió al tocador y miró debajo, y luego miró el interior del armario empotrado que había tras el panel de la pared.

—Ya está —dijo—. Y ahora olvidémoslo.

Therese sabía lo que estaba buscando.

—No había pensado en eso —dijo—. Tenía la sensación de que habíamos conseguido perderle de vista.

—Pero probablemente hoy habrá llamado a Denver —dijo Carol con calma. Sonrió, pero torciendo un poco la boca—. Y probablemente se dejará caer por aquí.

Era verdad. También existía la remota posibilidad de que el detective las hubiera visto cuando volvían en coche a través de Salt Lake City y las hubiera seguido. Al no encontrarlas en Salt Lake City, podía preguntar en los hoteles. Ella sabía que ése era el motivo de que Carol hubiera dejado la dirección de Denver, porque no pensaban ir a Denver. Therese se hundió en el sillón y miró a Carol. Carol se tomó la molestia de buscar un micrófono pero su actitud era arrogante. Incluso había provocado el problema yendo allí. Y la explicación, la resolución de aquellos hechos contradictorios, no estaba sino en la propia Carol, que era un enigma, en sus lentos e inquietos pasos mientras andaba hacia la puerta y volvía, en la manera indiferente de erguir la cabeza, y en la nerviosa línea de sus cejas, que reflejaba irritación en un instante y serenidad al siguiente. Therese miró la gran habitación, el alto techo, la amplia y lisa cama cuadrangular, una habitación que, con todos sus detalles de modernidad, tenía un curioso aire anticuado y espacioso que ella asociaba al Oeste americano como las enormes sillas de montar que había visto abajo, en los establos. Una especie de nitidez. Pero Carol seguía buscando el micrófono. Therese la observó, retrocediendo hacia ella, todavía en pijama y batín. Tuvo el impulso de acercarse a Carol, cogerla en sus brazos y echarla en la cama, pero el hecho de no hacerlo la hizo ponerse tensa y alerta y luego la invadió una hilaridad contenida y temeraria al mismo tiempo.

Carol echó el humo hacia arriba.

–Me importa un rábano. Espero que lo descubran los periódicos y le pasen por las narices su propia basura. Espero que se gaste cincuenta mil dólares. ¿Quieres que esta tarde hagamos esa excursión que nos hará odiar la lengua inglesa? ¿Se lo has preguntado a la señora French?

Habían conocido a la señora French la noche anterior en el salón de juego del hotel. Ella no tenía coche y Carol le había preguntado si le gustaría dar una vuelta con ellas.

–Se lo he preguntado –dijo Therese–, y me ha dicho que estaría lista justo después de comer.

–Ponte la camisa de ante. –Carol le cogió la cara a Therese, le apretó las mejillas y la besó–. Póntela ahora.

Fue una excursión de seis o siete horas a la mina de oro de Cripple Creek, más allá del paso de Ute y bajo una montaña. La señora French fue con ellas sin parar de hablar en todo el rato. Era una mujer de unos setenta años, con un exagerado acento de Maryland y un audífono, dispuesta a salir del coche y a trepar donde fuese, aunque continuamente necesitaba ayuda. Therese sentía cierta ansiedad hacia ella, aunque le disgustaba incluso tocarla. Pensaba que si la señora French se caía, se rompería en mil pedazos. Carol y la señora French hablaban sobre el estado de Washington, que la señora French conocía bien, pues había vivido allí durante los últimos años con uno de sus hijos. Carol le hizo unas pocas preguntas y la señora French le contó los diez años que había pasado viajando hasta la muerte de su marido, y le habló de sus dos hijos, el que vivía en Washington y el que vivía en Hawái, que trabajaba para una compañía exportadora de piñas. Y era evidente que la señora French adoraba a Carol y que iban a ver mucho a la señora French. Eran casi las once cuando llegaron al hotel. Carol propuso a la señora French que cenara con ellas en el bar, pero la señora French dijo que estaba demasiado cansada para cenar otra cosa que no fueran sus copos de trigo y su leche caliente, que tomaría en su habitación.

—Me alegro —dijo Therese cuando se fue—. Prefería estar sola contigo.

—¿De verdad, señorita Belivet? ¿Qué quiere usted decir? —le preguntó Carol abriendo la puerta del bar—. Será mejor que se siente y me hable de ello.

Pero no estuvieron solas en el bar más de cinco minutos. Aparecieron dos hombres, uno llamado Dave y otro cuyo nombre Therese ignoraba o quiso ignorar, y les preguntaron si podían unirse a ellas. Eran los mismos que habían aparecido la noche anterior en el salón de juego y le habían propuesto a Carol jugar al *gin rummy*. La noche anterior, Carol les había dicho que no, pero ahora les dijo: «Desde luego, siéntense.» Carol y Dave iniciaron una conversación que parecía muy interesante, pero Therese estaba sentada de tal modo que apenas podía participar. Y el hombre que había junto a Therese quería hablar de otra cosa, de una excursión a caballo que acababa de hacer por Steamboat Springs. Después de cenar, Therese esperaba que Carol le hiciera una señal para irse, pero Carol seguía totalmente enfrascada en la conversación. Therese había leído sobre el placer que la gente experimenta ante el hecho de que alguien a quien quiere sea atractivo a los ojos de otra gente. Ella no lo sentía. Carol la miraba de vez en cuando y le hacía un guiño. Y Therese se quedó allí sentada una hora y media, intentando ser educada porque sabía que era lo que Carol quería.

La gente que se les unía en el bar y a veces en el comedor no solía aburrirla tanto como la señora French, que iba con ellas a cualquier parte y casi cada día en el coche. Sentía crecer en su interior un furioso y vergonzante resentimiento, porque alguien le impedía estar a solas con Carol.

—Querida, ¿has pensado alguna vez que un día tú también tendrás setenta y un años?

—No —dijo Therese.

Pero había otros días en los que se iban solas en coche hacia las montañas y se desviaban por cualquier carretera que encontrasen. Una vez llegaron a un pueblecito que les gustó y pasaron la noche allí, sin pijama ni cepillo de dientes, sin pasado ni futuro, y la noche se convirtió en otra de aquellas islas en medio del tiempo, suspendida en algún lugar del corazón de su memoria, absoluta e intacta. O quizá no era más que felicidad, pensó Therese, una felicidad completa que debía de ser bastante rara, tan rara que muy poca gente llegaba a conocerla. Pero si era sólo felicidad, entonces había traspasado los límites ordinarios y se había convertido en otra cosa, una especie de presión excesiva, de modo que el peso de una taza de café en la mano, la rapidez de un gato cruzando el jardín, el choque silencioso de dos nubes parecía casi más de lo que podía soportar. Y así como un mes atrás no había comprendido el fenómeno de su felicidad repentina, ahora no comprendía su estado, que parecía consecuencia de lo anterior. A menudo era más doloroso que agradable y por eso temía tener un único y grave defecto. A veces se asustaba como si estuviera andando con la espina dorsal rota. Si alguna vez sentía el impulso de decírselo a Carol, las palabras se disolvían antes de empezar, por miedo y por su desconfianza habitual hacia sus propias reacciones, la ansiedad de que éstas no fueran como las de los demás, y de que ni siquiera Carol pudiera comprenderlas.

Por las mañanas solían dar un paseo en coche hacia algún lugar de las montañas y aparcaban para poder subir andando algún montículo. Conducían sin rumbo por las carreteras zigzagueantes, que eran como rayas de tiza blanca conectando las montañas. Desde la distancia, se podían ver las nubes apoyándose en los picos y les parecía estar volando por el espacio, más cerca del cielo que de la tierra. El lugar favorito de Therese estaba en la carretera que iba por encima de Cripple Creek, donde el camino se acercaba súbitamente al borde de una gigantesca depresión. Centenares de metros más abajo yacía el desorden diminuto de la ciudad minera abandonada. Allí los ojos y el cerebro se tendían trampas mutuamente porque era imposible mantener un firme sentido de la proporción de lo que se veía abajo, imposible asociarlo a ninguna escala humana. Su propia mano suspendida frente a ella parecía liliputiense o increíblemente grande. Y la ciudad ocupaba sólo una fracción del gran hoyo de la tierra, como una sola experiencia, un solo acontecimiento trivial colocado en cierto territorio infinito de la mente. Los ojos, nadando en el espacio, volvían a posarse en aquel lugar, que parecía una caja de cerillas atropellada por un coche, la confusión artificial de la pequeña ciudad.

Therese siempre buscaba al hombre de las arrugas a los lados de la boca, pero Carol no. Carol ni siquiera había vuelto a mencionarlo desde el segundo día de llegar a Colorado Springs, y ya llevaban diez días. Como el restaurante del hotel era famoso, cada noche aparecía gente nueva en el gran comedor, y Therese siempre echaba un vistazo sin esperar verle realmente, sólo como una especie de precaución que se había convertido en hábito. Pero Carol sólo le prestaba atención a Walter, su camarero, que siempre se acercaba a preguntarles qué tipo de cóctel querrían tomar aquella noche. De todas maneras, mucha gente miraba a Carol, porque generalmente era la mujer más atractiva de la sala. Y Therese se sentía encantada de estar con ella, orgullosa de ella, sólo tenía ojos para ella. Mientras leía la carta, Carol le empujaba suavemente el pie por debajo de la mesa para hacerla sonreír.

–¿Qué te parecería ir a Islandia en verano? –le preguntaba Carol, porque, si cuando llegaban había silencio, solían ponerse a hablar de viajes.

–¿Por qué escoges sitios tan fríos? ¿Y cuándo trabajaré yo?

–No te desanimes. ¿Debería invitar a la señora French? ¿Crees que necesitará que le echemos una mano?

Una mañana llegaron tres cartas, de Rindy, de Abby y de Dannie. Era la segunda carta que Carol recibía de Abby, que hasta entonces no había dado más noticias, y Therese advirtió que Carol abría primero la carta de Rindy. Dannie le escribía que aún estaba esperando saber el resultado de dos entrevistas de trabajo. Le informaba de que Phil había dicho que en marzo Harkevy iba a hacer los decorados de una obra inglesa titulada *El corazón medroso*.

—Escucha esto —dijo Carol—. «¿Has visto algún armadillo en Colorado? Puedes mandarme uno porque el camaleón se me ha perdido. Papá y yo lo buscamos por toda la casa. Pero si me mandas el armadillo tiene que ser grande para que no se pierda.» Otro párrafo: «He sacado un nueve en lengua, pero sólo un siete en aritmética. Odio la aritmética. Odio al profesor. Bueno, tengo que acabar. Besos para ti y para Abby. Rindy.» «P. D.: Gracias por la camisa de ante. Papá me ha comprado una bicicleta de dos ruedas y tamaño normal porque en Navidad decía que yo era demasiado pequeña. Ya no soy demasiado pequeña. Es una bicicleta preciosa.» Punto. ¿Para qué esforzarme? Harge siempre podrá superarme. —Carol dejó la carta de Rindy y cogió la de Abby.

—¿Por qué dice Rindy «besos para ti y para Abby»? —preguntó Therese—. ¿Se cree que estás con Abby?

—No. —El abridor de cartas de madera de Carol se había parado a mitad del sobre de Abby—. Supongo que piensa que yo le escribiré a Abby —dijo, y acabó de rasgar el sobre.

—¿No le habrá dicho eso Harge?

—No, querida —dijo Carol, preocupada, leyendo la carta de Abby.

Therese se levantó, atravesó la habitación y se quedó junto a la ventana, mirando las montañas. Pensó que aquella tarde le escribiría a Harkevy y le preguntaría si había alguna posibilidad de que pudiera trabajar de ayudante en su equipo durante el mes de marzo. Empezó a redactar la carta mentalmente. Las montañas le devolvieron la mirada como majestuosos leones rojos, mirando altivamente. Oyó a Carol reírse dos veces, pero esta vez no le leyó nada en alta voz.

—¿No hay noticias? —le preguntó Therese cuando acabó.

—No.

Carol le enseñó a conducir en las carreteras que había al pie de las montañas, por donde apenas pasaban coches. Therese aprendía más deprisa de lo que nunca había aprendido nada, y después de un par de días Carol la dejó conducir por Colorado

Springs. En Denver se examinó y le dieron el permiso. Carol dijo que, si quería, podía conducir ella la mitad del camino de vuelta a Nueva York.

Una noche, a la hora de cenar, él estaba sentado solo a una mesa, a la izquierda de Carol y detrás de ella. Therese se atragantó y dejó caer el tenedor. El corazón le empezó a latir como un martillo que pugnara por salirse de su pecho. ¿Cómo había pasado media comida sin verle? Alzó los ojos hacia Carol y vio que la observaba, leyendo en ella con sus ojos grises, no tan serenos como un momento antes. Carol se había interrumpido en la mitad de algo que estaba diciendo.

—Toma un cigarrillo —dijo Carol ofreciéndoselo, y luego le dio fuego—. Él no se ha dado cuenta de que le reconoces, ¿verdad?

—No.

—Pues no dejes que lo descubra. —Carol le sonrió, encendió un cigarrillo y miró en la dirección opuesta a donde estaba el detective—. Tómatelo con calma —añadió en el mismo tono.

Era fácil decirlo, fácil pensar que podía mirarle como si nada, pero ¿de qué servía intentarlo si era como si una bala de cañón le diera en plena cara?

—¿No tienen tarta helada esta noche? —dijo Carol mirando la carta—. Eso me desconsuela. ¿Sabes lo que vamos a tomar? —Llamó al camarero—. ¡Walter!

Walter se acercó sonriendo, ardiendo en deseos de servirlas, como cada noche.

—Sí, madame.

—Dos Remy Martin, por favor, Walter —le dijo Carol.

La bebida ayudó muy poco. El detective no las miró ni una sola vez. Estaba leyendo un libro que había apoyado en el servilletero metálico, y de nuevo Therese sintió una duda tan fuerte como en la cafetería de las afueras de Salt Lake City, una incertidumbre que era casi más horrible que la absoluta certeza de que él era el detective.

–¿Tenemos que pasar a su lado, Carol? –preguntó Therese. Había una puerta a sus espaldas, que daba al bar.

–Sí. Saldremos por allí. –Carol enarcó las cejas con una sonrisa, exactamente igual que cualquier otra noche–. No puede hacernos nada. ¿Te crees que va a sacar una pistola?

Therese la siguió, pasó a unos treinta centímetros del hombre, que tenía la mirada clavada en su libro. Delante de ella vio la figura de Carol inclinándose graciosamente para saludar a la señora French, que estaba sentada sola a una mesa.

–¿Por qué no viene con nosotras? –dijo Carol, y Therese se acordó de que las dos mujeres con las que solía sentarse la señora French se habían ido aquel día.

Carol incluso se quedó unos instantes a hablar con la señora French, y Therese estaba admirada, pero ella no lo podía resistir, siguió su camino y esperó a Carol junto a los ascensores.

Arriba, Carol encontró el pequeño dispositivo en un rincón bajo la mesita de noche. Cogió las tijeras y con ambas manos cortó el cable que desaparecía bajo la alfombra.

–¿Crees que los del hotel le habrán dejado entrar aquí? –preguntó Therese horrorizada.

–Probablemente debe de tener una llave maestra. –Carol arrancó el objeto suelto de la mesilla y lo tiró a la alfombra. Era una cajita negra con un trozo de cable–. Míralo, como un ratón –dijo–. Un retrato de Harge. –De pronto se ruborizó.

–¿Hasta dónde va?

–Hasta alguna habitación donde se graba. Probablemente al otro lado del pasillo. ¡*Suerte* de estas moquetas!

Carol le dio una patada al micrófono, lanzándolo hacia el centro de la habitación.

Therese miró la cajita rectangular y la imaginó tragándose sus palabras de la noche pasada.

–Me pregunto cuánto tiempo lleva aquí.

–¿Cuánto tiempo crees que puede llevar él aquí sin que le hayamos visto?

–Como máximo desde ayer. –Pero mientras lo decía se dio

cuenta de que podía equivocarse. No podía controlar todas las caras que había en el hotel.

Y Carol sacudía la cabeza.

—¿Hubiera tardado dos semanas para seguirnos desde Salt Lake City? No, sólo que esta noche ha decidido cenar con nosotras. —Carol se volvió de la estantería con una copa de brandy en la mano. El rubor le había desaparecido del rostro. Ni siquiera sonrió a Therese—. Qué tipo tan chapucero, ¿verdad? —Se sentó en la cama, se puso una almohada detrás y se tumbó—. Bueno, ya hemos estado bastante tiempo aquí, ¿no crees?

—¿Cuándo quieres que nos vayamos?

—Quizá mañana. Haremos el equipaje por la mañana y saldremos después de comer. ¿Qué te parece?

Más tarde, bajaron a dar un paseo en coche en la oscuridad, hacia el oeste. «No iremos más hacia el oeste», pensó Therese. No podía borrar el pánico que danzaba en su corazón y que le pareció que provenía de algo que ya había pasado hacía mucho tiempo, no de entonces, no de aquello. Estaba incómoda, pero Carol no. Carol no fingía calma, de verdad no estaba asustada. Dijo que, después de todo, él no podía hacerles daño, pero que a ella no le gustaba que la espiaran.

—Otra cosa —dijo—. Intenta averiguar qué tipo de coche lleva.

Aquella noche, buscando en el mapa de carreteras la ruta que harían al día siguiente, hablando como si fueran una pareja de extrañas, Therese pensó que seguramente aquélla no sería la última noche. Pero en la cama, cuando se dieron un beso de buenas noches, Therese sintió la repentina liberación de las dos, aquella respuesta saltarina en cada una de ellas, como si sus cuerpos estuvieran hechos de una materia que iba unida al deseo.

19

Therese no pudo descubrir qué coche tenía el detective porque los coches estaban en garajes separados, y aunque desde el solárium veía los garajes, él no salió aquella mañana. Ni tampoco le vieron a la hora de comer.

Cuando se enteró de que se iban, la señora French insistió en que fuesen a su habitación a tomar un cordial.

—Tienen que tomarse la copa de la despedida —le dijo la señora French a Carol—. ¡Si ni siquiera tengo su dirección!

Therese recordó que las dos se habían prometido intercambiar bulbos de flores. Recordó que la larga conversación que habían tenido en el coche sobre los bulbos había cimentado su amistad. Carol mostraba una paciencia infinita hasta el final. Una nunca se hubiera imaginado, viendo a Carol sentada en el sofá de la señora French, con la copita que la señora French le rellenaba una y otra vez, que tenía prisa por marcharse. Cuando al fin se dijeron adiós, la señora French las besó en las mejillas.

Desde Denver, cogieron una autopista que iba por el norte hacia Wyoming. Se pararon a tomar café en el tipo de sitio que siempre preferían, un restaurante corriente con una barra y una máquina de discos. Pusieron monedas en la máquina, pero ya no era lo mismo. Therese sabía que ya no sería igual durante el resto del viaje, aunque Carol hablaba de ir a Washington incluso entonces, y quizá a Canadá. Pero Therese intuía que el objetivo de Carol era Nueva York.

Pasaron la noche en un camping montado de forma circular, como un campamento indio. Mientras se desnudaban, Carol miró al techo, donde la tienda acababa en pico, y dijo aburrida:

—Son problemas que sólo se buscan los imbéciles.

Y, por alguna razón, su comentario provocó en Therese una risa histérica. Se rió hasta que Carol se hartó y la amenazó con que si no se callaba, le haría beber de un trago un vaso entero de brandy. Therese seguía sonriendo de pie junto a la ventana con el brandy en la mano, esperando que Carol saliera de la ducha, cuando vio un coche que se acercaba a la amplia tienda de la oficina del camping y se paraba. Al cabo de un momento, el hombre que había entrado en la oficina salió y miró a su alrededor, al oscuro círculo rodeado de tiendas indias. Fue su andar acechante lo que le llamó la atención. Aunque no le veía la cara ni distinguía claramente su silueta, enseguida se convenció de que era el detective.

—¡Carol! —la llamó.

Carol apartó la cortina de la ducha y la miró, dejando de secarse.

—¿Es...?

—No estoy segura, pero creo que sí —dijo, y vio cómo el enfado invadía la cara de Carol endureciéndole los rasgos. El susto hizo que Therese recobrara la sobriedad de golpe, como si hubieran insultado a Carol o a ella.

—¡Mierda! —exclamó Carol, y tiró la toalla al suelo. Se puso la bata y se ató el cinturón—. ¿Pero qué está haciendo?

—Creo que se ha parado aquí. —Therese seguía junto a la ventana—. De todas maneras su coche sigue al lado de la oficina. Si apagamos la luz, veré mucho mejor.

—Oh, no —gruñó Carol—. No lo soporto. Me aburre —dijo en tono de hastío y disgusto.

Therese sonrió a medias y controló otro insano impulso de echarse a reír, porque Carol se hubiera puesto furiosa. Luego vio cómo el coche se dirigía a la tienda que servía de garaje y que estaba al otro lado del círculo.

—Sí, se queda. Es un sedán negro de dos puertas.

Carol se sentó en la cama con un suspiro y le dedicó a Therese una rápida sonrisa cansada y aburrida, con resignación, impotencia y rabia.

—Dúchate y vuelve a vestirte.

—Pero si no sé seguro si es él...

—Ésa es la putada, querida.

Therese se duchó y, una vez vestida, se tumbó junto a Carol. Carol había apagado la luz. Fumaba un cigarrillo tras otro en la oscuridad y no decía nada hasta que, al final, le tocó el brazo a Therese y le dijo:

—Vámonos.

Eran las tres y media de la madrugada cuando salieron del camping. Habían pagado por adelantado. No se veía ninguna luz y, a menos que el detective estuviera vigilándolas con la luz apagada, nadie las observaba.

—¿Qué quieres hacer? ¿Quieres que vayamos a dormir a otro sitio? —le preguntó Carol.

—No. ¿Y tú?

—No. A ver cuántos kilómetros podemos hacer. —Pisó el acelerador a fondo. La carretera era clara y recta, al menos hasta donde llegaban las luces.

Cuando empezaba a amanecer, un coche de la policía las detuvo por exceso de velocidad y Carol tuvo que pagar una multa de veintidós dólares en un pueblo llamado Central City, en Nebraska. Tuvieron que retroceder cincuenta kilómetros siguiendo al policía de tráfico hasta el pueblecito, pero Carol no dijo una sola palabra, a diferencia de lo que era habitual en ella, a diferencia de aquella vez en que se había justificado y había procurado halagar a un agente de tráfico de Nueva Jersey para que no la detuvieran por la misma infracción.

—Irritante —dijo al volver al coche, y eso fue lo único que dijo en varias horas.

Therese se ofreció a conducir, pero Carol le dijo que prefería seguir ella. La lisa pradera de Nebraska se extendía ante ellas, a trozos amarillenta por los rastrojos húmedos y otras veces marrón de la tierra y la piedra desnudas, con un aspecto engañosamente cálido bajo la blanca luz invernal. Como ahora iban un poco más despacio, Therese tuvo la aterradora sensación de que no avanzaban, como si fuese la tierra la que pasaba bajo ellas y ellas siguieran inmóviles. Miró carretera atrás, buscando otro coche de policía, el del detective o aquella cosa sin nombre y sin forma que ella sentía que les perseguía desde Colorado Springs. Contempló la tierra y el cielo, buscando los hechos sin significado que su mente pugnaba por desentrañar, el buitre que planeaba lentamente en el cielo, la dirección de una maraña de maleza que brincaba con el viento sobre los campos arados, y si salía o no humo de una chimenea. Hacia las ocho, un sueño irresistible hizo que le pesaran los párpados y se le ensombreciera la cabeza, por eso apenas le sorprendió ver detrás el coche que estaba buscando, un sedán oscuro de dos puertas.

–Hay un coche como el que buscamos detrás del nuestro –dijo–. Tiene matrícula amarilla.

Carol no dijo nada durante un instante, pero miró por el retrovisor y resopló.

–Lo dudo. Y si es él, es más profesional de lo que yo creía. –Carol iba disminuyendo la velocidad–. Si le dejo pasar, ¿crees que lo reconocerás?

–Sí –dijo Therese. ¿Podría reconocerle incluso vislumbrándolo borrosa y fugazmente?

Carol aminoró la velocidad hasta casi pararse, cogió el mapa de carreteras, lo colocó sobre el volante y se puso a mirarlo. El otro coche se acercó, aquel hombre iba dentro, y siguió adelante.

–Sí –dijo Therese. El hombre no la había mirado.

Carol apretó el acelerador.

–Estás segura, ¿verdad?

—Segurísima. —Therese miró el velocímetro, que subió y pasó de cien—. ¿Qué vas a hacer?

—Hablar con él.

Carol disminuyó la velocidad a medida que la distancia entre los dos coches se reducía. Puso el coche a la altura del coche del detective y él se volvió a mirarlas. La línea recta de su boca siguió impasible, los ojos como puntos grises, tan inexpresivos como la boca. Carol le hizo una seña bajando la mano. El coche del hombre redujo velocidad.

—Baja la ventanilla —le dijo Carol a Therese.

El coche del detective se dirigió al arcén arenoso de la carretera y se detuvo.

Carol detuvo su coche con las ruedas traseras en la autopista y habló por encima de Therese.

—¿Le gusta nuestra compañía, o qué?

El hombre salió del coche y cerró la puerta. Casi tres metros de tierra separaban ambos coches, recorrió la mitad del espacio y se paró. Sus ojillos mortecinos tenían un borde oscuro alrededor del iris grisáceo, como los ojos fijos e inanimados de una muñeca. No era joven. Parecía tener la cara curtida por los distintos climas que había atravesado, y la sombra de la barba había hecho más profundas las arrugas de las comisuras de la boca.

—Estoy haciendo mi trabajo, señora Aird —dijo.

—Ya se ve. Un trabajo asqueroso, ¿no?

El detective dio unos golpecitos a un cigarrillo sobre la uña de su pulgar y luego lo encendió bajo el tempestuoso viento, con una lentitud que sugería pose.

—Por lo menos, ya está a punto de terminar.

—¿Entonces por qué no nos deja en paz? —dijo Carol, con un tono tan tenso como el brazo que apoyaba en el volante.

—Porque tengo órdenes de seguirla durante este viaje. Pero si vuelve a Nueva York, ya no la seguiré. Le aconsejo que vuelva, señora Aird. ¿Piensa volver?

—No, no pienso.

—Tengo cierta información y yo diría que le interesa volver para arreglar unas cuantas cosas.

—Gracias —le dijo Carol cínicamente—. Le agradezco que me lo haya dicho, pero todavía no pensaba volver. Pero le puedo dar nuestro itinerario y así puede dejarnos solas y seguir durmiendo.

El detective le dedicó una falsa y vacua sonrisa. No era una sonrisa humana, sino la de una máquina a la que han dado cuerda.

—Creo que volverá usted a Nueva York. Le estoy dando un buen consejo. Es su hija lo que está en juego. Supongo que ya lo sabe, ¿verdad?

—¡Mi hija es mía!

Al hombre se le retorció una de las arrugas de la mejilla.

—Los seres humanos no somos propiedad de nadie, señora Aird.

—¿Va usted a seguirnos durante el resto del camino? —dijo Carol alzando la voz.

—¿Va usted a volver a Nueva York?

—No.

—Yo creo que sí volverá —dijo el detective, se dio la vuelta y se dirigió despacio a su coche.

Carol puso el coche en marcha. Buscó la mano de Therese y se la apretó un momento para darse confianza, y luego el coche salió disparado hacia adelante. Therese apoyó los codos en las rodillas y se apretó la frente con las manos, rindiéndose a un impacto y una vergüenza que nunca había sentido y que había tenido que disimular ante el detective.

—¡Carol!

Carol estaba llorando en silencio. Therese miró sus labios curvados hacia abajo. No eran los labios de Carol, parecía el puchero de una niña. Contempló incrédula la lágrima que rodaba por su mejilla.

—Dame un cigarrillo —dijo Carol.

Cuando Therese se lo pasó, encendido, ella ya se había secado la lágrima y el llanto había terminado. Condujo despacio durante un rato, mientras fumaba.

–Coge la pistola de la parte de atrás –dijo Carol.

Therese no se movió.

Carol la miró.

–¿Quieres hacer lo que te he dicho?

Therese se deslizó ágilmente con sus pantalones holgados en el asiento trasero, cogió la maleta azul marino y la puso sobre el asiento. Abrió las cerraduras y sacó el jersey que envolvía la pistola.

–Dámela –dijo Carol tranquilamente–. Quiero llevarla encima. –Alargó la mano por encima del hombro y Therese le dio la pistola por la culata blanca y luego volvió al asiento delantero.

El detective aún las seguía, iba un kilómetro detrás de ellas, detrás del camión de animales de granja que había entrado en la autopista por una sucia carretera lateral. Carol le tenía cogida la mano a Therese y conducía con la izquierda. Therese bajó los ojos hacia los levemente pecosos dedos que enterraban sus frías y fuertes yemas en la palma de su propia mano.

–Voy a volver a hablar con él –dijo Carol, levantando el pie del pedal–. Si no quieres estar delante, te dejo en la próxima gasolinera y luego vuelvo a recogerte.

–No quiero dejarte –dijo Therese. Carol iba a pedirle al detective las credenciales y Therese se imaginó a Carol herida, y al hombre sacando una pistola rápidamente y disparándole antes de que ella pudiera apretar el gatillo. Pero cosas así no pasaban, no pasarían, pensó Therese, y sintió escalofríos. Le acarició la mano a Carol.

–De acuerdo. No te preocupes. Sólo quiero hablar con él. –Se desvió súbitamente por una pequeña carretera que había a la izquierda de la autopista. La carretera atravesaba prados en pendiente y luego giraba y se adentraba en un bosque. Carol conducía deprisa, aunque la carretera era mala–. Viene, ¿no?

–Sí.

Había una granja en las ondulantes colinas, y luego sólo un

paisaje rocoso y cubierto de maleza, y la carretera que desaparecía por las curvas que había ante ellas. En un lugar donde la carretera se pegaba a la ladera de una colina, Carol giró en una curva y detuvo el coche descuidadamente en medio de la carretera.

Buscó en el bolsillo lateral y sacó la pistola. La abrió y Therese vio las balas dentro. Después, Carol miró por el cristal del parabrisas y dejó caer sus manos con la pistola en el regazo.

—Será mejor que no, será mejor que no —dijo rápidamente, y guardó otra vez la pistola en el bolsillo. Luego colocó el coche a un lado, junto a la ladera—. Quédate en el coche —le dijo a Therese, y salió.

Therese oyó el automóvil que se acercaba. Carol avanzó lentamente y después, a la vuelta de la curva, apareció el coche del detective. No iba muy deprisa, pero los frenos chirriaron, y Carol se echó a un lado de la carretera. Therese abrió la puerta ligeramente y se apoyó en la ventanilla.

El hombre salió del coche.

—¿Y ahora qué? —dijo alzando la voz en medio del viento.

—¿Y a usted qué le parece? —dijo Carol acercándose a él—. Quiero todo lo que tenga sobre mí. Cintas y todo.

El detective apenas enarcó las cejas sobre los desvaídos puntos de sus ojos. Se apoyó en el parachoques delantero, sonriendo presuntuosamente. Miró a Therese y luego a Carol.

—Ya lo he mandado todo. Sólo me quedan unas pocas notas, de horas y sitios.

—Muy bien. Me gustaría tenerlas.

—¿Quiere decir que le gustaría comprarlas?

—Yo no he dicho eso, he dicho que me gustaría tenerlas. ¿A usted le gustaría venderlas?

—No podrá sobornarme —dijo él.

—¿Por qué hace esto sino por dinero? —le preguntó Carol impaciente—. ¿Por qué no ganar un poco más? ¿Cuánto va a ganar por lo que ha conseguido?

Él se cruzó de brazos.

—Ya le he dicho que lo he mandado todo. Sería tirar su dinero.

—No creo que haya podido mandar las cintas de Colorado Springs —dijo Carol.

—¿No? —preguntó él sarcásticamente.

—No. Le daré por ellas lo que pida.

Él miró a Carol de arriba abajo, echó una ojeada a Therese, y su boca se hizo aún más grande.

—Démelas, las cintas, los discos o lo que sean —dijo Carol, y el hombre se movió.

Se acercó al coche, hacia el maletero. Therese oyó el tintineo de las llaves mientras se abría. Therese salió del coche, incapaz de seguir allí sentada por más tiempo. Avanzó unos pasos hacia Carol y luego se detuvo. El detective rebuscaba en una gran maleta. Cuando se enderezó, la tapa del maletero levantada le quitó el sombrero. Él dio un paso hacia el arcén para cogerlo y que no se lo llevase el viento. Tenía algo en la mano, demasiado pequeño como para que se distinguiera.

—Éstas son dos —dijo—. Supongo que valen quinientos. Valdrían más si no hubiera otras en Nueva York.

—Es usted un buen vendedor. No le creo —dijo Carol.

—¿Por qué? En Nueva York tenían prisa por conseguirlas. —Recogió su sombrero y cerró el maletero—. Pero ahora ya tienen suficiente. Ya le dije que sería mejor que volviera a Nueva York, señora Aird. —Apagó el cigarrillo en el polvo, pisándolo con el talón—. ¿Piensa volver ahora?

—No he cambiado de idea —dijo Carol.

—Yo no estoy del lado de nadie —dijo el detective, encogiéndose de hombros—. Cuanto antes vuelva usted a Nueva York, antes podré retirarme.

—Podemos hacer que se retire ahora mismo. En cuanto me dé eso, puede salir de aquí y seguir en la misma dirección.

El detective había extendido lentamente la mano con el

puño cerrado. Como en uno de esos juegos de azar, la mano podía estar vacía.

—¿Está usted segura de que quiere pagar quinientos dólares por éstas? —preguntó.

Carol miró la mano del hombre y luego abrió su bolso. Sacó la cartera y el talonario.

—Prefiero efectivo —dijo él.

—No tengo.

—De acuerdo. —Se encogió de hombros otra vez—. Aceptaré un cheque.

Carol lo rellenó apoyándose en el coche del hombre.

Mientras él se inclinaba a observar a Carol, Therese vio un pequeño objeto negro en su mano. Se acercó más. El hombre le estaba deletreando su apellido. Cuando Carol le dio el cheque, él le dio dos cajitas.

—¿Desde cuándo lleva usted grabándolas?

—Escúchelas y lo sabrá.

—¡Yo no he venido aquí a jugar! —dijo Carol, y su voz se quebró.

—No diga que no la he avisado —sonrió, doblando el cheque—. No le he dado todo. En Nueva York hay mucho más.

Carol cerró el bolso y se volvió hacia el coche sin mirar a Therese. Luego se detuvo y volvió a mirar al detective.

—Si usted ya ha hecho lo que le pedían, ya puede retirarse, ¿o no? ¿Tengo su palabra?

El hombre estaba junto al coche, con una mano en la puerta y mirándola.

—Todavía trabajo, señora Aird, sigo trabajando para mi oficina. A menos que usted coja un avión y vuelva a casa. O hacia algún otro sitio. Ahora deme esquinazo si quiere. Tendré que dar alguna explicación en mi oficina porque ya no tengo nada de los últimos días en Colorado Springs. Tendré que proporcionarles algo más emocionante que esto.

—¡Deje que ellos se inventen algo emocionante!

La sonrisa del detective puso sus dientes al descubierto.

Volvió al coche. Encendió el motor y sacó la cabeza por la ventanilla para mirar. Luego enderezó el coche con un giro rápido. Se dirigió hacia la autopista.

El ruido del motor se desvaneció enseguida. Carol se acercó lentamente hacia el coche, entró y se quedó mirando por el parabrisas hacia la polvareda que se levantaba unos metros delante. Estaba tan pálida como si se hubiera desmayado.

Therese se hallaba a su lado. Le rodeó los hombros con el brazo. Le apretó la hombrera del abrigo y se sintió tan inútil como si fuera una extraña.

—Supongo que casi todo es mentira —dijo Carol de repente.

Pero tenía la cara gris. Le habían robado toda la energía de su voz.

Abrió la mano y miró las cajitas redondas.

—Supongo que este sitio es tan bueno como cualquier otro. —Salió del coche y Therese la siguió. Carol abrió una de las cajitas y sacó un rollo de cinta que parecía celuloide—. Es pequeñita, ¿no? Supongo que arderá. Quemémosla.

Therese encendió una cerilla en el interior del coche. La cinta ardió rápidamente. Therese la echó al suelo y el viento apagó las llamas. Carol le dijo que no se molestara en volver a intentarlo, que luego podían tirarlas a un río. Estaba sentada en el coche fumando.

—¿Qué hora es? —preguntó.

—Las doce menos veinte. —Therese volvió a meterse en el coche y Carol lo puso en marcha inmediatamente. Volvieron hacia la autopista.

—Voy a Omaha a llamar a Abby y después a mi abogado.

Therese miró el mapa de carreteras. Omaha era la próxima gran ciudad si se desplazaban levemente hacia el sur. Carol parecía cansada. Therese sentía su ira aún sin apaciguar en el silencio que reinaba. El coche se sacudió al pasar por un surco y Therese oyó el golpe de la botella de cerveza que rodaba por algún sitio del coche. Era la cerveza que no había podido abrir el primer día. Tenía hambre, llevaba varias horas sintiendo un hambre atroz.

—¿Quieres que conduzca yo?

—Muy bien —dijo Carol cansada, relajándose como si se hubiera rendido. Paró el coche.

Therese se deslizó a su lado junto al volante.

—¿Y si parásemos a desayunar?

—No podría comer nada.

—¿Y beber?

—Pararemos en Omaha.

Therese aceleró hasta que el velocímetro pasó los ciento cinco y se quedó justo por debajo de ciento diez. Era la autopista número 30. Quedaban, pues, cuatrocientos cuarenta kilómetros hasta Omaha y la carretera no era de primera clase.

—Tú no te crees lo de que haya enviado cintas a Nueva York, ¿no?

—¡No me hables de eso! ¡No puedo más!

Therese apretó el volante y luego, deliberadamente, lo soltó. Sentía un tremendo pesar cerniéndose sobre ellas, ante ellas. Era un pesar que estaba empezando a revelar toda su magnitud, y se dirigían hacia él, inexorablemente. Recordó la cara del detective y la expresión apenas perceptible que ahora comprendía: era maldad. Maldad lo que había en su sonrisa, por mucho que él dijera que no estaba de ningún lado, y ella percibía en él un deseo personal de separarlas, porque él sabía que estaban juntas. Ahora acababa de ver lo que antes sólo intuía, que el mundo entero estaba dispuesto a convertirse en su enemigo, y de pronto lo que Carol y ella habían encontrado juntas ya no parecía amor ni una cosa feliz, sino un monstruo que se situaba entre las dos y las encerraba en un puño.

—Estaba pensando en aquel cheque —dijo Carol.

Lo sintió como otra piedra que cayera en su interior.

—¿Crees que irán a la casa? —preguntó Therese.

—Es posible. Simplemente es posible.

—No creo que lo encuentren. Está muy metido debajo del tapete —dijo Therese. Pero también estaba la carta dentro del libro. Un extraño orgullo le encendió el ánimo por un momento y luego se desvaneció. Era una carta hermosa y ella casi prefería que la encontraran en vez del cheque, aunque sería tan incriminatoria como el cheque y probablemente la convertiría en algo igualmente sucio. La carta que nunca le había dado y el cheque que ella nunca cobró. Ciertamente, era mucho más probable que encontrasen la carta que el cheque. Therese no se sentía con fuerzas para contarle a Carol lo de la carta, aunque no sabía si era mera cobardía o un deseo de evitarle más sufrimientos. Vio un puente ante ellas–. Ahí hay un río –dijo–. ¿Qué te parece si tiramos las cintas?

–Muy bien –dijo Carol, y le pasó las dos cajitas. Había vuelto a meter la cinta medio quemada en su caja.

Therese las cogió y las tiró por encima de la verja metálica, pero no miró dónde caían. Miró al joven vestido con un mono de trabajo que se acercaba andando al otro lado del puente, odiándose a sí misma por el absurdo rencor que sintió contra él.

Carol llamó desde un hotel de Omaha. Abby no estaba en casa y Carol le dejó un mensaje diciendo que volvería a llamarla a las seis de aquella tarde, que era cuando la esperaban. Dijo que era inútil llamar ahora a su abogado porque habría salido a comer y no volvería hasta después de las dos. Carol quería lavarse y luego ir a beber algo.

Tomaron un Old Fashioned en el bar del hotel, en completo silencio. Carol pidió otro y Therese la imitó, pero Carol le dijo que ella debía comer algo. El camarero le dijo a Therese que no servían comida en el bar.

–Ella quiere comer algo –dijo Carol con firmeza.

–El comedor está al final del vestíbulo, señora, y hay también cafetería...

–Carol, puedo esperar –dijo Therese.

–¿Puede traernos la carta? Ella prefiere comer aquí –dijo Carol mirando al camarero.

El camarero dudó y luego dijo:

–Sí, señora. –Y fue a buscar la carta.

Mientras Therese comía huevos revueltos con salchichas, Carol se tomó su tercera copa. Al final, Carol le dijo en un tono de desesperanza:

–Querida, ¿puedo pedirte que me perdones?

El tono hirió a Therese más aún que la pregunta.

–Te quiero, Carol.

–¿Pero te das cuenta de lo que significa?

–Sí –contestó. Y pensó en aquel momento de derrota en el coche, que había sido sólo un momento, como ahora era sólo una situación pasajera–. No veo por qué siempre tendría que significar esto. No veo que esto pueda destruir nada –dijo con sinceridad.

Carol se apartó la mano de la cara y se recostó en su asiento. A pesar del cansancio, era como siempre la había visto Therese: los ojos que al analizarla podían ser tiernos y duros al mismo tiempo, los rojos labios, fuertes y suaves, aunque su labio superior temblaba casi imperceptiblemente.

–¿Y tú? –le preguntó Therese, y de pronto se dio cuenta de que era una pregunta tan importante como la que Carol le había planteado sin palabras en la habitación del hotel de Waterloo. De hecho, era la misma pregunta.

–No. Creo que tienes razón –dijo Carol–. Tú haces que me dé cuenta.

Carol fue hacia el teléfono. Eran las tres. Therese pagó la cuenta y luego se quedó sentada, esperando, preguntándose cuándo se acabaría y si la palabra tranquilizadora llegaría del abogado de Carol o de Abby, o si volvería a empeorar después de mejorar. Carol llevaba media hora fuera.

–Mi abogado no sabe nada –dijo–. Y yo tampoco le he dicho nada. No puedo. Tendré que escribirle.

–Eso pensaba yo.

–¿Ah, sí? –dijo Carol con su primera sonrisa del día–. ¿Qué te parece si cogemos una habitación aquí? No me siento con fuerzas para seguir viajando.

Carol hizo que le subieran su almuerzo a la habitación. Las

dos se echaron a dormir la siesta, pero a las cinco menos cuarto, cuando Therese se despertó, Carol se había ido. Miró por la habitación y vio los guantes negros de Carol sobre el tocador y sus mocasines uno junto al otro al lado del sillón. Therese suspiró, temblorosa. El sueño no la había descansado. Abrió la ventana y miró abajo. Estaban en la séptima u octava planta, no se acordaba. Un tranvía pasó frente al hotel y, desde la acera, la gente avanzó en ambas direcciones. Por su cabeza cruzó la idea de saltar. Miró el parduzco horizonte de edificios grises y cerró los ojos. Luego dio la vuelta y Carol estaba en la habitación de pie junto a la puerta, observándola.

—¿Dónde estabas? —le preguntó Therese.

—Escribiendo esa mierda de carta.

Carol cruzó la habitación y aprisionó a Therese entre sus brazos. Therese sintió las uñas de Carol a través de su chaqueta.

Cuando Carol se fue a llamar, Therese dejó la habitación y vagó por el pasillo hacia los ascensores. Bajó al vestíbulo y se sentó a leer un artículo sobre los gorgojos en *La Gaceta del Horticultor*, y se preguntó si Abby sabría todo aquello de los gusanos del trigo. Miró el reloj y al cabo de veinticinco minutos volvió a subir.

Carol estaba echada en la cama fumando. Therese esperó a que le hablase ella.

—Querida, tengo que ir a Nueva York —dijo Carol.

Therese ya lo sabía. Se acercó al pie de la cama.

—¿Qué más sabía Abby?

—Me ha dicho que ha vuelto a ver al tal Bob Haversham. —Carol se incorporó sobre un codo—. Pero él tampoco sabe nada de este tema. Nadie parece saber nada, excepto que se está tramando algo malo. No puede pasar mucho más hasta que yo llegue. Pero tengo que estar allí.

—Desde luego.

Bob Haversham era el amigo de Abby que trabajaba en la empresa de Harge en Newark, no era íntimo amigo de Abby ni de Harge, sino sólo un enlace, un leve enlace entre los dos, la única persona que podía saber algo de lo que estuviera haciendo Harge, siempre que pudiera reconocer a un detective o escuchar parte de una conversación telefónica en la oficina de Harge. Casi no servía de nada, pensó Therese.

—Abby va a ir a buscar el cheque —dijo Carol, sentada en la cama y buscando sus mocasines.

—¿Tiene llave?

—Ojalá la tuviera. No. Tendrá que conseguir la de Florence. Pero todo saldrá bien. Le he dicho que le dijese a Florence que yo quería que me enviase un par de cosas.

—¿Podrías decirle que cogiera también una carta? Me dejé una carta dentro de un libro, en mi habitación. Siento no habértelo dicho antes. No sabía que fueras a enviar a Abby allí.

—¿Algo más? —dijo Carol, con el ceño fruncido.

—No. Siento no habértelo dicho antes.

—Bueno, no te preocupes más —dijo Carol. Suspiró y se levantó—. Dudo mucho que se molesten en ir a la casa, pero de todas maneras le diré a Abby lo de la carta. ¿Dónde está?

—En el *Libro de versificación inglesa*. Creo que lo dejé sobre el escritorio —contestó. Y observó cómo Carol miraba por la habitación a todas partes salvo a ella.

—Prefiero que no nos quedemos aquí esta noche —dijo Carol.

Media hora más tarde estaban en el coche y se dirigían hacia el este. Carol quería llegar aquella noche a Des Moines. Tras un silencio de más de una hora, Carol se detuvo súbitamente al borde de la carretera, inclinó la cabeza y exclamó:

—¡Mierda!

A la luz de los coches que pasaban, Therese vio las ojeras oscuras bajo los ojos de Carol. La noche anterior apenas había dormido.

—Volvamos al pueblo más cercano —dijo Therese—. Estamos todavía a ciento veinte kilómetros de Des Moines.

—¿Quieres ir a Arizona? —le preguntó Carol, como si sólo tuvieran que dar la vuelta.

—Ah, Carol, ¿para qué hablar de eso? —preguntó. De pronto la invadió un sentimiento de desesperación. Las manos le temblaban mientras encendía un cigarrillo. Le pasó el cigarrillo a Carol.

—Porque quiero hablar de eso. ¿Podrías estar fuera otras tres semanas?

—Claro —dijo. Claro, claro que podía. Lo único que quería era estar con Carol, en cualquier parte, de cualquier manera. En marzo era la obra de Harkevy. Harkevy podía encargarle un trabajo en alguna otra parte, pero los trabajos eran inciertos y en cambio Carol no.

—No tengo por qué estar en Nueva York más de una semana como máximo, porque el divorcio está en trámite. Hoy me lo ha dicho Fred, mi abogado. ¿Por qué no pasamos unas semanas en Arizona? O en Nuevo México. No quiero quedarme en Nueva York durante el resto del invierno —dijo Carol. Conducía despacio. Tenía los ojos muy distintos, súbitamente vivos, como su voz.

—Claro que me gustaría. A cualquier parte.

—Muy bien. Sigamos. Vamos a Des Moines. ¿Y si conduces tú un rato?

Cambiaron de sitio. Faltaba poco para la medianoche cuando llegaron a Des Moines y encontraron habitación en un hotel.

—¿Por qué tienes que volver a Nueva York? —le preguntó Carol—. Podrías quedarte el coche y esperarme en algún sitio, en Tucson o Santa Fe, y yo podría coger el avión.

—¿Y dejarte? —Therese se volvió. Estaba frente al espejo peinándose.

—¿Qué quieres decir con «dejarme»? —preguntó Carol sonriendo.

La había cogido por sorpresa y en ese momento vio una expresión en el rostro de Carol que, pese a que Carol la miraba resueltamente, le cortó el flujo de sus sentimientos. Era como si Carol la hubiera empujado a un rincón de la mente para hacer frente a algo más importante.

–Pues dejarte ahora –dijo Therese, volviéndose rápidamente hacia el espejo–. Bueno, quizá sea buena idea. Será más rápido para ti.

–Pensaba que tal vez preferirías quedarte en algún sitio del Oeste. A menos que quieras hacer algo en Nueva York en esos días –dijo Carol en tono indiferente.

–No –contestó. Temía aquellos helados días de Manhattan en que Carol estaría tan ocupada que apenas podría verla. Y también pensó en el detective. Si Carol cogía un avión, no la perseguiría ni acosaría. Intentó imaginarse a Carol llegando sola al Este, a enfrentarse con algo que aún no conocía, algo para lo que le era imposible prepararse. Se imaginó a sí misma en Santa Fe, esperando una llamada telefónica o una carta de Carol. Pero no le era fácil imaginarse a más de tres mil kilómetros de Carol–. ¿Sólo una semana, Carol? –le preguntó, peinándose otra vez su bonito pelo largo hacia un lado. Había engordado, pero tenía la cara más delgada, se dio cuenta de pronto y le gustó. Parecía mayor.

En el espejo vio a Carol acercarse por detrás. La respuesta fue el placer de sentir los brazos de Carol deslizándose en torno a ella, impidiéndole pensar. Y Therese se volvió antes de lo que pensaba y se quedó de pie junto a la esquina del tocador mirando a Carol, momentáneamente confundida por la ambigüedad de lo que estaban hablando, el espacio y el tiempo, el metro que ahora las separaba y los tres mil doscientos kilómetros que las separarían luego. Se peinó otra vez–. ¿Sólo una semana?

–Eso es lo que he dicho –replicó Carol con ojos risueños, pero Therese advirtió en su tono la misma dureza que en su propia pregunta, como si se estuvieran desafiando mutuamente–. Si no quieres quedarte con el coche, puedo llevármelo al Este.

–No me importa quedármelo.

—Y no te preocupes por el detective. Le pondré un telegrama a Harge diciéndole que voy para allá.

—No me preocupa eso —dijo. ¿Cómo podía Carol ser tan fría, se preguntó Therese, pensando en todo lo demás excepto en que iban a separarse? Dejó el cepillo del pelo sobre la mesa.

—Therese, ¿crees que lo voy a pasar bien con todo esto?

Y Therese pensó en los detectives, el divorcio, las hostilidades, todas las cosas a las que Carol tendría que enfrentarse. Carol le tocó las mejillas, le apretó las palmas contra ellas de manera que su boca se abrió como la de un pez y Therese tuvo que sonreír. Se quedó de pie junto al tocador, observándola, observando cada movimiento de sus manos y de sus pies, mientras Carol se quitaba los calcetines y volvía a ponerse los mocasines. No había nada que añadir a aquello. ¿Qué podían tener que explicarse, preguntarse o prometerse con palabras? Ni siquiera necesitaban ver los ojos de la otra. Therese la vio coger el teléfono y luego se echó en la cama boca abajo mientras Carol reservaba su billete de avión para el día siguiente. Un billete de ida para las once de la mañana siguiente.

—¿Adónde crees que irás? —le preguntó Carol.

—No lo sé. Podría volver a Sioux Falls.

—¿Al sur de Dakota? —Carol le sonrió—. ¿No prefieres Santa Fe? Es más cálido.

—Esperaré a verlo contigo.

—¿Y Colorado Springs?

—¡No! —Therese se rió y se levantó. Cogió su cepillo de dientes y entró en el cuarto de baño—. Quizá pueda coger algún trabajo de una semana.

—¿Qué tipo de trabajo?

—Cualquiera. Sólo para no pensar tanto en ti, ¿sabes?

—Yo quiero que pienses en mí. No cojas un trabajo de dependienta de una tienda.

—No —dijo. Se quedó junto a la puerta del cuarto de baño, mirando cómo Carol se quitaba la combinación y se ponía el batín.

–¿Te preocupa el dinero?

Therese deslizó las manos en los bolsillos del batín y cruzó los pies.

–No me preocupa arruinarme. Me preocuparé cuando se me acabe el dinero del todo.

–Mañana te daré doscientos dólares para el coche –dijo Carol, y le tocó la nariz al pasar–. Y no uses el coche para recoger a desconocidos –añadió. Entró en el cuarto de baño y abrió el grifo de la ducha.

Therese entró tras ella.

–Creía que era yo la que iba a entrar en el baño.

–Voy a entrar yo, pero puedes pasar si quieres.

–Ah, gracias –dijo Therese, y se quitó la bata a la vez que Carol.

–¿Y bien? –dijo Carol.

–¿Y bien? –Therese se metió en la ducha.

–Estoy preparada –dijo Carol, se metió dentro también y le retorció el brazo a Therese por detrás, y Therese se echó a reír.

Therese quería abrazarla, besarla, pero manoteó con su brazo libre y arrastró la cabeza de Carol contra ella, bajo el chorro de agua, de modo que Carol resbaló.

–¡Para! ¡Nos vamos a caer! –exclamó Carol–. ¡Por Dios! ¿Es que dos personas no se pueden duchar tranquilamente?

20

En Sioux Falls Therese detuvo el coche frente al hotel donde habían estado antes, el Hotel Warrior. Eran las nueve y media de la noche. Carol debía de haber llegado a su casa hacía una hora, pensó Therese. Pensaba llamarla a medianoche.

Cogió una habitación, hizo que le subieran su equipaje y luego salió a dar un paseo por la calle principal. Había un cine y se le ocurrió que nunca había ido al cine con Carol. Entró. Pero no estaba con ánimo para concentrarse en la película, aunque salía una mujer con una voz que le recordaba un poco la de Carol, que no era como las demás voces nasales y monocordes que oía a su alrededor. Pensó en Carol, que en ese momento estaría a miles de kilómetros de allí, pensó en que aquella noche dormiría sola, salió del cine y volvió a vagar por la calle. Había un drugstore donde una mañana Carol y ella habían comprado toallitas de papel y pasta de dientes. Y la esquina donde Carol se había parado a leer los nombres de las calles: Quinta y Nebraska. Se compró un paquete de tabaco en el mismo drugstore, volvió andando al hotel y se sentó en el vestíbulo, fumando, saboreando la olvidada sensación de estar sola. Era sólo un estado físico. En realidad, no se sentía sola. Leyó unos periódicos durante un rato, luego cogió las cartas de Dannie y Phil que habían llegado en los últimos días de Colorado Springs, las sacó del bolso y les echó un vistazo.

... Vi a Richard hace dos noches solo en el Palermo [decía la carta de Phil]. Le pregunté por ti y me dijo que ya no te escribía. Me imagino que ha habido una pequeña ruptura, pero tampoco le presioné para que me diera más información. No estaba de humor para hablar. Y últimamente tampoco somos tan amigos, ya sabes... Le estuve hablando de ti a un mecenas teatral llamado Francis Puckett, que va a poner cincuenta mil dólares en cierta obra francesa que se estrena en abril. Te mantendré al corriente porque todavía no tienen director de escena... Dannie te manda saludos cariñosos. Dentro de poco se irá a alguna parte, tiene todo el aspecto, y yo tendré que buscar nuevos cuarteles de invierno o encontrar un compañero de habitación... ¿Te llegaron los recortes de prensa que te mandé sobre *Llovizna?*

Con los mejores deseos, Phil

La breve carta de Dannie decía así:

Querida Therese:

Existe la posibilidad de que vaya a la Costa a final de este mes para coger un trabajo en California. Tengo que decidirme entre eso [un trabajo de laboratorio] y una oferta de una empresa química en Maryland. Pero si puedo verte un día en Colorado o donde sea, adelantaré el viaje. Probablemente cogeré el trabajo de California porque creo que ofrece mejores perspectivas. ¿Me avisarás dónde vas a estar? No importa mucho dónde sea; hay muchas maneras de llegar a California. Si a tu amiga no le importa, estaría muy bien pasar unos días contigo donde fuese. De todas maneras, estaré en Nueva York hasta el 28 de febrero.

Besos, Dannie

Ella aún no le había contestado. Pensaba enviarle la dirección al día siguiente, en cuanto encontrase una habitación en la ciudad. Pero, respecto al próximo destino, tendría que hablar con Carol. ¿Y cuándo podría decírselo Carol? Se preguntó con qué se habría encontrado Carol aquella noche en Nueva Jersey, y su valor se desvaneció en la melancolía. Cogió un periódico y miró la fecha. 15 de febrero. Veintinueve días desde que había salido de Nueva York con Carol. ¿Podía ser que hubieran pasado tan pocos días?

Arriba, en su habitación, pidió la conferencia con Carol, se bañó y se puso el pijama. Entonces sonó el teléfono.

—Hoolaa —dijo Carol, como si hubiera esperado mucho tiempo—. ¿Cómo se llama ese hotel?

—Es el Warrior. Pero no me voy a quedar aquí.

—No habrás recogido a desconocidos por la carretera, ¿verdad?

Therese se rió. La voz lenta de Carol le llegaba tan cerca como si pudiera tocarla.

—¿Qué noticias tienes? —le preguntó.

—¿Esta noche? Nada. La casa está helada y Florence no se puede quedar hasta mañana. Está Abby. ¿Quieres saludarla?

—¿No estará ahí a tu lado?

—Nooo. Arriba, en la habitación verde y con la puerta cerrada.

—La verdad es que ahora *no* me apetece hablar con ella.

Carol quería saber todo lo que había hecho, cómo eran las carreteras y si llevaba el pijama amarillo o el azul.

—Me va a costar mucho dormir esta noche sin ti.

—Sí —contestó Therese. Inmediatamente sintió las lágrimas pugnando por salir de sus ojos.

—¿Sólo «sí»?

—Te quiero.

Carol silbó. Luego, silencio.

—Abby había cogido el cheque, cariño, pero no la carta. No le ha llegado mi telegrama, pero no hay carta alguna por ninguna parte.

—¿Pero has encontrado el libro?

—Sí, hemos encontrado el libro, pero no hay nada dentro.

Therese dudó si se habría dejado la carta en su propio apartamento. Pero en su mente apareció muy clara la imagen del libro con la carta dentro.

—¿Crees que ha entrado alguien en la casa?

—No, y lo sé por varias razones. No te preocupes por eso, ¿eh?

Un momento después, Therese se deslizaba dentro de la cama y apagaba la luz. Carol le había pedido que la llamase otra vez la noche siguiente. Durante un rato, el sonido de la voz de Carol permaneció en sus oídos. Más tarde empezó a invadirla cierta melancolía. Se echó boca arriba, con los brazos rectos a los lados y una sensación de vacío en torno a ella, como si yaciera muerta, a punto de ser enterrada, y luego se quedó dormida.

A la mañana siguiente encontró una habitación a su gusto en una casa de una de las calles que subían hacia las colinas, una amplia habitación que daba a la fachada principal. La ventana era un mirador, estaba llena de plantas y tenía cortinas blancas. Había una cama con dosel y una alfombra ovalada clavada en el suelo. La mujer le dijo que eran siete dólares a la semana, pero Therese le dijo que no sabía si se quedaría una semana, así que mejor le pagaría día a día.

—Es lo mismo —dijo la mujer—. ¿De dónde es usted?

—De Nueva York.

—¿Viene a vivir aquí?

—No. Sólo espero a alguien que se reunirá conmigo.

—¿Hombre o mujer?

—Una mujer —sonrió—. ¿Tiene sitio en esos garajes de detrás? He venido en coche.

La mujer le dijo que había dos plazas libres y que ella no cobraba las plazas de garaje a la gente que vivía allí. No era vieja, pero iba un poco encorvada y tenía un cuerpo frágil. Se llamaba Elizabeth Cooper. Llevaba quince años alquilando habitaciones, dijo, y dos de los tres huéspedes con los que había empezado aún seguían allí.

El mismo día conoció a Dutch Huber y su mujer, que regentaban el restaurante que había cerca de la biblioteca pública. Él era un hombre flaco y cincuentón, con curiosos ojillos azules. Edna, su mujer, era gorda y se ocupaba de la cocina. Hablaba mucho menos que él. Dutch había trabajado en Nueva York hacía unos años. Le preguntó por algunos barrios de la ciudad que ella no conocía, y ella mencionó sitios de los que Dutch no había oído hablar o había olvidado y, de alguna manera, la lenta y prolongada conversación les hizo reír a ambos. Dutch le preguntó si le gustaría ir con su mujer y él a las carreras de motos que se celebraban el sábado a unos pocos kilómetros de la ciudad. Therese aceptó.

Compró cartulina y pegamento y se puso a trabajar en la primera maqueta que pensaba enseñarle a Harkevy cuando volviese a Nueva York. A las once y media, cuando salió a llamar a Carol desde el Warrior, casi la tenía acabada.

Carol no estaba y no contestó nadie. Therese siguió probando hasta la una, y luego volvió a casa de la señora Cooper.

La encontró a la mañana siguiente, hacia las diez y media. Carol le dijo que el día anterior se lo había contado todo a su abogado, pero ni su abogado ni ella podían hacer nada hasta averiguar los siguientes movimientos de Harge. Carol no se extendió mucho hablando con ella porque había quedado para tomar algo en Nueva York y antes tenía que escribir una carta. Por primera vez, parecía ansiosa por saber qué estaría haciendo Harge. Había intentado llamarle dos veces pero no había logrado comunicar con él. Pero lo que más afectó a Therese fue su brusquedad.

–No habrás cambiado de opinión respecto a nada, ¿no? –le preguntó Therese.

–Claro que no, querida. Mañana por la noche daré una fiesta. Te echaré de menos.

Therese atravesó el umbral del hotel, y sintió que la invadía la primera oleada sorda de soledad. ¿Qué haría la noche siguiente? ¿Leer en la biblioteca? Cerraban a las nueve. ¿Trabajar en otro decorado? Repasó los nombres de la gente que Carol le había dicho que iría a la fiesta: Max y Clara Tibett, la pareja que tenía un invernadero en la autopista, cerca de la casa de Carol, y a los que Therese ya había visto en una ocasión, Tessie, una amiga de Carol que no conocía, y Stanley McVeigh, el hombre con el que Carol había quedado la noche en que fueron a Chinatown. Carol no había mencionado a Abby.

Y tampoco le había dicho que la llamase al día siguiente.

Siguió andando y volvió a su mente el último momento en que había visto a Carol. Era como si la tuviera ante sus ojos. Carol saludando con la mano desde la puerta del avión en el aeropuerto de Des Moines, Carol ya pequeña y lejana, porque Therese había tenido que quedarse detrás de la verja metálica que rodeaba el campo. Habían quitado la rampa, pero Therese había pensado que aún quedaban unos segundos hasta que cerrara la puerta y luego Carol había vuelto a aparecer sólo un segundo en la puerta para verla otra vez y enviarle un beso con la mano. Pero había sido muy mala suerte que hubiera tenido que volver a Nueva York.

El sábado Therese fue en coche a las carreras de motos y llevó con ella a Dutch y Edna porque el coche de Carol era más grande que el de ellos. Después, ellos la invitaron a cenar a su casa, pero ella no aceptó. Aquel día no le había llegado carta de Carol y ella esperaba al menos una nota. El domingo se deprimió y ni siquiera el paseo que dio por la tarde en coche desde Big Sioux a Dell Rapids le sirvió para cambiar la atmósfera de su mente.

El lunes por la mañana se sentó en la biblioteca a leer teatro. Hacia las dos, cuando la aglomeración de mediodía disminuía en el restaurante de Dutch, ella entró a tomar un té, y habló con Dutch mientras ponía en la máquina de discos las canciones que Carol y ella solían poner. Le había dicho a Dutch que el coche era de la amiga a la que estaba esperando. Y, gradualmente, las preguntas intermitentes de Dutch la llevaron a decirle que Carol vivía en Nueva Jersey, que probablemente llegaría en avión y que quería ir a Nuevo México.

—¿Carol quiere ir? —dijo Dutch, volviéndose hacia ella mientras secaba un vaso.

Therese sintió un extraño resentimiento porque él había pronunciado su nombre, y se propuso no hablar más de Carol a nadie de aquella ciudad.

El martes llegó carta de Carol. Era sólo una breve nota, pero decía que Fred estaba más optimista respecto a todo, y parecía que sólo tendría que preocuparse del divorcio y que probablemente podría marcharse hacia el 24 de febrero. Cuando lo leyó, Therese empezó a sonreír. Quería salir a celebrarlo con alguien, pero nada podía hacer salvo dar un paseo y tomarse una copa sola en el Warrior, pensando en la Carol de cinco días antes. No había nadie con quien le hubiera gustado estar, excepto quizá Dannie. O Stella Overton. Stella era alegre, y aunque no hubiera podido contarle nada de Carol —¿a quién hubiera podido contárselo?—, habría estado bien verla en aquel momento. Hacía días, había decidido escribirle a Stella, pero aún no lo había hecho.

Aquella noche, tarde, le escribió a Carol.

La noticia es maravillosa. La he celebrado con un solo daiquiri en el Warrior. No es que sea conservadora, ¿pero sabías que una sola copa produce el efecto de tres cuando estás sola...? Me gusta esta ciudad porque me recuerda a ti. Sé que a ti no te gusta más que otra ciudad cualquiera, pero no es eso. Quiero decir que tú estás aquí presente lo máximo que yo puedo resistir sin que estés realmente...

Carol escribió:

Nunca me había gustado Florence. Te digo esto como preámbulo. Parece que Florence encontró la nota que me escribiste y se la vendió a Harge. También es ella la responsable de que Harge sepa que las dos —o al menos yo— nos íbamos, ya no me queda la menor duda. No sé qué dejé por la casa o qué oyó, yo pensaba que había guardado silencio, pero si Harge se tomó la molestia de sobornarla —y estoy segura de que lo hizo—, no te quiero contar. De todas maneras, nos encontraron en Chicago. Querida, no tengo ni idea de hasta dónde ha llegado todo esto. Para que tengas una idea del ambiente, te diré que nadie me dice nada, que voy descubriendo las cosas de pronto. Si alguien está en posesión de los hechos, es Harge. He hablado con él por teléfono y se niega a decirme nada, lo cual forma parte de un plan suyo para aterrorizarme y para que ceda terreno antes de que empiece la batalla. No me conocen, ninguno de ellos me conoce si se creen que me voy a rendir. La lucha, por supuesto, es por Rindy, y sí, querida, me temo que la habrá y que no podré marcharme el 24. Esta mañana, por teléfono, Harge llegó a revelarme algo de eso cuando se jactó de tener la carta en su poder. Creo que la carta debe de ser su arma más fuerte (creo que el asunto del micrófono sólo funcionó en Colorado S.), por eso me lo ha dicho. Pero me imagino el tipo de carta que es, escrita antes de irnos, y Harge sólo podrá entenderla hasta cierto límite. Harge está simplemente amenazándome —con un peculiar estilo silencioso—, esperando que yo dé marcha atrás completamente en lo que a Rindy se refiere. No lo haré, así que habrá una especie de confrontación, y espero que no sea en un juzgado. De todos modos, Fred está preparado para lo que sea. Es maravilloso, la única persona que me habla directamente, pero, por desgracia, él es el que menos sabe.

Me preguntas si te echo de menos. Pienso en tu voz, en tus manos y en tus ojos cuando me miras de frente. Me acuerdo de tu valor, que nunca había sospechado, y eso me da valor a mí. ¿Me llamarás, cariño? No quiero llamarte yo si tu teléfono está en el pasillo. Llámame a cobro revertido, preferiblemente hacia las siete de la tarde, o sea las seis según tu hora.

Y Therese estaba a punto de llamarla aquel día cuando recibió un telegrama:

NO LLAMES DURANTE ALGÚN TIEMPO. TE EXPLICARÉ MÁS TARDE. QUERIDA. CON TODO MI AMOR, CAROL.

La señora Cooper la encontró en el pasillo.

—¿Es de su amiga? —le preguntó.

—Sí.

—Espero que no sean malas noticias. —La señora Cooper tenía la costumbre de observar a la gente, y Therese se esforzó por mantener la cabeza levantada.

—No, vendrá. Sólo que se ha retrasado.

21

Albert Kennedy, Bert para sus amigos, vivía en una habitación de detrás de la casa, y era uno de los más antiguos inquilinos de la señora Cooper. Tenía cuarenta y cinco años, era nativo de San Francisco y más neoyorquino que nadie que Therese hubiera conocido en la ciudad. Este hecho inclinó a Therese a evitarlo. A menudo le pedía a Therese que fuese al cine con él, pero ella sólo aceptó una vez. Estaba inquieta y prefería vagar sola, casi siempre mirando y pensando, porque los días eran demasiado fríos y ventosos para salir a dibujar fuera. Y los paisajes que le habían gustado al principio se habían desgastado demasiado de tanto mirarlos y esperar. Therese iba a la biblioteca casi todas las tardes, se sentaba a una de las largas mesas y miraba una media docena de libros, y luego volvía a casa haciendo un recorrido serpenteante.

Volvía a la casa, pero al cabo de un rato salía otra vez a la calle a vagar, tensándose contra el errático viento, o frecuentando calles que aún no conocía. En las ventanas iluminadas veía una chica sentada al piano, o un hombre riéndose, o una mujer cosiendo. Luego se acordaba de que aún no podía llamar a Carol, se confesaba a sí misma que ni siquiera sabía lo que estaba haciendo Carol en aquel momento, y se sentía más vacía que el mismo viento. Intuía que Carol no se lo contaba todo en las cartas, que no le contaba lo peor.

En la biblioteca, estuvo mirando unos libros de fotografías de Europa, con fuentes de mármol de Sicilia o ruinas griegas bajo la puesta de sol, y se preguntó si Carol y ella irían realmente allí alguna vez. Había tantas cosas que aún no habían hecho juntas... El primer viaje a través del Atlántico. O simplemente las mañanas en alguna parte, levantar la cabeza de la almohada y ver el rostro de Carol, saber que el día era suyo y que nada podría separarlas.

En el oscuro escaparate de una tienda de antigüedades de una calle en la que nunca había estado hasta entonces, encontró un objeto tan hermoso que traspasaba a un tiempo los ojos y el corazón. Therese lo contempló, sintiendo que mitigaba un anhelo olvidado y sin nombre. Casi toda su superficie de porcelana estaba pintada con pequeños rombos de esmalte de color brillante, azul cobalto, rojo intenso y verde, ribeteado de oro forjado que brillaba como encajes de seda incluso bajo la fina capa de polvo. En el borde había un anillo de oro que hacía las veces de asa. Era la base que sujetaba una palmatoria. ¿Quién lo habría hecho?, se preguntó, ¿y para quién?

A la mañana siguiente volvió y lo compró para regalárselo a Carol.

Aquella mañana había llegado una carta de Richard devuelta desde Colorado Springs. Therese se sentó en uno de los bancos de piedra que había en la calle de la biblioteca y la abrió. Tenía el membrete de una empresa: Compañía Envasadora de Gas Semco. Cocinas, Calefacción, Neveras... El nombre de Richard estaba inscrito arriba como director general de la sucursal de Port Jefferson.

Querida Therese:

Tengo que agradecerle a Dannie que me dijera dónde estabas. Quizá te parezca que esta carta es innecesaria, y quizá lo sea para ti. Quizá aún estés sumida en aquella neblina, como aquella tarde cuando hablamos en la cafetería. Pero para mí es necesario aclarar una cosa y es que ya no siento lo que sentía

277

hace dos semanas, y la última carta que te escribí no era más que una reacción compulsiva. Cuando la escribí ya sabía que era sin esperanza y también sabía que tú no ibas a contestar, ni tampoco lo deseaba realmente. Sé que dejé de quererte entonces, y ahora la máxima emoción que siento por ti es algo que estaba presente desde el principio: asco. El que te hayas atado a esa mujer excluyendo a todo el mundo, en esa relación que ahora se habrá vuelto sórdida y patológica —estoy seguro—, es lo que me asquea. Sé que no durará y lo dije desde el principio. Lo lamentable es que más adelante tú misma lo lamentarás, y tu asco estará en proporción a la cantidad de tiempo de tu vida que malgastes con ello. Es algo desarraigado e infantil, como alimentarse de flores de loto o de cualquier dulce enfermizo en vez de con el pan y la carne de la vida. Muchas veces he pensado en aquellas preguntas que me hiciste el día en que hacíamos volar la cometa. Me hubiera gustado actuar entonces, antes de que fuera demasiado tarde, porque entonces te quería lo suficiente para intentar rescatarte. Ahora ya no.

La gente aún me pregunta por ti. ¿Qué esperas que les conteste? Pienso decirles la verdad. Sólo así puedo librarme de todo esto, y ya no puedo soportar llevarlo conmigo por más tiempo. Te he enviado a tu apartamento las pocas cosas que tenías en mi casa. El más leve recuerdo o contacto contigo me deprime y no quiero rozarte ni rozar nada tuyo o relacionado contigo. Pero estoy hablando con sentido común y probablemente tú no puedes entender una sola palabra. Excepto quizá una cosa: no quiero saber nada de ti.

Richard

Se imaginó los delgados y suaves labios de Richard en tensión, formando una línea recta mientras escribía la carta, una línea que no escondía la pequeña y tensa curva del labio superior. Por un momento vio su cara con claridad y luego se desvaneció con una leve sacudida que pareció tan apagada y remota como el propio clamor de la carta de Richard. Se levantó, volvió a guardar la carta en el sobre y siguió andando. Esperaba que Richard consiguiera librarse de su recuerdo. Pero sólo podía imaginárselo hablándole a otra gente de ella con esa actitud de apasionada participación que había visto en él antes de irse de Nueva York. Se imaginó a Richard una noche contándoselo a Phil, de pie en el bar Palermo, y se lo imaginó contándoselo a los Kelly. No le importaba en absoluto lo que él pudiera decir.

Se preguntó qué estaría haciendo Carol en aquel momento, a las diez, a las once de Nueva Jersey. ¿Escuchando las acusaciones de algún extraño? ¿Pensando en ella, o no tendría tiempo para eso?

Hacía un hermoso día, frío y casi sin viento, con un sol radiante. Podía coger el coche e ir alguna parte. Llevaba tres días sin usarlo. Pero se dio cuenta de que no le apetecía cogerlo. Ahora le parecía muy lejano el día en que había conducido a ciento cuarenta kilómetros por hora por la recta carretera que llevaba a Dell Rapids, exultante tras recibir una carta de Carol.

Cuando llegó a casa de la señora Cooper, el señor Bowen, otro de los inquilinos, se encontraba en el porche delantero. Estaba sentado al sol, con las piernas envueltas en una manta y la gorra sobre los ojos como si durmiera, pero le dijo:

—¡Hola! ¿Qué tal? ¿Cómo está mi chica?

Ella se detuvo y charló un rato con él, le preguntó por su artritis e intentó ser tan educada como Carol era siempre con la señora French. Se estuvieron riendo de algo y cuando llegó a su habitación aún sonreía. Luego, la visión de los geranios hizo desvanecer su sonrisa.

Regó los geranios y los puso al borde del alféizar, donde les diera el sol durante el máximo tiempo posible. Los bordes de las hojas más pequeñas estaban marrones. Carol los había comprado para Therese en Des Moines justo antes de coger el avión. La hiedra de la maceta había muerto ya. El hombre de la tienda le había advertido que era muy delicada, pero Carol se había empeñado en comprarla, y Therese dudaba de que los geranios sobrevivieran. En cambio, la colección de plantas multi-colores de la señora Cooper florecía en el mirador.

«Paseo y paseo por la ciudad», le escribió a Carol, «pero me gustaría andar en una dirección –hacia el este– y llegar finalmente junto a ti. ¿Cuándo podrás venir, Carol? ¿O tendré que ir yo? La verdad es que no puedo soportar estar lejos de ti tanto tiempo...»

A la mañana siguiente recibió la respuesta. En el suelo del vestíbulo de la casa de la señora Cooper había una carta de Carol con un cheque que aleteó al sacarlo. El cheque era de doscientos cincuenta dólares. La carta de Carol exhibía su larga y ondulada caligrafía más suelta y clara, y los palitos de las tes se alargaban durante toda la palabra. Decía que le era imposible ir antes de dos semanas como mínimo. El cheque era para que cogiera un avión a Nueva York y mandara el coche al Este.

«Me sentiría mejor si cogieras el avión. Ven ahora y no esperes más», decía el último párrafo.

Carol había escrito la carta a toda prisa, probablemente había tenido que robar tiempo y otras cosas para escribirla, pero había en ella una frialdad que chocó a Therese. Salió y anduvo confusamente hasta la esquina y echó al buzón la carta que había escrito la noche anterior, una larga carta con tres sellos de avión. Quizá viera a Carol al cabo de doce horas. Pero aquel pensamiento no la hizo sentirse más segura. ¿Debía salir aquella mañana? ¿Aquella tarde? ¿Qué le habían hecho a Carol? Se preguntó si Carol se enfadaría si la llamaba, si eso precipitaría alguna crisis que la llevara a una derrota total.

Estaba sentada ante una mesa en alguna parte, con un café y un zumo de naranja, antes de echar un vistazo a la otra carta que tenía en la mano. En la esquina superior izquierda apenas se podía descifrar aquella letra desordenada. Era de la señora R. Robichek.

Querida Therese:
Muchísimas gracias por el delicioso embutido que llegó el mes pasado. Eres una chica encantadora y me alegro de tener

la oportunidad de darte las gracias tantas veces. Fue muy amable por tu parte acordarte de mí durante un viaje tan largo. Me han encantado tus preciosas postales, sobre todo la grande de Sioux Falls. ¿Cómo es Dakota del Sur? ¿Hay montañas y vaqueros? Nunca he tenido la oportunidad de viajar, excepto a Pennsylvania. Eres una chica muy afortunada, joven, guapa y amable. Yo todavía sigo trabajando. Los almacenes son los mismos. Por favor, ven a verme cuando vuelvas. Te haré una cena muy buena y no será comida preparada. Gracias otra vez por el embutido. Me ha durado muchos días, ha sido realmente algo especial y fantástico. Con mis mejores recuerdos. Sinceramente tuya,

Ruby Robichek

Therese se bajó del taburete, dejó algo de dinero en el mostrador y salió corriendo. Fue todo el camino corriendo hasta el Hotel Warrior, llamó y esperó con el receptor apoyado en la oreja hasta que oyó sonar el teléfono en casa de Carol. Nadie contestó. Sonó veinte veces y no hubo respuesta. Pensó llamar al abogado de Carol, Fred Haymes. Pero decidió no hacerlo. Tampoco quería llamar a Abby.

Estuvo todo el día lloviendo. Therese se quedó echada en la cama de su habitación, mirando al techo, esperando que fueran las tres en punto para intentar llamar otra vez. A mediodía, la señora Cooper, pensando que se encontraba mal, le llevó una bandeja con comida. Pero Therese no pudo comer y no sabía qué hacer con ella.

A las cinco de la tarde seguía intentando localizar a Carol. Por fin, dejó de sonar la señal y hubo una confusión en la línea. Un par de telefonistas se preguntaron una a otra por la llamada y las primeras palabras que Therese oyó de Carol fueron: «¡Sí, joder!» Therese sonrió y dejó de sentir el dolor del brazo.

–¿Diga? –dijo Carol con brusquedad.

–¡Hola! –contestó. La comunicación era mala–. He recibido la carta, la del cheque. ¿Qué ha pasado, Carol...? ¿Qué...?

La voz de Carol sonó irritada, repitiendo insistentemente, en medio de las estridentes interferencias:

–*Creo que están grabando la llamada, Therese...* ¿Estás bien? ¿Vas a volver? Ahora no puedo hablar mucho.

Therese frunció el ceño, enmudecida.

–Sí, supongo que puedo salir hoy. –Y luego espetó–: ¿Qué pasa, Carol? ¡No puedo soportar esto sin saber nada!

–*¡Therese!* –Carol pronunció su nombre intentando tapar las palabras de Therese, como si las borrase–. Si vienes, podremos hablar.

A Therese le pareció oír a Carol suspirar con impaciencia.

–Pero tengo que saberlo ahora. ¿Podremos vernos cuando vuelva?

–Cuelga, Therese.

¿Era ésa la manera en que se hablaban? ¿Eran ésas las palabras que utilizaban?

–¿Pero podrás?

–No lo sé –dijo Carol.

Un escalofrío le subió por el brazo hasta los dedos que sostenían el teléfono. Sintió que Carol la odiaba. Porque había sido culpa suya, su estúpido error con la carta que había encontrado Florence. Había pasado algo y quizá Carol no podía ni quería volver a verla.

–¿Ha empezado ya el juicio?

–Ya se ha terminado. Ya te he escrito sobre eso. No puedo seguir hablando. Adiós, Therese. –Carol esperó su respuesta–. Tengo que colgar.

Therese colocó lentamente el receptor en su sitio.

Se quedó allí, en el vestíbulo del hotel, mirando las borrosas figuras que se alineaban junto al mostrador principal. Sacó del bolsillo la carta de Carol y volvió a leerla, pero la voz de Carol resonaba aún en sus oídos y le decía impaciente: «Si vienes, podremos hablar.» Sacó el cheque y volvió a examinarlo de arriba abajo. Lentamente, lo hizo pedazos y lo tiró a una escupidera de latón.

Pero las lágrimas no aparecieron hasta que volvió a la casa y se encontró de nuevo en su habitación, con aquella cama de matrimonio que se hundía en el medio y el montón de cartas de Carol en el escritorio. No podía quedarse otra noche en aquella casa.

Iría a pasar la noche a un hotel. Y si la carta que había mencionado Carol no estaba allí a la mañana siguiente, se iría de todos modos.

Therese arrastró su maleta desde el armario y la abrió sobre la cama. De uno de los bolsillos sobresalía la esquina doblada de un pañuelo blanco. Therese lo sacó y se lo acercó a la nariz, recordando la mañana en Des Moines, cuando Carol lo guardó después de rociarlo de perfume. Recordó el comentario burlón de Carol, que entonces la había hecho reír. Se quedó de pie, apoyando una mano en el respaldo de una silla y cerrando el puño de la otra, subiéndolo y bajándolo cansinamente. Sus sentimientos eran tan confusos como la visión del escritorio y las cartas. Tuvo que fruncir el ceño para ver con claridad. Luego vio la carta que había apoyada en los libros, al fondo del escritorio, y la cogió. No se había fijado en ella, aunque estaba a la vista. La abrió. Era la carta que había mencionado Carol. Era una carta larga y estaba escrita con tinta azul claro en unas páginas y tinta más oscura en otras. Algunas palabras estaban tachadas. Leyó la primera hoja y, al terminar, la releyó.

Querida:

Al final ni siquiera habrá juicio. Esta mañana me han informado en privado de las pruebas que Harge había acumulado en mi contra. Sí, tenían unas cuantas conversaciones grabadas, principalmente la de Waterloo, y sería inútil intentar enfrentarse a un tribunal con todo eso. Debería darme vergüenza —no por mí, sino por mi hija—, pero no me decido a decirte que no quiero que aparezcas. Esta mañana todo ha sido muy sencillo. Simplemente, me he rendido. Los abogados han dicho que lo más importante era lo que yo pretendiera hacer en el futuro. Y de eso depende el que yo pueda volver a ver a mi hija o no, porque Harge tiene ahora la custodia total. La pregunta era si dejaría de verte (¡y también a otras como tú, han dicho!), aunque no lo dijeron tan crudamente. Había una docena de caras que abrían la boca y hablaban como jueces en el día del Juicio Final. Recordándome mis deberes, mi posición y mi futuro (¿qué futuro me habrán preparado?, ¿seguirán controlándome dentro de seis meses?). Les he dicho que dejaría de verte. Me pregunto si podrás entenderlo, Therese, porque eres muy joven y porque nunca has tenido una madre que cuidara de ti desesperadamente. Por esa promesa, ellos me han ofrecido una maravillosa recompensa, el privilegio de ver a mi hija unas pocas semanas al año.

Horas más tarde...

Abby está aquí. Estamos hablando de ti. Te manda su cariño como yo te mando el mío. Abby me recuerda cosas que yo ya sé, que eres muy joven y que me adoras. Ella cree que no tendría que mandarte esto, y que sería mejor decírtelo cuando vengas. Hemos tenido una discusión por eso. Le digo que ella no te conoce a ti tan bien como yo, y creo que en ciertos aspectos tampoco me conoce tan bien como tú me conoces. Esos aspectos son las emociones. No soy muy feliz hoy, amor mío, y estoy bebiendo whisky, ya sé que tú dirás que eso me deprime, pero después de esas semanas contigo no estaba preparada para lo que ha pasado estos días. Fueron unas semanas muy felices, tú lo sabes mejor que yo. Y eso que sólo hemos conocido el principio. Lo que quiero decirte con esta carta es que tú no conoces el resto y que quizá nunca lo conozcas, y a lo mejor no estás destinada a conocerlo. Nunca nos hemos peleado, nunca hemos llegado a descubrir que no había nada más, ningún otro deseo ni en el cielo ni en el infierno que el de estar juntas. No sé si nunca te llegaré a importar tanto. Pero esto forma parte de lo nuestro y lo que hemos conocido es sólo el principio. Ha sido poco tiempo y por lo tanto no debe de haber arraigado profundamente en ti. Dices que me quieres como soy y que te gusta cuando digo palabrotas. Yo te digo que siempre te querré, que te quiero como eres y como serás. Iría a juicio si sirviese para algo con esa gente o si eso sirviera para cambiar las cosas, porque lo que allí se diga no me preocupa. Quiero decir, querida, que te enviaré esta carta y que supongo que entenderás por qué lo hago. Por qué les dije ayer a los abogados que no volvería a verte y por qué tuve que decírselo. Sería subestimarte pensar que tú no podrás entender esto y que hubieras preferido retrasar esta noticia.

Dejó de leer, se levantó y caminó lentamente hasta el escritorio. Sí, entendía por qué Carol le había mandado la carta. Porque quería más a su hija que a ella. Y por esa razón los abogados habían podido doblegarla y obligarla a hacer lo que ellos querían. Therese no podía imaginarse a Carol obligada a hacer algo. Y, sin embargo, allí estaba su carta. Era una rendición y Therese no podía creer que ella pudiera ser la meta por la que luchaba Carol. Por un instante tuvo la fantástica revelación de que Carol sólo le había entregado una pequeña fracción de sí misma y que, de pronto, el mundo entero del último mes, como una tremenda mentira, se hubiera agrietado y casi derrumbado. Pero al instante siguiente Therese ya no lo creía así. Aunque el hecho esencial permanecía: ella había elegido a la niña. Miró el sobre de Richard que había en la mesa y sintió las palabras que quería decirle, que nunca le había dicho, fluyendo en ella como un torrente. ¿Qué derecho tenía él a hablar de a quién amaba ella o dejaba de amar? ¿Qué sabía él de ella? ¿Qué había sabido nunca?

... exagerado y al mismo tiempo minimizado [leyó en otra página de la carta de Carol]. Pero entre el placer de un beso y lo que un hombre y una mujer hacen en la cama me parece que sólo hay un paso. Por ejemplo, un beso no debe minimizarse, ni una tercera persona debería juzgar su valor. Me pregunto si esos hombres miden su placer en función de que produzca hijos o no, y si lo consideran más intenso cuando es así. Después de todo, es una cuestión de placer, y qué sentido tendría discutir si da más placer un helado o un partido de fútbol, o un cuarteto de Beethoven contra la *Mona Lisa*. Dejo eso para los filósofos. Pero la actitud de ellos era que yo debía sufrir de una locura parcial o ceguera (en el fondo, tienen una especie de resentimiento por el hecho de que una mujer atractiva sea presumiblemente inaccesible para los hombres). Hubo alguien que aludió a la «estética» en su argumentación; quiero decir contra mí, naturalmente. Les pregunté si de verdad querían discutir eso, provoqué las únicas risas de todo el espectáculo. Pero el punto más importante no lo mencioné y ninguno de ellos lo pensó, y es que la relación entre dos hombres o dos mujeres puede ser absoluta y perfecta, como nunca podría serlo entre hombre y mujer, y quizá alguna gente quiere simplemente eso, como otros prefieren esa relación más cambiante e incierta que se produce entre hombres y mujeres. Ayer se dijo, o se dejó entender, que el camino que he escogido me llevaría a hundirme en las profundidades del vicio y la degeneración humanos. Sí, me he hundido bastante desde que me apartaron de ti. Es verdad, si tuviera que seguir así y me siguieran espiando, atacando, y nunca pudiera poseer a una persona el tiempo suficiente para llegar a conocerla, eso sí sería degeneración. O vivir contra mi propia naturaleza, eso es degeneración por definición.

Querida, te cuento todo esto [las líneas siguientes estaban tachadas]. Seguro que tú manejarás tu futuro mejor que yo. Deja que yo sea un mal ejemplo para ti. Si ahora estás más herida de lo que crees que puedes soportar –hoy o más adelante– y eso te hace odiarme, yo no lo sentiré, y eso es lo que le digo a Abby. Quizá yo haya sido la persona a la que tú estabas destinada a conocer, como tú dices, y la única, de manera que puedas enterrar todo esto tras de ti. Pero si no es así, respecto a todo este fracaso y esta tristeza de ahora, será verdad lo que dijiste aquella tarde: no tiene por qué ser así. Cuando vuelvas, si quieres, me gustaría hablar contigo una sola vez. A menos que pienses que no podrías.

Tus plantas siguen creciendo en el jardín de atrás. Las riego cada día...

Therese no pudo continuar leyendo. Oyó pasos al otro lado de la puerta, pasos que bajaban la escalera despacio, avanzando confiados a través del vestíbulo. Cuando los pasos se desvanecieron, ella abrió la puerta y se quedó un momento de pie, luchando contra el impulso de salir corriendo de la casa y dejarlo todo. Luego bajó al vestíbulo hasta la puerta de la señora Cooper, que estaba en la parte de atrás.

La señora Cooper contestó la llamada y Therese le repitió las palabras que había ensayado para comunicarle que se iba aquella noche. Observó su cara y se dio cuenta de que no la escuchaba, de que sólo reaccionaba ante su propia expresión. La señora Cooper parecía su reflejo y ella no podía darse la vuelta y esquivarla.

—Bueno, lo siento, señorita Belivet. Siento que no le hayan salido bien las cosas —le dijo, pero su rostro expresaba una mezcla de curiosidad y sobresalto.

Después, Therese volvió a su habitación y empezó a hacer el equipaje, dejando en el fondo de la maleta las maquetas que había doblado y aplanado, y luego sus libros. Al cabo de un momento oyó que la señora Cooper se acercaba despacio a su puerta, como si llevara algo consigo, y Therese pensó que si le llevaba otra bandeja de comida chillaría. La señora Cooper llamó a la puerta.

—¿Adónde le envío el correo, querida, si es que llegan más cartas? —preguntó.

—Aún no lo sé. Tendré que escribirle y decírselo —contestó. Y al enderezarse, se sintió mareada y enferma.

—No irá a volver a Nueva York esta noche, tan tarde, ¿verdad? —dijo la señora Cooper, que llamaba «noche» a todo lo que pasara de las seis.

–No –dijo Therese–. Haré el viaje por etapas.

Estaba impaciente por quedarse sola. Miró la mano de la señora Cooper que se ocultaba bajo el cinturón del delantal de cuadros grises, y las agrietadas y suaves zapatillas, gastadas de tanto andar por ese suelo, que habían recorrido aquel espacio desde años antes de que ella llegara y que seguirían sus mismas huellas cuando ella se fuese.

–Bueno, cuídese y hágame saber qué tal le va –le dijo la señora Cooper.

–Sí.

Se fue en coche al hotel, un hotel distinto de aquel desde donde siempre llamaba a Carol. Luego salió a dar una vuelta, inquieta, evitando todas las calles por donde había pasado con Carol. Pensó que podía haberse ido a otra ciudad y se paró. Casi estuvo a punto de volver al coche. Pero luego siguió andando, sin importarle realmente dónde estaba. Anduvo hasta que sintió frío, y la biblioteca era el sitio más cercano adonde ir y calentarse. Pasó por el restaurante y miró hacia dentro. Dutch la vio e inclinó la cabeza con aquel gesto suyo ya familiar, como si tuviera que mirar por debajo de algo para verla a través del cristal, luego le sonrió y la saludó con la mano. Ella se despidió automáticamente con la mano, y de pronto se acordó de su habitación de Nueva York, con el vestido todavía en el sofá del estudio, y la esquina de la alfombra doblada. «Si al menos hubiera podido alcanzar la esquina de la alfombra en aquel momento para alisarla», pensó. Se quedó mirando la estrecha avenida de aspecto sólido con sus farolas redondas. Una sola figura paseaba por la acera hacia ella. Therese subió la escalera de la biblioteca.

La señorita Graham, la bibliotecaria, la saludó como siempre, pero Therese no entró en la sala principal de lectura. Aquella noche había dos o tres personas, el hombre calvo con las gafas de montura negra que solía estar en la mesa del centro... ¿Cuántas veces se había sentado en aquella sala con una carta de Carol en el bolsillo? Con Carol a su lado. Subió al primer piso, pasó la sala de historia y arte, y llegó al segundo piso, donde nunca había estado. Era una habitación simple y de aspecto polvoriento con estanterías acristaladas alrededor de las paredes, unos cuantos óleos y bustos de mármol sobre pedestales.

Therese se sentó a una de las mesas y su cuerpo se relajó dolorosamente. Enterró la cabeza entre sus brazos, sobre la mesa, súbitamente débil y soñolienta, pero al cabo de un segundo empujó la silla hacia atrás y se levantó. Sintió aguijones de terror en las raíces del pelo. De alguna manera, hasta aquel momento había estado engañándose, imaginándose que Carol no se había ido, que al regresar a Nueva York volvería a ver a Carol y todo seguiría, tendría que seguir siendo como antes. Miró alrededor, nerviosa, como buscando una contradicción, una rectificación. Por un momento sintió que el cuerpo se le podía hacer añicos, pensó en arrojarse a través del cristal de los ventanales que atravesaban la sala. Miró el pálido busto de Homero, las cejas enarcadas e inquisitivas, subrayadas débilmente por el polvo. Se volvió hacia la puerta y vio por primera vez el cuadro que colgaba encima del dintel.

Era sólo parecida, pensó, no exacta, no exacta, pero el reconocerla la había conmovido hasta la médula, y mientras miraba el cuadro crecía la sensación. Se dio cuenta de que el cuadro era exactamente el mismo, sólo que mucho más grande, el mismo que había visto tantas veces cuando era pequeña. Estuvo colgado mucho tiempo en el pasillo que llevaba al cuarto de la música. Era una mujer sonriente ataviada con el recargado vestido de alguna corte, con la mano apoyada en la garganta y la arrogante cabeza levemente vuelta, como si el pintor la hubiera atrapado en movimiento, de manera que incluso las perlas de sus orejas parecían moverse. Conocía las breves y bien moldeadas mejillas, los carnosos labios de coral que sonreían hacia un lado, los párpados contraídos con un matiz burlón, la frente fuerte y no muy larga que incluso en el cuadro parecía proyectarse un poco por encima de los ojos vivaces, que lo sabían todo de antemano, que sonreían y provocaban simpatía. Era Carol. En aquel largo momento en que no podía apartar los ojos del cuadro, la boca sonrió y los ojos la miraron burlones, se levantó el último velo y reveló el matiz burlón y malicioso, la espléndida satisfacción de la traición consumada.

Con un estremecimiento, Therese desapareció bajo el cuadro y bajó la escalera corriendo. En el vestíbulo de abajo, la señorita Graham le dijo algo, una pregunta ansiosa, y Therese se oyó contestarle con un estúpido balbuceo, porque aún estaba estremecida, sin aliento, y pasó junto a la señorita Graham para salir corriendo del edificio.

22

A mitad de la manzana, abrió la puerta de una cafetería, pero estaban poniendo una de aquellas canciones que Carol y ella habían escuchado en muchos sitios. Dejó que la puerta se volviese a cerrar y siguió su camino. La música estaba viva, pero el mundo había muerto. Y la canción también moriría algún día, pensó, ¿pero cómo iba a volver el mundo a la vida?, ¿cómo iba a volver con toda su sal?

Fue andando hasta el hotel. En su habitación, humedeció una toalla con agua fría y se la puso sobre los ojos. La habitación estaba helada, así que se quitó el vestido y los zapatos y se metió en la cama.

Desde fuera, una voz chillona, ahuecada por el espacio vacío, gritó: «¡Chicago Sun-Times!»

Luego hubo silencio y ella se esforzó por dormirse mientras el cansancio empezaba a aturdirla desagradablemente, como una borrachera. Se oían voces en el pasillo hablando de un equipaje mal colocado, y la abrumó una sensación de futilidad mientras estaba allí tumbada, con la toalla húmeda sobre sus ojos hinchados, oliendo levemente a medicina. Las voces discutían, y ella sintió que la abandonaba el valor, y luego la voluntad. Aterrorizada, intentó pensar en el mundo exterior, en Dannie, en la señora Robichek, en Frances Cotter, de la Pelican Press, en la señora Osborne y en su propio apartamento de

Nueva York. Pero su mente se negó a reconocerlo o a renunciar. En ese momento su mente se encontraba en el mismo estado que su corazón y se negaba a renunciar a Carol. Los rostros se agitaron en su mente como las voces de fuera. También estaban los rostros de la hermana Alicia y de su madre. Y el último dormitorio que había tenido en el colegio. La mañana en la que se había deslizado fuera del dormitorio, muy temprano, y había corrido por los prados como un joven animalillo enloquecido por la primavera. Y había visto a la hermana Alicia corriendo locamente también campo a través, con sus zapatos blancos destellando como patos sobre la alta hierba. Había tardado unos minutos en darse cuenta de que la hermana Alicia intentaba dar caza a un pollo que se había escapado. También se le apareció la casa de un amigo de su madre, cuando ella intentaba coger un trozo de pastel y se le cayó el plato al suelo. Su madre la abofeteó. Recordó también el cuadro que había a la entrada del colegio, que ahora respiraba y se movía como Carol, burlándose de ella cruelmente y destruyéndola, como si se hubiera cumplido cierto propósito eterno y demoníaco. Su cuerpo se tensó con horror mientras la conversación seguía y seguía en el vestíbulo del hotel en medio de su inconsciencia, cayendo en sus oídos con la brusquedad y la estridencia del hielo al romperse en una charca.

—¿Qué dice que ha hecho...?

—No...

—Si fuera así, la maleta estaría abajo, en el cuarto de equipajes.

—Sí, pero ya le he dicho...

—Muy bien, si usted me hace perder la maleta, usted perderá su trabajo.

Su mente atribuía significado a las frases de una en una, como si fuera un traductor lento y se perdiera el final.

Se sentó en la cama, con los restos de una pesadilla aún en la cabeza. La habitación estaba casi a oscuras, con profundas sombras opacas en los rincones. Buscó el interruptor de la lamparita y entrecerró los ojos bajo la luz. Metió un cuarto de dólar en la radio de la pared y subió el volumen cuando encontró la primera emisora. Se oyó la voz de un hombre y luego empezó la música, una composición rítmica oriental que había oído en el colegio, en clase de música. «En un mercado persa», recordó automáticamente. Y esta vez aquel ondulante ritmo que siempre le había sugerido un camello caminando la llevó de vuelta al cuartito del orfanato, con las ilustraciones de las óperas de Verdi en las paredes por encima de los altos revestimientos. Había oído la pieza alguna vez en Nueva York, pero nunca con Carol. No la había oído ni había pensado en ella desde que había conocido a Carol. Ahora la música era como un puente que se remontaba por encima del tiempo, sin entrar en contacto con nada. Cogió el abrecartas de Carol de la mesilla, aquel cuchillo de madera que por alguna razón se había quedado entre sus cosas al hacer el equipaje, apretó la empuñadura y acarició el borde con el pulgar. Pero su realidad parecía negar a Carol en vez de afirmarla, la evocaba menos que la música, aunque nunca la hubieran oído juntas. Pensó en Carol con una pizca de rencor, Carol como un punto distante de silencio y quietud.

Se acercó al lavabo para lavarse la cara con agua fría. Si podía, al día siguiente buscaría trabajo. Había decidido quedarse allí a trabajar durante dos semanas más o menos, y no pasarse los días llorando en habitaciones de hotel. Le enviaría a la señora Cooper el nombre del hotel como dirección, simplemente por cortesía. Era otra de las cosas que tenía que hacer aunque no le apeteciera. Se preguntó si valía la pena esforzarse para volverle a escribir a Harkevy, después de la educada y ambigua nota que él le había mandado a Sioux Falls. «... Me encantaría volver a verla cuando regrese a Nueva York, pero me es imposible prometerle algo para esta primavera. Sería buena idea que fuese a ver al señor Ned Bernstein, el codirector de escena. Él puede explicarle mejor que yo lo que está ocurriendo en los estudios de escenografía...» No, no volvería a escribirle.

Abajo, compró una postal del lago Michigan y escribió un

mensaje deliberadamente alegre para la señora Robichek. Al escribirlo le pareció muy falso, pero al alejarse del buzón donde lo había echado, sintió una repentina conciencia de la energía de su cuerpo, del vigor de las puntas de sus pies, de la sangre joven que caldeaba sus mejillas mientras andaba más deprisa, y sabía que era libre y afortunada en comparación con la señora Robichek, y que lo que había escrito no era falso, porque podía muy bien alcanzarlo. No estaba oprimida por una ceguera progresiva ni por el dolor. Se paró junto al escaparate de una tienda y se puso lápiz de labios. Una ráfaga de viento la hizo dar un paso para mantener el equilibrio. En la frialdad del viento podía sentir su alma primaveral, como un corazón cálido y joven respirando en su interior. A la mañana siguiente, empezaría a buscar trabajo. Podría vivir con el dinero que le quedaba y ahorrar lo que necesitaba para volver a Nueva York. Claro que podía telegrafiar a su banco para sacar el resto del dinero, pero no era eso lo que quería. Quería pasar dos semanas entre gente desconocida, haciendo un trabajo como el de millones de personas. Quería ponerse en el lugar de otro.

Contestó un anuncio para un puesto de recepcionista para el que pedían ciertos conocimientos de mecanografía, y había que llamar personalmente. Parecían convencidos de darle el puesto y se pasó toda la mañana estudiando los archivos. Uno de los jefes apareció después del almuerzo y dijo que quería una chica que supiese algo de taquigrafía. Therese no sabía. En el colegio le habían enseñado a escribir a máquina, pero no taquigrafía, así que no la cogieron.

Aquella tarde, volvió a mirar la sección de empleo. Luego se acordó del cartel que había visto en la verja de la maderería no lejos del hotel. «Se necesita chica para trabajo de oficina y almacén. 40 dólares a la semana.» Si no exigían taquigrafía, podía conseguir el puesto. Eran alrededor de las tres cuando llegó a la ventosa calle donde estaba la maderería. Alzó la cabeza y dejó que el viento le apartara el pelo de la cara. Se acordó de Carol diciéndole: «Me gusta verte andar. Cuando te veo a lo lejos, siento como si andaras sobre la palma de mi mano y midieras unos centímetros.» Oía la suave voz de Carol entre el susurro del viento y se tensó, llena de miedo y amargura. Anduvo más deprisa, dio unos pasos corriendo, como si así pudiera escapar de aquella ciénaga de amor, odio y rencor en el que su mente se había sumergido repentinamente.

Había una construcción de madera que hacía de despacho y estaba a un lado de la maderería. Entró y habló con un tal señor Zambrowski, un hombre calvo que se movía despacio y que llevaba un reloj con cadena de oro que le quedaba pequeña. Antes de que Therese le preguntase por lo de la taquigrafía, él le dijo que no hacía falta. Le dijo que la probarían durante el resto de aquella tarde y la mañana siguiente. A la mañana siguiente, otras dos chicas se presentaron para el trabajo, y el señor Zambrowski apuntó sus nombres, pero antes de mediodía le dijo que el puesto era suyo.

—Si no le importa, venga aquí a las ocho de la mañana —dijo el señor Zambrowski.

—No me importa —dijo. Aquella mañana había llegado a las nueve. Pero si se lo hubieran pedido, habría llegado a las cuatro de la madrugada.

Su horario era desde las ocho hasta las cuatro y media, y sus deberes consistían simplemente en revisar los envíos del taller que llegaban al patio en función de las órdenes recibidas, y en escribir cartas de confirmación. No veía mucha madera desde su mesa del despacho, pero el olor estaba en el aire, fresco como si las sierras acabaran de descubrir la superficie de las tablas de pino blanco, y oía el rebotar y el traqueteo de los camiones al descargar en el centro del patio. Le gustaba el trabajo, el señor Zambrowski le caía bien, y le gustaban los leñadores y los camioneros que entraban en el despacho a calentarse las manos junto al fuego. Uno de los leñadores se llamaba Steve. Era un atractivo joven con una barba dorada y dura, y la invitó un par de veces a almorzar con él en la cafetería que había al final de la calle. Le propuso que quedaran un sábado por la noche, pero Therese aún no quería pasar toda una velada con él ni con nadie.

Una noche, Abby le telefoneó.

–¿Sabes que he tenido que llamar dos veces a Dakota del Sur para encontrarte? –le dijo Abby, irritada–. ¿Qué estás haciendo ahí? ¿Cuándo piensas volver?

La voz de Abby le acercó el recuerdo de Carol tanto como si la hubiera oído a ella. Le produjo otra vez aquel nudo en la garganta y, por un momento, se quedó sin poder contestar.

–¡Therese!

–¿Está Carol contigo?

–Está en Vermont. Ha estado enferma –dijo la ronca voz de Abby, y no había en su tono ninguna sonrisa–. Está descansando.

–¿Está tan enferma que no puede llamarme? ¿Por qué no me lo dices, Abby? ¿Está mejor o peor?

–Mejor. ¿Por qué no has intentado llamar para averiguarlo tú misma?

Therese apretó el teléfono. Sí, ¿por qué no lo había intentado? Porque había estado pensando en un cuadro en vez de en Carol.

–¿Qué le pasa? ¿Está...?

–Ésa es una buena pregunta. Carol te escribió contándote lo que había pasado, ¿no?

–Sí.

–¿Y qué esperas? ¿Que vaya rodando como una pelota de goma? ¿O que te busque por todos los Estados Unidos? ¿Qué te crees que es esto, el juego del escondite?

Toda la conversación de aquella comida con Abby se estrelló contra Therese. Tal como Abby lo veía, todo había sido culpa suya. La carta que había encontrado Florence era sólo el error final.

–¿Cuándo vuelves? –le preguntó Abby.

—Dentro de unos diez días. A menos que Carol necesite el coche antes.

—No. No volverá a casa hasta dentro de diez días.

Therese hizo un esfuerzo para preguntar:

—Aquella carta, la que yo escribí, ¿sabes si la encontraron antes o después?

—¿Antes o después de qué?

—De que los detectives empezaran a seguirnos.

—La encontraron después —dijo Abby suspirando.

Therese apretó los dientes. Pero no le importaba lo que pensara Abby de ella, sólo le importaba lo que pensara Carol.

—¿En qué sitio de Vermont está?

—Yo en tu lugar no la llamaría.

—Pero tú no eres yo, y yo quiero llamarla.

—No la llames. Eso sí que puedo decírtelo. Le puedo dar un mensaje, si es algo importante. —Hubo un frío silencio—. Carol quiere saber si necesitas más dinero y qué pasa con el coche.

—No necesito dinero. El coche está bien —contestó. Tenía que hacerle otra pregunta—: ¿Qué sabe Rindy de todo esto?

—Sabe lo que significa la palabra divorcio. Y quiere estar con Carol. Eso tampoco hace las cosas más fáciles para Carol.

Muy bien, muy bien, quería decir Therese. No molestaría a Carol llamándola, ni escribiéndole, ni enviándole ningún mensaje, a menos que tuviera que decirle alguna cosa sobre el coche. Cuando colgó, estaba temblando. Inmediatamente volvió a descolgar.

—Habitación seiscientos once —dijo—. No quiero recibir más conferencias, ninguna.

Miró el abrecartas de Carol que estaba en la mesita de noche y que ahora era Carol, en persona, en carne y hueso, aquella Carol pecosa con un diente ligeramente roto en la punta. ¿Le debía ella algo a Carol, a Carol persona? ¿No había estado Carol jugando con ella, como dijo Richard? Se acordó de las palabras de Carol: «Cuando tienes un marido y un hijo, las cosas son un poco distintas.» Frunció el ceño ante el abrecartas, sin entender por qué de pronto se había convertido en un simple abrecartas, un objeto que le era indiferente guardar o tirar.

Dos días después le llegó una carta de Abby en la que había un cheque personal de ciento cincuenta dólares y Abby le decía que «no te preocupes por esto». Le decía que había hablado con Carol y que Carol quería saber de ella, así que le daba la dirección de Carol. Era una carta bastante fría, pero el gesto del cheque no era frío. No había sido iniciativa de Carol y Therese lo sabía.

«Gracias por el cheque», le escribió Therese. «Es muy amable por tu parte, pero no voy a usarlo, no lo necesito. Me pides que le escriba a Carol. No creo que pueda ni deba hacerlo.»

Una tarde, al volver del trabajo, Dannie estaba sentado en el vestíbulo del hotel. Therese no podía creer que él fuera aquel hombre de ojos oscuros que se levantó de la silla sonriendo y se acercó despacio hacia ella. Luego, al ver su pelo negro suelto, un poco más despeinado por el cuello levantado del abrigo, la amplia y simétrica sonrisa, le pareció tan familiar como si le hubiera visto el día anterior.

–¡Hola, Therese! –le dijo–. ¿Sorprendida?

–¡Bueno, muchísimo! Te daba por perdido. No había vuelto a saber de ti desde hace dos semanas.

Recordó que él había dicho que dejaría Nueva York el 28 y aquél era el día en que ella había llegado a Chicago.

–Yo también he estado a punto de darte por perdida –dijo Dannie riéndose–. Me quedé un poco más en Nueva York y ahora creo que fue una suerte, porque intenté llamarte y tu casera me dio la dirección. –Dannie la cogió firmemente del brazo. Iban andando lentamente hacia los ascensores–. Tienes un aspecto fantástico, Therese.

–¿De verdad? Estoy encantada de verte –dijo ella. Había un ascensor abierto frente a ellos–. ¿Quieres subir?

–Vayamos a comer algo. ¿O es demasiado pronto? Hoy no he comido nada.

–Entonces no es demasiado pronto.

Fueron a un sitio que Therese conocía, especializado en asados. Dannie incluso pidió cócteles, aunque normalmente no bebía.

—¿Estás sola aquí? —le dijo—. Tu casera de Sioux Falls me dijo que te habías ido sola.

—Al final Carol no pudo venir.

—Ah. ¿Y tú decidiste quedarte más tiempo?

—Sí.

—¿Hasta cuándo?

—Hasta ahora. Pienso volver la semana que viene.

Dannie la escuchaba con sus cálidos ojos oscuros fijos en su rostro, sin manifestar ninguna sorpresa.

—¿Por qué no vas hacia el oeste en vez de hacia el este y pasas un tiempo en California? Tengo un trabajo en Oakland. Tengo que estar allí pasado mañana.

—¿Qué tipo de trabajo?

—Investigación, lo que buscaba. Los exámenes me salieron mejor de lo que pensaba.

—¿Eras el primero de la clase?

—No lo sé. Lo dudo. Tampoco estábamos clasificados así. Pero no has contestado a mi pregunta.

—Quiero volver a Nueva York, Dannie.

—Ah —sonrió, mirándole el pelo y los labios. Ella pensó que Dannie nunca la había visto tan maquillada.

—De pronto pareces mayor —dijo él—. Te has cambiado el peinado, ¿verdad?

—Un poco.

—Ya no pareces asustada. Ni tan seria.

—Eso me gusta. —Se sentía tímida con él y a la vez cercana, con una intimidad cargada de algo que nunca había sentido con Richard. Algo intrigante, que le gustaba. «Un poco de sal», pensó. Miró la mano que Dannie tenía en la mesa, el fuerte músculo que abultaba más abajo del pulgar. Recordó aquel día, en su habitación, cuando él le puso las manos en los hombros. El recuerdo era agradable.

—¿Me has echado un poco de menos, Terry?

—Claro.

—¿Alguna vez has pensado que yo te podía importar algo? ¿Tanto como Richard, por ejemplo? —le preguntó con una nota de sorpresa en la voz, como si fuera una pregunta totalmente fantástica.

—No lo sé —contestó ella rápidamente.

—Pero ya no piensas en Richard, ¿verdad?

—Ya sabes que no.

—¿En quién entonces? ¿En Carol?

Ella se sintió súbitamente desnuda, sentada frente a él.

—Sí. Antes pensaba en Carol.

—¿Y ahora ya no?

Therese estaba sorprendida de que él pudiera decírselo sin el menor asombro, sin ninguna actitud prefijada.

—No. Es... No puedo contárselo a nadie, Dannie —acabó, y su voz le sonó calmada y profunda, como si fuera la voz de otra persona.

—Y si ya ha pasado, ¿no prefieres olvidarlo?

—No lo sé. No sé qué quieres decir exactamente con eso.

—Quiero decir, ¿lo sientes?

—No. ¿Si volvería a hacer lo mismo? Sí.

—¿Quieres decir con otra persona o con ella?

—Con ella —dijo Therese, y alzó la comisura de la boca en una sonrisa.

—Pero el final fue un fracaso.

—Sí. Y yo decidí llegar hasta el final.

—¿Todavía estás en ello?

Therese no contestó.

—¿Vas a volver a verla? ¿Te importa que te haga todas estas preguntas?

—No me importa —dijo ella—. Y no, no voy a volver a verla. No quiero.

—¿Y a otra?

—¿Otra mujer? —Therese negó con la cabeza—. No.

Dannie la miró y sonrió lentamente.

—Eso es lo que importa. O mejor dicho, por eso no importa.

—¿Qué quieres decir?

—Eres tan joven, Therese... Cambiarás. Olvidarás.

Ella no se sentía joven.

—¿Richard te habló de esto? —le preguntó.

—No. Una noche me pareció que quería contármelo, pero le corté antes de que empezara.

Ella sintió que esbozaba una amarga sonrisa, y dio una última calada al cigarrillo antes de apagarlo.

—Espero que encuentre a alguien que le escuche. Necesita público.

—Siente que le han dado calabazas. Su ego sufre. No creas que yo soy como Richard. Yo creo que cada uno debe vivir su vida.

Therese se acordó de algo que Carol había dicho una vez: «Todo adulto tiene secretos.» Lo había dicho tan al azar como Carol decía las cosas, y se le había grabado para siempre en la mente, como la dirección que anotó en la hoja de pedido de Frankenberg. Sintió el impulso de contarle a Dannie todo lo demás, de hablarle del cuadro que había en la biblioteca y en el colegio. Y de que Carol no era un cuadro, sino una mujer con una hija y un marido, con pecas en las manos y cierto hábito de soltar palabrotas, de ponerse melancólica en momentos inesperados, y una mala costumbre de abandonarse a sus debilidades. Una mujer que había soportado algo mucho peor en Nueva York de lo que ella tuvo que sufrir en Dakota del Sur. Miró a Dannie a los ojos, miró el hoyuelo de su barbilla. Sabía que hasta aquel momento había estado sumida en un encantamiento que le impedía ver a ninguna persona del mundo que no fuese Carol.

—¿En qué estás pensando? —le preguntó él.

—En una cosa que tú dijiste una vez en Nueva York sobre usar las cosas y tirarlas.

—¿Eso ha hecho ella contigo?

—Yo también tendré que hacerlo —dijo ella.

—Pues busca a alguien a quien nunca quieras tirar.

—¿Existe alguien así? —preguntó Therese.

—¿Me escribirás?

—Claro.

—Escríbeme dentro de tres meses.

—¿Tres meses? —De pronto entendió lo que quería decir—. ¿Antes no?

—No. —Él la miraba con firmeza—. Es un tiempo razonable, ¿no crees?

—Sí. De acuerdo. Te lo prometo.

—Prométeme algo más, que mañana te tomarás el día libre para estar conmigo. Mañana me quedaré hasta las nueve de la noche.

—No puedo, Dannie. Hay mucho trabajo y encima tengo que avisarles de que la semana que viene me voy —dijo. Sabía que ésas no eran las razones. Y quizá Dannie también lo adivinara al mirarla. No quería pasar el día siguiente con él, sería demasiado intenso, le haría pensar demasiado en sí misma y todavía no estaba preparada.

A mediodía del día siguiente, Dannie pasó a buscarla por la maderería. Habían decidido comer juntos, pero se pasaron toda la hora andando por el paseo Lake Shore y hablando. Aquella noche, a las nueve, Dannie cogió un avión hacia el oeste.

Ocho días más tarde, ella salió hacia Nueva York. Quería mudarse de casa de la señora Osborne lo antes posible. Quería volver a ver a algunas de las personas de quienes se había alejado desde el otoño anterior. Y habría otra gente, gente nueva. Aquella primavera empezaría a ir a clases nocturnas. Y quería cambiar su guardarropa completamente. Todo lo que tenía ahora, la ropa que guardaba en su armario de Nueva York, le parecía demasiado juvenil, como si fuera de años atrás. En Chicago había mirado los escaparates y anhelado una ropa que aún no podía comprarse. Lo único que podía permitirse por el momento era un corte de pelo distinto.

23

Therese entró en su antigua habitación y lo primero que vio fue que la alfombra estaba bien puesta. También se dio cuenta de lo pequeña y trágica que parecía la habitación. Y, aunque eran suyos, la pequeña radio que había en la estantería y los almohadones del sofá del estudio le parecieron tan personales como una firma que hubiera hecho mucho tiempo atrás y que luego hubiese olvidado. Como las dos o tres maquetas que colgaban de las paredes y que deliberadamente evitó mirar.

Se fue al banco, sacó cien de sus últimos doscientos dólares y se compró un vestido negro y un par de zapatos.

Pensó que al día siguiente llamaría a Abby y quedaría para devolverle el coche de Carol, pero no ese día.

La misma tarde quedó con Ned Bernstein, el codirector de escena de la comedia inglesa cuyos decorados hacía Harkevy. Cogió tres de las maquetas que había hecho en el Oeste y también las fotografías de *Llovizna* para enseñárselas. Si conseguía un trabajo de ayudante de Harkevy no ganaría suficiente para vivir, pero de todos modos habría otras fuentes de ingresos, otras que no fueran trabajar de dependienta en ningunos almacenes. Estaba la televisión, por ejemplo.

El señor Bernstein miró su trabajo con indiferencia. Therese le dijo que aún no había hablado con Harkevy, y le preguntó si él sabía si Harkevy iba a coger ayudantes. El señor Bernstein dijo que eso era cosa de Harkevy, pero, por lo que él sabía, no necesitaba más ayudantes. El señor Bernstein tampoco sabía de ningún otro estudio de decorados que necesitara a alguien en aquel momento. Y Therese pensó en su vestido de sesenta dólares. Y en los cien dólares que le quedaban. Le había dicho a la señora Osborne que podía enseñar el apartamento todas las veces que quisiera porque ella se marchaba. No tenía ni idea de adónde iría. Se levantó para irse y, de todos modos, le dio las gracias al señor Bernstein por haber visto su trabajo. Lo dijo con una sonrisa.

—¿Por qué no prueba en televisión? —le preguntó el señor Bernstein—. ¿Lo ha intentado? Es más fácil entrar ahí.

—Esta tarde iré a ver a alguien al Dumont —contestó. El señor Donohue le había dado un par de nombres el pasado enero. El señor Bernstein le dio algunos más.

Luego llamó al estudio de Harkevy. Harkevy le dijo que ya se iba, pero que podía dejar sus maquetas en el estudio y él las vería al día siguiente por la mañana.

—Por cierto, mañana a eso de las cinco hay una fiesta en el Saint Regis en honor de Genevieve Cranell. Si quiere venir... —dijo Harkevy, con su acento entrecortado, que le daba a su suave voz una precisión matemática—. Al menos así mañana nos veremos seguro. ¿Puede venir?

—Sí, me encantaría. ¿Dónde está el Saint Regis?

Él leyó la dirección de la invitación. Suite D. De las cinco a las siete.

—Estaré allí a las seis.

Colgó el teléfono tan feliz como si Harkevy le hubiera ofrecido asociarse con él. Anduvo las doce manzanas hasta su estudio y le dejó las maquetas a un chico joven, distinto del que había visto en enero. Harkevy cambiaba a menudo de ayudantes. Miró el taller con reverencia antes de cerrar la puerta. Quizá él la dejara ir pronto por allí. Quizá al día siguiente.

Fue a un drugstore de Broadway y llamó a Abby, a Nueva Jersey. La voz de Abby le sonó muy distinta de como le había sonado en Chicago. Carol debía de estar mucho mejor, pensó Therese. Pero no le preguntó por ella. La llamaba para arreglar el asunto del coche.

–Si quieres, yo puedo ir a buscarlo –dijo Abby–. ¿Pero por qué no llamas a Carol y le preguntas? Sé que le gustaría saber de ti –dijo. Parecía que Abby estaba dando marcha atrás.

–Bueno... –Therese no quería llamarla. ¿Pero de qué tenía miedo? ¿De oír su voz? ¿De la propia Carol?–. De acuerdo, le llevaré yo el coche, a menos que ella no quiera. En ese caso, te volveré a llamar.

–¿Cuándo? ¿Esta tarde?

–Sí. Dentro de un rato.

Therese fue a la puerta del drugstore y se quedó allí de pie un momento, mirando el anuncio de Camel con la gigantesca cara que exhalaba anillos de humo como donuts gigantes. Miró los largos y sombríos taxis maniobrando como tiburones en el tráfico de la tarde, el batiburrillo familiar de carteles de bares y restaurantes, señales, escaleras principales y ventanas, aquella confusión rojiza y parduzca de la acera que se parecía a otros miles de calles de Nueva York. Se acordó de haber paseado una vez por una calle en la zona de las calles Ochenta Oeste, de las fachadas de los bajos edificios de arenisca, abarrotados de humanidad, de vidas humanas, algunas empezando y otras acabando, y recordó la sensación opresiva que había tenido y cómo había echado a correr para salir a la avenida. Hacía sólo dos o tres meses. Ahora el mismo tipo de calle la llenaba de una tensa excitación, la hacía sumergirse de cabeza en ella, ir por la acera llena de los carteles y las marquesinas de los teatros, deprisa y a empujones. Se volvió y fue otra vez hacia las cabinas de teléfonos.

Un momento después oyó la voz de Carol.

–¿Cuándo has vuelto, Therese?

La voz le chocó breve y nerviosamente, pero luego ya no sintió nada.

–Ayer.

–¿Qué tal estás? ¿Igual que siempre? –Carol parecía contenerse, como si hubiera alguien delante, pero Therese sabía que no había nadie.

–No exactamente. ¿Y tú?

Carol esperó.

–Pareces distinta.

–Es verdad.

–¿Voy a verte? ¿O no quieres? Una sola vez –dijo. Era la voz de Carol pero las palabras no parecían suyas. Eran cautas e inseguras–. ¿Qué te parece esta tarde? ¿Has traído el coche?

–Esta tarde tengo que ver a un par de personas. No me dará tiempo –dijo. ¿Cuándo se había negado ella si Carol quería verla?–. ¿Quieres que te lleve el coche mañana?

–No. Puedo ir yo a buscarlo. No estoy inválida. ¿Qué tal va el coche?

–Está en buena forma –dijo Therese–. Ni un arañazo.

–¿Y tú? –preguntó Carol, pero Therese no contestó–. ¿Te veré mañana? ¿Tendrás tiempo por la tarde?

Quedaron en el bar del Ritz Tower, en la calle Cincuenta y siete a las cuatro y media, y colgaron.

Carol llegó un cuarto de hora tarde. Therese se sentó a esperarla en una mesa desde donde pudiera ver las puertas de cristal que daban al bar, y al final vio a Carol empujar una de las dos puertas, y sintió que la tensión surgía en ella como un pequeño y sordo dolor. Carol llevaba el mismo abrigo de piel, los mismos zapatos de ante negro que calzaba el día en que Therese la vio por primera vez, pero en esta ocasión lucía un pañuelo rojo sobre su rubio pelo. Le vio la cara, más delgada, alterada por la sorpresa. Esbozó una leve sonrisa.

–Hola –dijo Therese.

–Al principio no te reconocía –le dijo, y se quedó de pie un momento junto a la mesa, mirándola, antes de sentarse–. Me alegro de que quieras verme.

–No digas eso.

Llegó el camarero y Carol pidió un té. Therese pidió lo mismo, mecánicamente.

–¿Me odias, Therese? –le preguntó Carol.

–No –dijo. Olía levemente el perfume de Carol, aquella dulzura familiar que ahora le era extrañamente desconocida, porque ya no evocaba lo mismo que antes. Dejó en la mesa la caja de cerillas que estrujaba entre los dedos–. ¿Cómo iba a odiarte, Carol?

–Supongo que podrías odiarme. Al menos, me habrás odiado durante un tiempo, ¿no? –dijo Carol como si confirmara un hecho.

–¿Odiarte? No –contestó. No exactamente, podría haber dicho. Pero sabía que los ojos de Carol leían en su cara.

–Y ahora te has hecho mayor, con peinado de mayor y ropa de mayor.

Therese miró los ojos grises, ahora más serios, en cierto modo nostálgicos pese a la seguridad de la orgullosa cabeza. Luego bajó la vista, incapaz de ahondar en ellos. Todavía era hermosa, pensó Therese con una súbita punzada de sentimiento de pérdida.

–He aprendido algunas cosas –dijo Therese.

–¿Qué?

–Que... –Therese se detuvo porque la imagen del retrato de Sioux Falls obstruyó súbitamente sus pensamientos.

–¿Sabes? Tienes muy buen aspecto –le dijo Carol–. De pronto te has revelado. ¿Será porque te has librado de mí?

–No –dijo Therese rápidamente. Frunció el ceño ante el té, que no le apetecía. La palabra «revelado» le hacía pensar en nacer y la incomodaba. Sí, había vuelto a nacer desde que dejara a Carol. Había nacido en el instante en que vio el cuadro en la biblioteca, y su grito ahogado de entonces era como el grito de un bebé, arrastrado al mundo contra su voluntad. Miró a Carol–. Había un cuadro en la biblioteca de Sioux Falls –le dijo. Y le habló del cuadro simplemente, sin emoción, como si fuera una historia que le hubiera ocurrido a otra persona.

Carol la escuchó sin apartar los ojos de ella. La observó como si observara a alguien a distancia sin poder evitarlo.

—Es extraño —dijo Carol—. Y terrible.

—Sí que lo fue —dijo Therese. Sabía que Carol lo entendería. Vio simpatía en sus ojos, y sonrió, pero Carol no le devolvió la sonrisa. Todavía la miraba—. ¿Qué piensas? —le preguntó Therese.

—¿Qué crees tú? —dijo Carol cogiendo un cigarrillo—. Pienso en aquel día, en los almacenes.

Therese volvió a sonreír.

—Fue tan maravilloso cuando te acercaste hasta mí. ¿Por qué lo hiciste?

Carol esperó un momento.

—Por una razón tonta. Porque eras la única chica que no estaba ocupada. Y porque no llevabas bata.

Therese soltó una carcajada. Carol sonrió levemente, pero de pronto pareció otra vez ella misma, tal como había sido en Colorado Springs antes de que pasase nada. Therese se acordó de la palmatoria que llevaba en el bolso

—Te he traído esto —dijo dándoselo—. Lo compré en Sioux Falls.

Therese la había envuelto en papel de seda blanco y Carol lo abrió sobre la mesa.

—Es encantador —dijo Carol—. Es como tú.

—Gracias. Pensé que te gustaría.

Therese miró la mano de Carol, el pulgar y la punta del dedo mediano sobre el fino borde de la palmatoria, como solía pasar los dedos por el borde de los platillos de las tazas cuando estaban en Colorado, Chicago y otros lugares olvidados. Therese cerró los ojos.

—Te quiero —dijo Carol.

Therese abrió los ojos pero no levantó la vista.

—Sé que tú no sientes lo mismo por mí, Therese. ¿Verdad?

Therese sintió el impulso de negarlo, pero ¿podía? No sentía lo mismo.

—No lo sé, Carol.

—Es lo mismo. —Su tono era suave, expectante, esperando una afirmación o una negación.

Therese miró fijamente los triángulos de pan tostado que había en un plato, entre ellas. Pensó en Rindy. Había aplazado el momento de hablar de ella.

—¿Has visto a Rindy?

Carol suspiró. Therese vio cómo su mano se retiraba de la palmatoria.

—Sí, el domingo pasado la vi una hora o algo así. Me parece que puede venir a visitarme un par de tardes al año. De Pascuas a Ramos. Me han vencido.

—Creí que habías dicho unas cuantas semanas al año.

—Bueno, es que hubo algo más en privado entre Harge y yo. Me negué a hacer el montón de promesas que él me pedía y la familia también se metió por medio. Me negué a vivir según una lista de estúpidas promesas que ellos habían confeccionado. Parecía una lista de delitos menores. Aunque eso significara que me iban a apartar de Rindy como si yo fuera un ogro. Y así ha sido. Harge les contó a los abogados todo, todo lo que aún no sabían.

—¡Dios! —susurró Therese. Podía imaginarse lo que significaba que Rindy apareciera por la tarde, acompañada de una institutriz vigilante aleccionada contra Carol, probablemente advertida de que no debía perder de vista a la niña. Seguro que Rindy lo entendería todo muy pronto. ¿Qué placer podía haber en visitas así? Therese no quería ni pronunciar el nombre de Harge—. Hasta los del tribunal han sido más amables, ¿no?

—En realidad, ante el tribunal tampoco prometí nada. Me negué allí también.

Therese no pudo evitar sonreír, porque estaba contenta de que Carol se hubiera negado, de que siguiera siendo tan orgullosa.

—Pero no fue un juicio, sino una discusión, una especie de mesa redonda. ¿Sabes cómo nos grabaron en Waterloo? Clavaron una especie de clavo en la pared, probablemente cuando llegamos.

—¿Un *clavo?*

—Recuerdo haber oído a alguien dando martillazos. Creo que fue al acabar de ducharme. ¿Te acuerdas?

—No.

—Un clavo —sonrió Carol— que recoge el sonido como un micrófono. Él tenía la habitación contigua a la nuestra.

Therese no recordaba los martillazos, pero recordó la violencia de todo aquello, destruyendo, haciendo añicos...

—Ya se ha acabado todo —dijo Carol—. Casi preferiría no ver más a Rindy. Si no quiere venir a verme más, yo no lo exigiré. Lo dejaré a su elección.

—No puedo imaginar que no quiera verte.

Carol enarcó las cejas.

—¿Hay alguna manera de predecir lo que Harge hará con ella?

Therese se quedó en silencio. Apartó la vista de Carol y vio un reloj. Eran las cinco y treinta y cinco minutos. Pensó que si se decidía, tenía que llegar a la fiesta antes de las seis. Se había vestido para ir, con su vestido negro y un pañuelo blanco, los zapatos y los guantes negros, todo nuevo. Qué poco importante le parecía ahora la ropa. De repente recordó los guantes de lana verde que la hermana Alicia le regalara. ¿Estarían aún envueltos en papel de seda en el fondo de su arcón? Quería deshacerse de ellos.

—Hay que superar las cosas —dijo Carol.

—Sí.

—Harge y yo vamos a vender la casa y he cogido un apartamento en la avenida Madison. Y también un trabajo, aunque no lo creas. Voy a trabajar para una tienda de muebles de la Cuarta Avenida, me encargaré de las compras. Alguno de mis antepasados debe de haber sido carpintero. —Miró a Therese—.

Bueno, es un trabajo y me gustará. El apartamento es bastante grande para dos. Esperaba que te gustara y que quisieras venir a vivir conmigo, pero supongo que no querrás.

A Therese le dio un vuelco el corazón. Como el día en que Carol la había llamado a los almacenes. Algo respondió dentro de ella, contra su voluntad, la hizo sentirse muy feliz y orgullosa. Orgullosa de que Carol tuviera el valor de decir cosas así, de que Carol no perdiera el coraje. Recordó su osadía al enfrentarse al detective en la carretera comarcal. Therese tragó saliva, intentando apaciguar los latidos de su corazón. Carol ni siquiera la había mirado. Estaba aplastando el filtro de su cigarrillo en el cenicero. ¿Vivir con Carol? Había sido imposible una vez, cuando era lo que más deseaba en el mundo. Vivir con ella y compartirlo todo, veranos e inviernos, pasear y leer juntas, viajar juntas. Recordó los días en que estaba enfadada con Carol y se la imaginaba proponiéndoselo y ella diciéndole que no.

–¿Te gustaría? –Carol la miró.

Therese se sintió al borde de un abismo. El rencor había desaparecido. Sólo faltaba la decisión. Un hilo fino suspendido en el aire, sin nada que tirase de él en uno u otro extremo. A un lado Carol, y al otro, un interrogante en el vacío. En el lado de Carol todo sería distinto, porque las dos eran distintas. Sería un mundo tan desconocido como lo había sido al principio aquel mundo que acababa de vivir. Pero ahora no había obstáculos. Therese pensó en el perfume de Carol, que ese día no significaba nada. Como hubiera dicho Carol, un espacio en blanco para llenar.

–¿Y bien? –dijo Carol sonriendo impaciente.

–No –dijo Therese–. Creo que no. –«Porque me traicionarías otra vez.» Eso era lo que había pensado en Sioux Falls y lo que había intentado escribir o decir. Pero Carol no la había traicionado. Carol la quería más que a su hija. Ésa era una de las razones por las que no había hecho ninguna promesa. Estaba jugando, como jugaba el día en que intentó sacarle todo al detective, y también entonces perdió. Ahora veía cambiar la expresión de Carol, con leves signos de sorpresa y contrariedad, pero tan sutiles que quizá sólo ella fuera capaz de percibirlos. Durante un momento, Therese no pudo pensar.

−¿Es tu última palabra? −dijo Carol.

−Sí.

Carol miró su encendedor, que estaba sobre la mesa.

−Muy bien.

Therese la miró, deseando alargar las manos, tocarle el pelo y acariciárselo con fuerza entre sus dedos. ¿No habría notado Carol la indecisión de su voz? A Therese le entraron ganas de echar a correr, de salir por la puerta hasta la acera. Eran las seis menos cuarto.

−Esta tarde tengo que ir a una fiesta. Es importante porque puedo conseguir un trabajo. Estará Harkevy −dijo. Estaba segura de que Harkevy le iba a dar trabajo, le había llamado a mediodía para hablarle de las maquetas que había dejado en su estudio. A Harkevy le habían gustado todas−. Ayer también me hicieron un encargo para televisión.

Carol alzó la cabeza, sonriendo.

−Mi pequeña hormiguita. Me da la sensación de que te va a ir bien. Hasta tu voz parece distinta.

−¿De verdad? −Therese dudaba. Cada vez le parecía más difícil quedarse allí sentada−. Si quieres, puedes venir a la fiesta, Carol. Es una fiesta enorme que se celebra en una suite de un hotel. Es para darle la bienvenida a la protagonista de la obra de Harkevy. Seguro que no les importa que lleve a alguien −añadió. No sabía muy bien por qué se lo proponía. ¿Por qué iba a querer Carol ir a una fiesta si antes nunca quería?

−No, gracias, querida −dijo Carol negando con la cabeza−. Mejor vete sola. La verdad es que he quedado en el Elysée dentro de un minuto.

Therese recogió sus guantes y su bolso. Miró las manos de Carol, las leves pecas desparramadas sobre su piel. Ya no llevaba el anillo. Miró también sus ojos. Tenía la sensación de que no volvería a verla. En menos de dos minutos se separarían en la acera.

—El coche está fuera. Saliendo a la izquierda. Aquí tienes las llaves.

—Ya lo sé. Lo he visto antes.

—¿Te quedas? —le preguntó Therese—. Pago yo.

—No, pago yo —dijo Carol—. Vete si tienes prisa.

Therese se levantó. No podía dejar allí a Carol, sentada a la mesa con las tazas de té y los ceniceros.

—No te quedes aquí. Sal conmigo.

Carol la miró con sorpresa.

—De acuerdo —dijo—. Hay un par de cosas tuyas en casa. ¿Quieres que...?

—Es igual —la interrumpió Therese.

—Y tus flores, y tus plantas —dijo, pagando la cuenta al camarero—. ¿Qué pasó con las plantas que te regalé?

—Las plantas que me regalaste... se murieron.

Los ojos de Carol se encontraron con los suyos un instante, y Therese apartó la vista.

Se separaron en la acera, en la esquina de la avenida Park con la Cincuenta y siete. Therese corrió por la avenida, adelantándose a las luces que irradiaban tras ella montones de coches, emborronando su visión de Carol, que se alejaba por la otra acera. Carol se alejaba despacio, pasó la entrada del Ritz Tower y continuó. Therese pensó que tenía que ser así, sin un solo apretón de manos y sin mirar hacia atrás. Luego vio cómo Carol cogía la manija de la puerta del coche y recordó que la botella de cerveza aún seguiría allí, recordó el ruido que hacía mientras subía la rampa del túnel Lincoln al llegar a Nueva York. En aquel momento había pensado que tenía que sacarla antes de devolverle el coche a Carol, pero luego se le olvidó. Therese se apresuró hacia el hotel.

La gente ya atravesaba las dos entradas hacia el vestíbulo y un camarero tenía dificultades para arrastrar la mesita con las cubetas del hielo hasta el salón. Había mucho ruido en los salones. Therese no veía a Harkevy ni a Bernstein por ninguna parte. No conocía absolutamente a nadie, excepto a un hombre, una cara, alguien con quien había hablado hacía meses para un trabajo que no se llegó a concretar. Therese se dio la vuelta. Un hombre depositó un vaso largo en su mano.

–¿Estaba buscando esto, mademoiselle? –le dijo ceremoniosamente.

–Gracias –dijo. Pero no se quedó con el hombre. Le parecía haber visto al señor Bernstein en un rincón. Mientras se abría camino hasta allí se cruzó con mujeres que llevaban enormes sombreros.

–¿Es usted actriz? –le preguntó el mismo hombre, siguiéndola a través de la multitud.

–No, escenógrafa.

Allí estaba el señor Bernstein, y Therese se abrió paso entre varios grupos de gente y llegó hasta él. Él le tendió una mano cordial y regordeta, y se levantó del radiador donde estaba sentado.

–¡Señorita Belivet! –exclamó–. La señora Crawford, la directora de maquillaje...

–¡No hablemos de trabajo! –chilló la señora Crawford.

–El señor Stevens y el señor Fenelon. –El señor Bernstein siguió y siguió y ella tuvo que saludar a una docena de personas y preguntarles cómo estaban al menos a la mitad–. Y también Ivor, ¡Ivor! –llamó el señor Bernstein.

Allí estaba Harkevy, una figura delgada, con un rostro delgado y un fino bigotillo. Extendió una mano para saludarla.

–Hola –dijo–. Me alegro de volver a verla. Sí, me ha gustado mucho su trabajo. La noto ansiosa. –Se rió un poco.

–¿Le ha gustado lo bastante como para hacerme un hueco?

–Si quiere que se lo diga –dijo él, sonriendo–, pues sí, le haremos un hueco. Venga mañana a mi estudio a eso de las once. ¿Puede?

–Sí.

–Luego me reuniré con usted. Ahora tengo que despedirme de esta gente que se va –dijo, y se marchó.

Therese dejó su copa al borde de una mesa y buscó un cigarrillo en su bolso. Ya estaba. Miró hacia la puerta. Una mujer rubia, con el pelo peinado hacia arriba e intensos ojos azules acababa de entrar en la sala y estaba provocando un pequeño remolino de excitación en torno a ella. Se movía con gestos rápidos y decididos, volviéndose a saludar a la gente y a estrechar manos. Therese se dio cuenta de que era Genevieve Cranell, la actriz británica que protagonizaría la obra. No parecía la misma de las pocas fotografías de cine que Therese había visto. Tenía la típica cara que había que ver en movimiento para que resultase atractiva.

–¡Hola! ¡Hola! –le dijo a todo el mundo mientras miraba a su alrededor, y Therese vio su mirada posarse en ella un instante y le produjo un leve shock, algo parecido a lo que había sentido al ver a Carol por primera vez. En los ojos azules de aquella mujer vio el mismo relámpago de interés que había habido en los suyos –lo sabía– al ver a Carol. Y esa vez fue Therese la que siguió mirando y la otra quien apartó la vista y se dio la vuelta.

Therese miró el vaso que tenía en la mano y sintió un repentino calor en la cara y en las puntas de los dedos, un reflujo interior que no era sólo de sangre ni sólo de pensamiento. Antes de que se la presentaran supo que aquella mujer era como Carol. Y era hermosa. Y no se parecía al cuadro de la biblioteca. Therese sonrió mientras tomaba un sorbo de su copa, un largo sorbo que la ayudase a recobrar las fuerzas.

–¿Una flor, madame? –le preguntó un camarero, tendiendo hacia ella una bandeja de orquídeas.

–Muchas gracias.

Therese cogió una. Tenía problemas para prendérsela y alguien –el señor Fenelon o el señor Stevens– la ayudó.

–Gracias –le dijo ella.

Genevieve Cranell se acercaba a ella con el señor Bernstein detrás. La actriz saludó al hombre que estaba con Therese como si lo conociera muy bien.

—¿Conoce a la señorita Cranell? —preguntó el señor Bernstein a Therese.

Therese miró a la mujer.

—Me llamo Therese Belivet —dijo. Y cogió la mano que ella le tendía.

—¿Qué tal está? ¿Así que usted se ocupa de la escenografía?

—No, sólo formo parte del equipo.

Therese sentía aún el tacto de aquella mano cuando se la soltó.

Se sentía excitada, loca y estúpidamente excitada.

—¿Alguien podría traerme algo de beber? —preguntó la señorita Cranell.

El señor Bernstein le hizo el favor, y luego acabó de presentarle a la señorita Cranell a la gente que tenía alrededor y que aún no la conocía. Therese la oyó decirle a alguien que acababa de bajar del avión y que tenía las maletas en el vestíbulo y, mientras hablaba, Therese la vio mirarla un par de veces por encima del hombro de los que la rodeaban. Therese sintió una emocionante atracción hacia la nuca de Geneviève Cranell, hacia el gracioso y descuidado gesto de su nariz respingona, el único rasgo despreocupado de su fino rostro clásico. Tenía los labios bastante delgados. Parecía alerta e imperturbablemente segura. Pero Therese sintió que aquella Genevieve Cranell quizá no volviera a hablarle durante la fiesta precisamente porque quería hacerlo.

Therese se abrió paso hacia un espejo que había en la pared, y miró su reflejo para comprobar que todavía llevaba bien el pelo y los labios.

—Therese —dijo una voz cerca de ella—. ¿Te gusta el champán?

—Claro. —Therese se dio la vuelta y vio a Genevieve Cranell—. Por supuesto.

—Claro. Muy bien, pues dentro de unos minutos sube a la seiscientos diecinueve. Es mi habitación. Tenemos una pequeña fiesta privada allí.

—Será un honor —dijo Therese.

—No malgastes tu sed con bebidas vulgares. ¿Dónde te has comprado ese vestido tan encantador?

—En Bonwit. Es una locura.

Genevieve Cranell se rió. Ella llevaba un traje de punto azul que sí parecía una locura.

—Pareces muy joven. ¿No te importa que te pregunte qué edad tienes?

—Tengo veintiún años.

—Increíble —dijo, abriendo mucho los ojos—. ¿Es posible que alguien tenga veintiún años?

La gente miraba a la actriz y Therese se sentía halagada, terriblemente halagada, y el halago se mezcló con lo que sentía o podía sentir hacia Genevieve Cranell.

La señorita Cranell le ofreció su pitillera.

—Por un momento, había pensado que eras menor.

—¿Y eso es un delito?

La actriz sólo la miraba a ella, sus ojos azules le sonrieron por encima de la llama del encendedor. Pero cuando volvió la cabeza para encenderse su propio cigarrillo, Therese intuyó repentinamente que Genevieve Cranell no significaría nada para ella, nada aparte de aquella media hora en la fiesta. Se dio cuenta de que la excitación que sentía en ese momento no continuaría y que no la evocaría más tarde desde otro tiempo u otro lugar. ¿Cómo lo sabía? Therese contempló la estilizada línea de su ceja rubia mientras el humo empezaba a salir de su cigarrillo, pero allí no encontró la respuesta. Y, de pronto, Therese se vio invadida por una sensación de tragedia, casi de arrepentimiento.

—¿Eres de Nueva York? —le preguntó la señorita Cranell.

—¡Vivy!

Los que acababan de llegar rodearon a Genevieve Cranell y la arrastraron. Therese sonrió y apuró su copa. Sintió la primera oleada de calor del whisky subiendo en su interior. Habló con un hombre al que le habían presentado el día antes en el despacho del señor Bernstein y con otro que no conocía.

Miró a la entrada que había al otro extremo del salón, una entrada que en aquel momento era sólo un rectángulo vacío. Y pensó en Carol. Tal vez volviera para preguntárselo una vez más. La antigua Carol lo hubiera hecho quizá, pero la nueva no. Carol debía de estar en su cita del bar Elysée. ¿Con Abby? ¿Con Stanley McVeigh? Therese apartó la vista de la puerta como si temiera que Carol reapareciese y ella tuviera que decirle otra vez que no. Aceptó otra copa y sintió que el vacío de su interior se llenaba poco a poco con la certeza de que, si quería, podría ver a Genevieve Cranell muy a menudo. Y aunque ella no volvería a involucrarse con nadie, tal vez podría sentirse amada.

–¿Quién hizo los decorados de *El Mesías perdido*, Therese? ¿Te acuerdas? –le preguntó un hombre que había a su lado.

–¿Blanchard? –contestó ella ausente, todavía pensando en Genevieve Cranell con un sentimiento de repulsión, de vergüenza por lo que acababa de ocurrírsele, y que sabía que no le volvería a pasar. Escuchó la conversación sobre Blanchard y otros, e incluso participó en ella, pero su conciencia se había detenido en una maraña en la que una docena de hilos se mezclaban e intrincaban. Uno era Dannie. El otro Carol. Otro era Genevieve Cranell. Uno seguía y seguía fuera de la maraña, pero su mente estaba atrapada en la intersección. Se inclinó para que le dieran fuego y sintió que caía un poco más profundamente en la red, y se agarró a Dannie. Pero el fuerte hilo negro no llevaba a ninguna parte. Lo sabía, como si alguna voz agorera le dijera en su interior que no llegaría muy lejos con Dannie. Y la soledad la barrió como un viento misterioso, como las tenues lágrimas que de pronto le anegaron los ojos, demasiado tenues, lo sabía, para ser advertidas mientras alzaba la cabeza y miraba.

–No te olvides. –Genevieve Cranell estaba junto a ella, dándole golpecitos en el brazo y repitiendo deprisa–: Seiscientos diecinueve. Nos vamos. –Empezó a marcharse y se volvió–. ¿Subes? Harkevy también irá.

Therese negó con la cabeza.

–Gracias, pensaba que podría, pero me he acordado de que tengo que ir a otro sitio.

La mujer la miró sorprendida.

–¿Qué pasa, Therese? ¿Algo va mal?

–No –sonrió, avanzando hacia la puerta–. Muchas gracias por invitarme. Seguro que volveremos a vernos.

–Seguro –dijo la actriz.

Therese fue a la habitación contigua al salón y cogió su abrigo de la pila que había sobre una cama. Salió corriendo por el corredor hacia la escalera. Pasó junto a la gente que esperaba el ascensor, entre ellos Genevieve Cranell, y a Therese no le importó si la veía o no lanzándose por la amplia escalinata como si huyese de algo. Sonrió para sí. Sintió el aire frío y dulce en la frente. Oía su leve rumor como el de unas alas que se deslizaran junto a sus oídos y se sintió volar por calles y aceras. Hacia Carol. Y quizá Carol ya lo supiera en aquel momento. Porque otras veces Carol había adivinado cosas así. Cruzó otra calle y allí estaba la marquesina del Elysée.

El jefe de camareros le dijo algo en el vestíbulo y ella le contestó:

–Estoy buscando a una persona.

Se quedó en el umbral, mirando por encima de la gente, hacia las mesas del salón donde sonaba un piano. La luz no era muy intensa y al principio no la vio, semioculta en la sombra, contra la pared más lejana, de frente a ella. Carol tampoco la vio. Había un hombre sentado frente a ella y Therese no sabía quién era. Carol se echó el pelo hacia atrás. Therese sonrió: aquel gesto era Carol. Era la Carol que siempre había amado y a la que siempre amaría. Oh, y ahora de una manera distinta, porque ella era distinta. Era como volver a conocerla, aunque seguía siendo Carol y nadie más. Sería Carol en miles de ciudades y en miles de casas, en países extranjeros a los que irían juntas, y lo sería en el cielo y en el infierno. Therese esperó. Después, cuando estaba a punto de avanzar hacia ella, Carol la vio. Pareció contemplarla incrédula un instante, mientras Therese observaba cómo crecía su leve sonrisa antes de que su brazo se levantara, de repente, y su mano hiciera un rápido y ansioso saludo que Therese nunca había visto. Therese avanzó hacia ella.

EPÍLOGO

Cuando escribí *The Price of Salt*, empezaban a aparecer, un tanto tímidamente, algunas novelas sobre la homosexualidad, aunque la propaganda de las fajas de los libros las calificaran de «osadas». Y los homosexuales, hombres y mujeres, las leían, como seguramente las leían también algunos heterosexuales que sentían curiosidad hacia un sector de la sociedad para ellos desconocido, casi un submundo. La década de 1940 y los comienzos de 1950 eran tiempos en que los bares gays de Nueva York solían tener puertas bastante oscuras y los clubes privados celebraban fiestas los viernes por la noche, a tres dólares la entrada, consumición incluida y con derecho a invitar a un amigo. Había baile, cena y mesas con luz de velas. La verdad es que en aquellos clubes el ambiente era muy decoroso. Los gays hablaban de la última novela homosexual, y quizá se reían comentando el final de la historia.

La novela homosexual de entonces tendía a tener un final trágico. En general, solía tratar de hombres. Uno de los personajes principales, si no ambos, tenía que cortarse las venas o ahogarse voluntariamente en la piscina de alguna bonita mansión, o bien tenía que decirle adiós a su pareja porque había decidido elegir el camino correcto. Uno de ellos (o de ellas) tenía que descubrir el error de sus costumbres, la desdicha que le esperaba, y tenía que conformarse con... ¿qué? ¿Con que le publicaran el libro? ¿Con garantizarle al editor que nadie le pondría un ojo morado por haber defendido la homosexualidad? Era como si hubiera que advertir a la juventud contra la atracción hacia el propio sexo, igual que ahora se advierte a la juventud contra las drogas. ¿Se les pedía a los escritores de aquellos días que cambiaran el final? Algunos de los libros así parecen indicarlo.

En 1952 se dijo que *The Price of Salt* era el primer libro gay con un final feliz. No estoy segura de que esto fuese cierto, porque tampoco lo he investigado nunca. De todas maneras, las cartas que empezaron a llover tras la edición de bolsillo de 1953 eran sorprendentes, en número y en contenido, a veces recibía doce diarias y ese volumen se mantenía durante semanas. *Gracias*, decía la mayoría, y las escribían chicas y chicos, jóvenes y de mediana edad, pero la mayoría de ellos jóvenes y dolorosamente tímidos. Me daban las gracias por haber escrito sobre dos personas del mismo sexo que se enamoraban, que sobrevivían al final y con una razonable dosis de esperanza en un futuro feliz. «Vivo en una pequeña ciudad. Aquí no hay nadie como yo. ¿Qué cree que debería hacer...?» Y «No puedo decirle lo contenta que estoy de que alguien tenga el valor de escribir una historia sobre dos lesbianas que esperan salir adelante...». Por encima de todo, había optimismo, y aquellas cartas de Eagle Pass, Texas, de alguna parte de Canadá, de ciudades que yo nunca había oído nombrar de Dakota del Norte, de Nueva York e incluso de Australia olían a coraje. Contesté todas las que pude, puse a un alma aislada en contacto con otra similar, le pedía a una que le escribiera a tal otra y así me ahorraba el trabajo de contestar a todos, y les expresaba mi agradecimiento por sus cartas. ¿Qué le puede decir una a alguien que está solo en su pequeña ciudad excepto que se traslade a una ciudad más grande, donde habrá más oportunidades de encontrar pareja?

La década de 1980 ofrece un cuadro muy distinto. Y si una de cada diez personas es gay, o tiene cierta inclinación, según afirman las estadísticas, una pequeña ciudad no parece tan desolada como antaño. Los gays ya no se esconden. El chantaje ha perdido parte de sus garras gracias a las leyes sobre el consentimiento mutuo, aunque el hecho de ser homosexual puede costarle a alguien su trabajo, dependiendo más del trabajo que del comportamiento o el carácter de la persona. Lo cual es bastante absurdo, porque un individuo con una vida personal satisfactoria tiende a desempeñar mejor su trabajo que alguien descontento, sea cual fuere el trabajo.

El lector de la década de 1980 quizá encuentre a Therese demasiado tímida y vergonzosa como para ser creíble. Pero ella vivía en una época mucho más represiva. Hoy, una chica con sus ambiciones y su nivel de percepción conocería el mundo gay desde los doce años de edad, o desde la edad a la que descubriera hacia dónde se inclinaban sus deseos. Las revistas y los libros son ahora más sinceros y accesibles. Las actividades sexuales empiezan mucho más temprano que a los diecinueve años de Therese. Quizá ahora, incluso en las pequeñas ciudades, los chicos y chicas homosexuales salen a la luz en su temprana adolescencia y al menos descubren que no están solos en su desviación del camino habitual. Pero incluso en el mundo occidental hace falta ser un chico o una chica excepcional, con un coraje excepcional, para hacer esa confesión a los padres a los catorce años, como una declaración de independencia y de libertad. ¿Se tomarán los padres esas noticias con calma? ¿No habrá una escena, amenazas e incluso una visita forzada al psiquiatra? Probablemente incluso ahora hay poca gente gay que no intente sobrevivir el máximo tiempo posible durante los terribles años que van desde los catorce a los dieciocho haciendo comedia ante los padres, esperando mantener las cosas ocultas hasta el gran día en que acaben de estudiar y puedan buscar un trabajo, irse a vivir con un amigo o encontrar un sitio propio, aunque sea modesto. A pesar de toda la liberación actual y de los sofisticados padres que pueden decir en una fiesta a sus coetáneos: «¿A que no sabes una cosa? ¡Nuestra hija es gay!», hay amargura y decepción en su descubrimiento. Probablemente no habrá nietos para esa descendencia particular. La familia prevé y predice relaciones inestables y desastrosas.

En esta época, más libre, debe de haber pocas Thereses, pero siempre habrá Carols en miles de ciudades, con historias similares. Una chica se casa joven, a menudo con cierta presión paterna, con una vaga e inexplorada convicción de que está haciendo lo correcto. Unos años después, la verdad sale a la luz, tiene que expresarse porque ya no es posible reprimirla más tiempo. Muchas veces han tenido ya algún hijo. A las furias del infierno hay que añadir la furia del marido y padre que ha «perdido» el amor de su mujer por otra mujer. Impotentes como hombres, recurren a la ley para realizar lo que ellos ven como justicia y a menudo como venganza justificable, así que insisten en que la ley revele su peor faceta.

¿Por qué a la gente le fascina tanto la vida sexual de la otra gente? En parte es por el placer que se deriva de la fantasía. Los chismes de los periódicos son mucho más picantes si se refieren a un miembro de una familia real de donde sea, porque presumiblemente el decorado es más elegante. En parte, se debe a la primitiva y desagradable urgencia de castigar a los que se descarrían de la tribu. Si uno ve una gruesa figura con gabardina en medio de una carretera brumosa, la primera pregunta que se plantea: ¿hombre o mujer? Es una pregunta inmediata e inconsciente que necesita respuesta. Si la gruesa figura se para y pregunta una dirección, y todavía seguimos sin saber el sexo porque la persona es mayor, tiene la voz andrógina y la cabeza envuelta en una bufanda, se convierte en una historia cómica para contar a los amigos. El sexo se define por características físicas y debe indicarse en los pasaportes. El amor está en la cabeza, es un estado de la mente.

Para algunos, enamorarse es algo anticuado, peligroso, incluso innecesario. El lema es: evitar las emociones fuertes. Jugar a todo, marcar tantos y disfrutar de la vida. Para ellos, el sexo es una cuestión de ego. ¿Qué pensaría gente así del difícil camino de Therese y Carol hacia una relación? *The Price of Salt* fue rechazada por el primer editor que la leyó y aceptada por el segundo. Tuvo «serias y respetables» críticas en su edición de tapa dura. Sin más críticas, fue una victoria aplastante en su edición de bolsillo, porque la publicidad fue únicamente de boca a boca. Mucha gente debió de identificarse con Carol o Therese. Así, un libro que al principio fue rechazado, llegó arriba del todo. Me alegra pensar que les dio a varios miles de personas solitarias y asustadas algo en que apoyarse.

Octubre de 1983